eye.

守望者

——

到灯塔去

LE PÈRE
DE NOS PÈRES

[法]贝尔纳·韦尔贝 著
高 方 陈 沁 译

Bernard Werber

我们祖先的祖先

南京大学出版社

Le Père de nos pères
by Bernard Werber
© Editions Albin Michel-Paris 1998
Simplified Chinese translation copyright © 2021 by NJUP
Current Chinese translation rights arranged through Divas International，Paris
迪法国际版权代理(www.divas-books.com)
All rights reserved.

江苏省版权局著作权合同登记　图字：10-2020-25号

图书在版编目(CIP)数据

我们祖先的祖先／(法)贝尔纳·韦尔贝著；高方，陈沁译. —南京：南京大学出版社，2021.4
ISBN 978-7-305-24255-7

Ⅰ.①我… Ⅱ.①贝… ②高… ③陈… Ⅲ.①长篇小说-法国-现代 Ⅳ.①I565.45

中国版本图书馆CIP数据核字(2021)第036745号

出版发行	南京大学出版社
社　　址	南京市汉口路22号　　邮　编 210093
出 版 人	金鑫荣
书　　名	我们祖先的祖先
著　　者	[法]贝尔纳·韦尔贝
译　　者	高　方　陈　沁
责任编辑	顾舜若
照　　排	南京紫藤制版印务中心
印　　刷	江苏凤凰通达印刷有限公司
开　　本	880×1230　1/32　印张 15.75　字数 276 千
版　　次	2021年4月第1版　2021年4月第1次印刷
ISBN	978-7-305-24255-7
定　　价	78.00元

网　　址　http://www.njupco.com
官方微博　http://weibo.com/njupco
官方微信　njupress
销售咨询　025-83594756

＊ 版权所有，侵权必究
＊ 凡购买南大版图书，如有印装质量问题，请与所购
　 图书销售部门联系调换

献给巴纳贝

目 录

第一部分　缺失的环节　　　　　　　　001
第二部分　走向人类的摇篮　　　　　　205
第三部分　恼人的远亲　　　　　　　　391
致　谢　　　　　　　　　　　　　　　493

我所想的,

我想要说的,

我应当说的,

我正在说的,

您想要听的,

您认为听到的,

您正在听着的,

您渴望了解的,

您正在了解的,

种种之间,

极有可能我们很难找到共通之处,

但我们依然努力着……

——《相对与绝对知识百科全书》[1]

埃德蒙·威尔斯

---

[1] 《相对与绝对知识百科全书》是由作家贝尔纳·韦尔贝假托其"蚂蚁三部曲"中主人公埃德蒙·威尔斯创作的一部百科全书,融合虚构与现实的成分。(本书脚注均为译注。)

第一部分

缺失的环节

1　三个问题

我们是谁？

我们去向何处？

我们来自何方？

2　海上漂流瓶

巴黎。

此时此刻。

阿德让米安教授走出厨房。

他坐在办公桌前,抓起一支黑色钢笔,在便笺上写道:"就是它啦!我终于找到了。困扰着每个人的三大基本问题,我知道该如何回答其中的一个:'我们来自何方?'"

他犹豫片刻,不知如何写下去更好,接着,快笔写道:"我知道第一个人诞生于何时。我知道为什么,有一天,这种动物会变成头脑如此复杂的生物,能够做爱时把性器官包裹在一层塑料里面,每天看电视长达四小时,心甘情愿地同几百个家伙挤在空气稀薄的地铁车厢里。"

他扁了扁嘴唇,露出一丝苦笑,深吸一大口气,继续写道:

第一部分　缺失的环节

"我知道人类为何，又是如何诞生。我知道那东西到底是什么，因为没有更好的叫法，人们习惯称之为'缺失的环节'。"

面部的剧烈抽搐扭曲了他的脸颊。

"这是一个可怕的秘密。如果我把它公布于世，全世界都会为之震惊。这就是为什么我需要你的帮助，读到此处的你。你绝对不应该置之不理。"

钢笔没水了。他赶忙又从抽屉里找出另外一支。"我的发现毋庸置疑，但是，你也知道那些人，大部分人根本什么也听不见。极少数听见的人，又什么也听不进去。再极少数听进去的人，又什么也听不懂。至于那些可能听懂的人，对此又很是不屑一顾。如果没有人准备好接受它，那揭露人类的奥秘又有什么用呢？单纯地馈赠是不够的，应该让人们做好去接受这份礼物的准备。地球是圆的这一认识能够广为传播也非一夕之功，'缺失的环节'的秘密也理应如此，逐渐播散。不冒犯任何人，只是唤醒一份存在多年并昏睡已久的好奇之心，然后再去满足它。"

阿德让米安教授又把先前写下的段落重新读过一遍，接着写道："这是一个令人颇感意外的秘密。在我着手研究非洲大陆之前，我从来没有料到即将在那里发现东西。但是，我恳求你，相信我。我发现了真相，真正的真相。我有证据证明它。"

他抬手擦了一把额头上沁出的汗珠。

"如果没有你,没有你的信心,没有你的信任,没有你的支持,我所有的辛劳都将化作乌有。帮帮我吧,求求你。揭秘'我们来自何方'这个重大问题的时机已经来临。"

3 谁能逃走?

东非某处。

370万年前。

"他"刚刚出现在两座小山丘的中间地带。

跑得上气不接下气。

兄弟粗重的喘息近在咫尺。

形势危急。

一群鬣狗逼近了"他"和"他"的兄弟。两个人发出阵阵低吼,手舞足蹈地挑衅着这群鬣狗。鬣狗们毫不迟疑地展开了追击。通常来说,这是一个圈套。他们的任务是把一只鬣狗引到一棵大树跟前。在那里,事先藏身在低矮树枝上的同族人会跳到它的身上,利用人数优势击倒这头野兽。

不过,今天的狩猎行动出了点问题。问题之一:眼前的不是一只,而是三只体格健硕的鬣狗在追赶他们。问题之二:就在他们惊慌失措地夺路狂奔时,"他"和兄弟迷失了方向,现在,两个人彻底迷了路。

同族人藏身的大树在哪儿呢?

两个人拔腿狂奔。面前,赫然出现一个巨大的烂泥潭。他们毫不迟疑,纵身跃入泥潭。污泥是阻碍鬣狗追击的绝好屏障。"他"和兄弟懂得交替使用四肢或者两脚奔跑。鬣狗,这些家伙可没得选择。

他们重新站起来,两脚着地,跑过这片泥潭。烂泥有点粘脚,但几乎没有减缓他们奔跑的速度,然而,鬣狗的四个爪子却深深地陷进烂泥里。两个人都以为鬣狗们会就此放弃追猎,可事实恰恰相反,它们硬是艰难地从泥潭中挣脱出来,怒气大盛,向他们飞奔而来。

"他"和兄弟飞奔逃去。

跑得最快的那只鬣狗几乎就要追上他们,"他"甚至可以感觉到鬣狗腥臭而炙热的哈气打在自己的小腿上。在捕猎活动中有一项基本原则,那就是无论发生什么情况,永远都不要回头看。然而,"他"的好奇心占据上风。"他"想知道身后的鬣狗是否就要追上自己。"他"只不过略微转了一下头,就看到一张血盆大口,犬牙差一点儿就能插进自己的肉里。

4　在浴缸里

肚脐上方的伤口很深,仿佛是难看的笑容。某种尖利的东西刺破了阿德让米安教授的肚子。他一动不动。

他身体完全僵硬,像个傻子似的坐在血泊里。

门开了。

最早发现他的人是家中的女佣。发现教授僵硬的尸体窝在浴缸里的时候,她正在打扫公寓,吹着口哨,哼一首葡萄牙儿歌。她尖叫一声,飞快地在胸前画个十字,然后奔下楼,去找正在底楼一本正经地看门的丈夫。男人跑上楼,嘴里冒出的一串脏话将葡萄牙圣徒性生活中那些不为人知的时刻都抖了出来,然后他打电话报了警。

一些邻居被吵闹声吸引过来,聚集在楼梯平台上,不过,他们只是谨慎地待在了门口。接着,来了三名警察,他们正式控制了现场。然后,来了一名探长,脸上还挂着倦容,这类案件已经令他感到麻木。其后赶来的是一名通讯社记者,他通过车载电台截获了警察的呼叫。再其后,来了两名日报记者,因为熬夜编纂迟交的文章,他们的脑子里乱成一团糨糊。再其后,又是一群看热闹的邻居,他们向先到者打听:"发生什么事情了?"接下去,又来了一名周报记者,她碰巧就住在楼上,淡定地走下楼梯,却被眼前的慌乱景象吓了一跳。她向负责站岗的警察出示了记者证,警察放了行。再其后,一群苍蝇飞舞而至。最后来的是食尸肉蛆。不过,最后来的这批家伙(如果从它们的角度考虑这段距离)距离尸体最远。

年轻的探长仔细地把犯罪现场上上下下检查一遍,然后向到场的记者通报了调查结论。用他的话说,我们身处的犯罪现场很可能出自一个流窜作案的连环杀手之手。在这个街区,此类凶案已经出现过好几次。每次案发的情况都相同。凶手不怀好意地在住宅楼的走廊闲逛,寻找粗心的房客忘记关紧的房门。一旦发现目标,杀手便进入公寓,随手抄起身边任何能当作武器的物件,袭击受害者致死。

"这已经是自本月初以来第五起此类的犯罪。匪夷所思的巧合。没有脚印,锁没有被撬,房门没有暴力破坏的迹象。在这个犯罪现场中,凶手使用的临时凶器是一支古生物学家使用的冰镐,现在办公室桌上还躺着几支呢。行凶后,凶手应该带

第一部分 缺失的环节

走了凶器,然后把它丢进某个垃圾桶里。如果翻斗车还没有运走垃圾桶,很可能只要翻翻街角的垃圾就能找到凶器。"

调查刚刚开始就结束了。年轻的警察要求记者不要忘记提醒读者,务必注意随手关门。尤其是在大城市里,最好对所有人都防备着些。

记者们并没有把精力用在记录警察的规劝上。他们挥舞着手中的长枪短炮,拼命想要拍摄到现场的最佳画面。

警探远远地观察着那位周报记者。在这个阴森晦暗的地方,她好像下凡的仙女。一头红棕色的长发略微带着波浪,用黑色的天鹅绒发带扎起,一双明眸绿得好像翡翠,无袖的中式外套显露出肩膀的纤细,外套的中式小立领遮住了颈部。她步履轻盈,像一只娇小的家鼠……当她注意到他颇感兴趣的目光时,他鼓起了勇气。

"小姐,请问您供职于哪家报社?我该怎么称呼您?"

"卢克莱斯·奈姆赫德,我为《当代观察家》周报工作。别浪费您的时间勾引我了。我从不把娱乐和工作搅在一起。"她反唇相讥,边说着,嘴里还不停地嚼着口香糖。

年轻男人涨红了脸,转身向门口执勤的警察走去,把他们结结实实地训斥了一顿,指责他们还没有驱散在楼梯平台上闲逛的邻居。

巧妙而冷冰冰的回答让女记者得偿所愿。支开勾引自己的男人，她便可以从容地翻看受害人办公桌上的文件。她翻开一本标注"履历"字样的文件夹。阿德让米安教授应该算得上科学界的权威人士，集法、英、美三国多家大学的古生物学文凭于一身。

她又翻开一本名为"新闻"的文件夹，随手拿出一份最近的剪报。阿德让米安教授宣布，不日将动身赶赴坦桑尼亚，参加奥杜威峡谷的挖掘工作，他声称准备揭开人类"缺失的环节的真正面目"。

靠墙排放着几副T字形支架，上面用铁丝挂着几只猴子的骨骼。靠右面有一个玻璃柜，里面摆着成百上千个骨头化石，化石上涂着一层黄色的清漆，每个化石都被仔细地贴上标签。在左面，挂着几张黑猩猩的照片，黑猩猩的表情多多少少有些奇怪，还有一些考古发掘需要的装备：十字镐头、铲子、毛刷、刮刀、毛笔、放大镜，以及各种型号的冰镐。

女记者走进浴室。在报社同行们的闪光灯的照射下，阿德让米安教授裸露而惨白的尸体在浴缸里保持着坐姿，看起来好像一尊在李子汁里腌制过的蜡像。尸体已然完全僵硬。教授就坐在那里，眼睛死死地睁着，嘴张得老大，眉毛向上挑着。

然而，尸体的姿势还是有点奇怪。左手浸在浴缸里的一潭死水中，这可是最后一次沐浴了，右手却牢牢地抓着陶瓷浴缸的边缘，蜷缩的食指冲着镜子的方向。好像在临死时，教授想用手指指着镜子中照出来的某件东西或者某个人。

5 夺命的恐惧

野兽就在"他"身后,暴怒如雷。

"他"勉强躲过鬣狗的一击扑咬。

若想摆脱当前的状况,避免造成灾难性的后果,必须改变奔跑路线。

这个念头不断在"他"脑海中浮现,一遍又一遍。

"若想摆脱当前的状况,避免造成灾难性的后果,必须改变奔跑路线。"

反复纠结之后,"他"终于明白了,然后猛地向右转弯。

"他"改变逃跑方向。

若想要继续追赶"他",鬣狗就不得不随之掉转方向。"他"兄弟最先做出反应。不过,三只鬣狗依旧紧追不舍。这是鬣狗的问题,它们从不放弃。它们可以长距离追赶猎物,有时候甚至可以追上数日。

"他"加大步幅。他兄弟跑得几近脱力,呼吸也愈发粗重。很遗憾,如果没有又长又锋利的犬齿,那么就应该有大容量的肺以及肌肉发达的四肢。

他兄弟一心只想重新找到那棵大树,简直都要望穿秋水了。可是,在"他"目所能及的范围内,空无一物。周围的气温很高,所以干旱的触角四处蔓延,树木干枯萎靡,大象将根根枯木折断,结果显而易见:林木破坏的地区扩大,出现越来越多的高树荒原和点缀着零星的刺槐及猴面包树的草原,稠密的高大树林却越来越少。从那以后,"他"和"他"的族人们便沦为一切食肉动物唾手可得的猎物。

鬣狗加快了速度。其中一只鬣狗以迅雷不及掩耳之势伸出爪子,一把拍上了猎物的小腿肚子。兄弟一下子就被扑倒,身体向前滚倒,摔翻在地。两足行走的方式存在一个弊端,那就是,一旦被使个绊子,哪怕只是轻轻一下,就完蛋了。两只鬣狗已经扑到他的身上。一只鬣狗狠狠地咬住他的鼻子,确保他无法逃脱,另一只鬣狗的獠牙已经刺进他的肚子。

永别了,兄弟。根本没有时间哀悼。

第三只鬣狗,也就是体型最健硕的那只,还在追赶"他"。为了消耗鬣狗的体力,"他"绕着弯子跑。白费力气。他知道,如果现在不能立刻找到族人们,"他"注定一死。

部落里的人都躲到哪里去了?

6 "社会"专栏

《当代观察家》"社会"专栏的全体工作人员聚集在二楼小会议室开会。卢克莱斯·奈姆赫德第一次参加这样的会议,负责科学版面的同事——弗兰克·高梯耶建议她坐在自己旁边。

勤务人员拿来一包准备在第二天见诸报亭的样刊。记者们每人拿过一份样刊,查看他们的文章是否在最后一刻被裁掉,或者是否漏刊他们的署名。

宽大的办公室里摆着一张冰凉的实心大理石办公桌,办公桌后面,专栏主编——克里斯蒂娜·泰纳蒂耶正襟危坐。主编向大家表示欢迎,然后她表示,会议必须很快结束,因为下午一点她还要出席一个重要的午宴。按照惯例,她建议在座的按顺时针方向,每人为下一期刊物提一个主题。

马克西姆·沃伊哈,负责社会新闻及幽默版面的记者,首先发言。他打算写一篇关于卖牛羊下水的小商贩的文章。这是一种正在消失的职业,原因是最近在牛肉中发现了某种传染性蛋白微粒,而且在消费者群体中滋生出某种不合时宜的仁义心肠。他解释说,消费者越来越不愿用肠子、肝脏、肾脏、脑髓及骨髓制品。造成的结果就是:一些传统的美食——例如卡昂风味肥肠、刺山柑花蕾烧脑髓和马德拉酱腰子——越来越少出现在餐馆的菜谱上。

主编承认这是一场庄严的斗争,她当即同意给那些内脏器官制成的菜肴平反昭雪。

弗洛朗·佩尔格里尼——犯罪行为报道领域的大记者,希望调查一位常年幽居在巴黎公寓里的小老太婆,最近,有人发现老太婆被她养的猫吃掉了。

"绝妙的短篇黑色侦探小说,"主编表示同意,"显然,还得加以处理,加入一点幽默成分。"

克洛蒂尔德·普朗考的专长是生态环境。她强调,尽管人们已经不再谈论,但是切尔诺贝利核电站依然在逐渐下沉,甚至有触及含水层,进而污染该地区所有饮用水的危险。

主编撇了撇嘴,推托说这个话题已经过时。

于是,克洛蒂尔德·普朗考又提议写一篇关于鲸鱼成群结队地在加利福尼亚沿海自杀的稿子。

"人们知道鲸鱼可以发出次声波,这种声波可以传播到很远的地方。不过,轮船马达的声音会对它们的声波产生干扰。此时,鲸鱼无法继续互相交流,它们的沟通渠道被阻断,于是它们选择自杀。"

克里斯蒂娜抬了抬手。

"毫无新意。可怜的克洛蒂尔德,如果您发挥了全部的想象力,却还只能丢出这些老掉牙的话题或者被盎格鲁-撒克逊新闻界说烂的东西,下次您或许就不必屈尊来参加我们的会议了。"

克洛蒂尔德的脸变得惨白,她站起身,向门口跑去。她不想让上司看见自己的眼泪,不想让她看笑话。主编耸了耸肩膀,点燃一支香烟。

"克洛蒂尔德太脆弱了,"主编当下表明态度,"在这行混饭吃,必须得有胆量。"

弗洛朗·佩尔格里尼刚想起身向门口走去——他想鼓励这位年轻的环境记者——女上司就拉住他。

"别管她。她就是自尊心作祟,等她哭完了就会回来的。不管怎么说,她别无选择。下一个人。"

吉斯兰·贝尔杰龙提到,中学正笼罩在可怕的气氛中。许多老师生活在对自己学生的恐惧之中,学生们来学校时,开始越来越频繁地携带折叠刀具或者从非法途径购得的手枪。

"只要给的分数稍不如学生的意,老师们就知道自己的车胎可能要被扎,甚至生命都会受到威胁。相当多的教师濒临崩溃,政府刚刚开设第九所专为精神濒临失控的教育工作者服务的休养中心。"

"这个题材太棒了!特别是在我们的订阅客户中,教师占的比重很大。"

轮到全能记者凯文·阿比伯发言了,他提议对法国富豪榜前100名进行盘点。

的确,不到一个月前就已经有人对这个话题展开过探讨,但是人们依旧非常渴望了解应该去嫉妒些什么人,因此这类题材总会成为周报畅销的定心丸。

目前,不存在被毙掉的危险,每次都能顺利发表的有"新独身主义者""共济会会员""不动产危机",当然,还有"法国富豪百名榜"。随后能发表的主题还有"瘦身新食谱""上帝与科学""背痛",以及"法国人的性行为"。

每当报纸的销量下降时,报社就会使用这些货真价实的题材。然而,近些日子,读者寥寥。按照官方的说法,可以控诉万能的电视机。私底下得感慨,几家存在竞争关系的报纸最近采用的封面越来越吸引眼球,例如"独身的共济会会员"或者"上帝与法国人的性欲"等。因此,已经没有回旋余地,不能再犹豫了,必须使出撒手锏。"法国富豪百名榜"就是理想的题材。

主编感到心满意足,示意发言继续进行,她的目光落到科学记者——弗兰克·高梯耶身上。高梯耶提议的文章是《同性恋会遗传吗?》。他解释说,美国的一个实验机构在该领域活动积极,他们开展过数次严谨的科学研究。"科学的""严谨的""美国实验室",这三个词足以让任何话题变得令人信服。

弗洛朗·佩尔格里尼却举手示意。

"呃……遗传基因?弗兰克,我不是个科学家,在我看来……同性恋是不能生孩子的。"

在场的二十来个记者中,有人发出阵阵刻意压抑的笑声。突如其来的笑声惹恼了主编。

"题材相当不错,"她直言道,"我们有大批的同性恋读者,他们对此类文章如饥似渴,发表这篇文章只不过是想了解一下情况是否属实而已。"

弗兰克颇为得意。接着,他决定向大家介绍一下自己新带的实习生。他介绍说,卢克莱斯·奈姆赫德在北方的一家日报社进修过,那里的总编辑对她极力推荐。

克里斯蒂娜·泰纳蒂耶把这位新员工从头到脚打量一个遍,目光落在她浑圆的胸脯上,然后又停在她微卷的浓密红发上。主编自己长着一头短发,淡淡地染成浅金黄色。这位成熟的女性立刻就把这位年轻女性当成自己的对手。嗅觉获取的信息更让她确信自己的第一印象准确无误。卢克莱斯·奈姆赫德浑身散发出清新的荷尔蒙的气味,相反,克里斯蒂娜·泰纳蒂耶却喷着大量昂贵的香水。

此外,卢克莱斯·奈姆赫德身上有种与生俱来的优雅,尤其是在面对傲慢无礼的目光扫过自己身体的时候。

克里斯蒂娜·泰纳蒂耶的思绪越飘越远。她想起曾经读过佩尔格里尼的一篇文章,文章是关于女子监狱的,每当监狱里来了长相甜美娇俏的新人时,前辈们就会把她扑倒在地,然后用方糖的尖角划破她的脸蛋。为什么用方糖呢?因为这种坚硬的糖块造成的疤痕是无法抹平的。

"地方日报社是极好的学校,的确如此,"她承认道,并故作庄重地说,"对于选题她有什么建议?"

卢克莱斯·奈姆赫德站起身。

"今早出门的时候,我注意到,我楼下的公寓前聚集了一群人。一起谋杀。警察已经抵达现场。我的一个邻居遇害了,他在洗澡时被人用冰镐砍中了腹部。"

主编重新点燃快熄灭的雪茄,然后向四周吐出阵阵烟雾,好像是在提醒大家她有权力毒害周围所有人的肺,无人胆敢提出反对意见。

"如果是凶杀案,那就归弗洛朗·佩尔格里尼管。"

"受害者很有名。皮埃尔·阿德让米安教授,全球古人类学领域顶尖的专家之一。他生前致力于寻找'缺失的环节'。"

"缺失的什么?"

第一部分 缺失的环节

"缺失的环节。人类起源之谜。就在某一天,猴子变成了人。但是,存在一个中间阶段。科学界习惯上把这一中间阶段的生命状态命名为'缺失的环节'。阿德让米安教授把毕生的精力都奉献给'缺失的环节',我确信他的死并非像警察所想的那样——出自流窜犯之手,他的死完完全全是因为他发现了这个秘密,并且准备把它公布于世。有人想让他保持沉默。因此,我给您的建议是,撰写一篇文章,详细阐述关于人类自身起源的最新发现,然后开展一次有关阿德让米安教授之死的调查——一本古生物学侦探小说。"

主编没有立刻回答。她从办公桌上拿起一把小雪茄刀,一点一点地切割着雪茄的末端。她抬头重新打量这位实习生。她长得可真漂亮。

"不行。"

"什么?不行?"

"不行。我对您的题材不感兴趣。"

"到底为什么?"卢克莱斯不甘心地问道。

"或许是因为您还年轻,或者是因为您只在外省工作过,您对我们这一行当的看法太天真。周报是不可能刊登一位科学家的死亡之类的热点新闻的。比起日报,我们总会慢半拍。此外,我可以十分肯定地说,各类日报对这一事件已经有了非常充分的报道。"

弗兰克证明，事实上，他已经在好几家报纸上读到了阿德让米安教授的讣告。

"不管怎么说，"主编摆出一副卖弄的姿态，"您的新闻选题可并不被看好。演员、歌手、名模，只有这些人才能吸引公众的眼球。一个科学家的死亡，只能上上社会新闻栏。"

卢克莱斯翠绿色的目光一直进入女上司褐色的瞳孔深处。

"这也正是我建议盘点人类起源研究情况的原因。这是困扰着每个人的三大问题之一。我们是谁？我们去向何处？呃……我们来自何方？"

主编沾沾自喜，她用矜持稳重压过这个小妞一头。她舒舒服服地靠在主编专用的水牛皮扶手沙发上，她决定不再等待，于是，抛出了自己的致命一击。

"小姑娘，不要这么傲慢无礼。比您更难对付的主儿我都驯服过。比起您那三个问题来，困扰您的问题应该仅有一个，那就是：'我该怎么找到一个让我的专栏主编满意的题材呢？'"

笑声在与会者中蔓延开来，他们感到紧张气氛渐浓，都希望表现出对现行秩序的绝对支持。

"瞧好戏喽，"马克西姆·沃伊哈低声嘟囔着，"要吵起来喽。"

"可是……"卢克莱斯还想再做一次努力。

弗兰克·高梯耶为了让卢克莱斯闭嘴，铆足力气狠狠地踩下去,鞋跟踩在实习生的脚趾上。这一下好像电击一般,年轻的姑娘痛得几乎窒息,她的嘴张得大大的,一个字也说不出口。

"下一项提议!"主编甩出一句,给这场争论画上句号。

会议结束后,同往常一样,"社会"专栏的记者们聚在"阿尔萨斯人"啤酒馆。这个酒馆就在报社的楼下。每个人都点了一大杯。一杯接一杯的啤酒灌下肚,直到所有人都喝得走路微颤。人们围坐在卢克莱斯周围,不过,她并没有喝下多少啤酒。

"要当心,"弗兰克·高梯耶劝道,"你用这种方式回应可不行。泰纳蒂耶是个厉害角色。如果她不喜欢你,你可是有吃不完的苦头。"

"她觉得,她要是不让别人害怕,就会失去别人的尊重。去年,她每次开会时都会羞辱一位姑娘,最后,这位姑娘被她逼得辞职了呢。"凯文·阿比伯添枝加叶地补充着。

"这是她残忍的一面。无端的残忍对领导们来说是一种特殊的享受。"马克西姆·沃伊哈郑重地说道。

尽管这位记者在自己所写的讽刺文章中嘲弄人类的一切怯懦行径,但他是一贯拥护现行制度的虔诚模范。在这点上,他不无矛盾。

"这就是咱们尊敬上司的原因。"吉斯兰·贝尔杰龙总结道,他对沃伊哈"上司宠儿"的地位心怀嫉妒。

"既然如此,那我最好还是离开这个编辑室吧。"卢克莱斯·奈姆赫德黯然说道。

"不用,要是你能不再坚持这种固执的态度,一切就都会好起来的。"弗兰克·高梯耶回答道,"不管怎样,无论你提出什么样的建议,她都会轻易地否决,因为她喜欢给新来的人一个下马威,尤其是女性。她不喜欢女人。但是,我还是很了解泰纳蒂耶的,当下她会大发雷霆,接下来,她又会很快地忘却。好了,放弃这个'缺失的环节'吧,再找个其他话题。诸如'是否应该去除足底疣'这类话题。她不会阻止你写这种文章。她对这类稿子还很感兴趣。"

卢克莱斯·奈姆赫德盯着大家。

"我可怜的朋友们,她竟然把你们吓成这副模样?真的,我真的不能理解你们!难道你们对获悉人类起源的真相毫无兴趣吗?"

"是的,没兴趣。"吉斯兰·贝尔杰龙承认道。

"我也没有,"弗洛朗·佩尔格里尼也承认了,"我的父亲是个酒鬼。他从馆子里灌一肚子酒回来后就会扇我耳光。我尤其不想知道是谁孕育出这样的人。他们肯定更加恶劣。"

卢克莱斯·奈姆赫德一巴掌拍在桌子上。

"哎,伙计们!我可是认真的!人类的起源,这可是个事关重大的问题。我们来自何方?人类为什么,又是如何出现在这个星球上的？为什么，你，弗兰克，你，马克西姆，你，吉斯兰，你们在这里编辑文章，衣冠楚楚，而不是身无片褛地在丛林中采摘成熟的果子？我们来自何方？再没有比这个更激动人心的话题了。我不在乎什么足底疣。我对遗传性同性恋也不感兴趣。最有钱的一百个法国人我也不放在眼里。相反，在这里，我看到了一群思想极其落后的人，我惊奇地发现，这群人居然自称是记者。我一直认为这个职业属于那些最具好奇精神、最具创新意识的人。可是，我意识到，你们这群家伙毫无好奇心可言，只关心编辑室里的权力关系。"

弗兰克·高梯耶猛灌了几口啤酒，他觉得应该教训教训麾下这位年轻的实习生。

"得了吧，小姑娘，你应该留神别丢掉了对长辈的尊敬。首先，你以为自己是谁，可以这样对我们品头论足？在这里，你无足轻重，你什么都不是。如果你想被我们这个记者圈子完全接纳，那就从降低姿态开始吧。"

她做出要走的样子。

"好吧，我懂了。我要向另外一家周报投稿。"

弗洛朗·佩尔格里尼一把拽住她的胳膊肘。

"等一下，别这么敏感嘛。要是你把所有的题材都看得跟命根子似的，那你在这行可干不长。好啦，或许有法子帮你发表你的故事。"

弗洛朗拽住卢克莱斯的胳膊,这样一来便可以趁机蹭蹭她的乳房,卢克莱斯动作更快,立刻把胳膊抽了出来。

"什么主意?"

她的同事只是说出一个名字。

"伊西多尔·卡森博格。"

其他人看上去仿佛都绞尽脑汁地在记忆中搜寻和这个名字相对应的人物。

"你们想不起来伊西多尔·卡森博格是谁了吧?"

吉斯兰·贝尔杰龙皱了皱眉头。

"卡森博格?人称'科学神探夏洛克·福尔摩斯'的那个?"

"正是此人。"

"他至少十年没写过文章了,"马克西姆·沃伊哈提醒道,"此外,据传他在一座不为人知的城堡中过着隐士般的生活。"

"或许吧。尽管如此,这可是一位用侦探调查的方式进行科学研究的专家。这不正是你想做的事情吗?"

"卡森博格?他可是个不按规矩出牌的人。"弗兰克·高梯耶一脸的不屑。

弗洛朗·佩尔格里尼将啤酒一口饮尽,品味着啤酒的苦涩,他情绪激动起来,把手搭在年轻女人的肩膀上,像父亲对待女儿似的,这一次,她没有推开他。

"我能肯定,如果小姑娘联系上他,并且让他对'缺失的环

第一部分 缺失的环节

节'产生浓厚热情的话,他一定会帮忙。又不是每天早上都会有人谋杀一位顶尖古生物学家。卡森博格一定会同意的。如果他同意参与这场斗争,他的署名分量十足,足以绕过泰纳蒂耶,办成这件事。"

卢克莱斯·奈姆赫德翠绿色的眼睛闪闪发光。她掏出笔记本,摇晃着铅笔。

"你们说的'科学神探夏洛克·福尔摩斯',他住在哪座城堡呢?"

7　不再担忧

就在身后。

鬣狗紧随其后。

"他"知道,这头畜生不会放弃。

这是一场赌局,需要赢家,同样也需要输家。

鬣狗加大步幅。从碎步小跑变成迈步狂奔,最后变成阔步飞驰。"他"同样如此。通红的鼻孔开始全力吸入空气,然后从嘴里猛烈地呼出。发热的肌肉变得愈发滚烫。

鬣狗再次加快速度。这一次,它打定主意要抓住"他"。鬣狗用尽全身的力气奔跑。"他"的身体开始在每个分子中搜寻葡萄糖,寻找能够支撑自己继续奔跑的剩余力量。但是,恐惧感滋生出的乳酸延缓了碳水化合物的输送。"他"心惊胆战,恐惧这个老对手,从"他"的脚趾一直攀升到头顶。"他"记得这种

第一部分 缺失的环节

感觉,记得这种纯肾上腺素充盈血管带来的酸涩感。

族人依旧没有出现,不会有人跳出来救援,鬣狗越来越近。恐惧感吞噬着"他"。就在此刻,神奇的事情发生了。在穷途末路之际,他灵机一闪……

那是一种感觉……在"他"的意识中开启了一扇门。"他"感觉自己好像离开了身体,可以游离于体外看见自己。"他"感觉恐惧感已经转移到别人的身上,而自己可以远远地观察这个人。

恐惧冲上顶峰,"他"却发现了解脱的途径。好像皮囊已死,"他"挣脱出来。"他"不再纠结于自己能否活下去。他的存在似乎只不过跟成千上万个别的生物一样,并不比"它们"更有意义。

"他"彻底摆脱了对鬣狗的恐惧心理。"他"觉得,不管怎样,他并不是跟这条鬣狗过不去。这畜生只不过是想养活它的家人而已。它应该同样疲惫不堪,筋疲力尽。"他"察觉到鬣狗也心存畏惧,它害怕眼睁睁地看着猎物逃走。"他"察觉到鬣狗饱受恐惧的折磨,它害怕一无所获地返回巢穴,没有带东西回去喂养幼崽。

通常来说,即将腐烂变质的尸体是鬣狗唯一的食物来源。如果这种动物攻击还活着的猎物,意味着野心开始膨胀。"他"记得曾经远远地观察过鬣狗的种群。"他"看到过它们用反刍出来的肉喂养幼崽。"他"记得鬣狗的盛宴周围弥漫着一股污秽的气息。以腐烂的尸体为食,尸体的恶臭便会如影随形。

或许正因如此,身后的追捕者才会紧追不舍。它想把"他"尚未变质的肉带回去,让它的种群摆脱腐烂气息的纠缠。

"他"应该为自己能参与如此的追猎而感到骄傲。"他"大概会觉得,自己和鬣狗都有相同的雄心壮志:"让自己的种族得以进化。"让孩子们生活得比他们的父辈更好。

鬣狗希望通过狩猎来完成这样的壮举。而"他",则打算把这头野兽吸引进伏击圈。

"让自己的种族得以进化。"这种愿望远比"不惜任何代价地保存自己,再多活一天"这一忧虑更加诱人。"他"寻思着,任自己被吃掉是否会更好。这会是前所未有的举动。放弃猎杀,舍身饲鬣狗,以便改善捕食者的生活质量。这样的想法略微放缓了"他"的脚步。

好吧,做个了结吧。"他"的脚步越来越慢。但是,恰好就在此刻,"他"发现树上有动静,好像栖息在树枝上的鸟,挥动着它们的胳膊。他们的胳膊?

"他"成功回到大树跟前了!这些奇怪的"鸟"是他的同伴,他们向他比画着,示意一切准备就绪。

"他"向族人的方向冲过去。

8 高大城堡的主人

卢克莱斯·奈姆赫德双手紧握着古兹牌侧三轮摩托车的车把,全速前进。云母眼镜,皮质软帽,露在帽檐外的棕红色长发随风飘扬,不禁让人联想起那些最早征服蓝天的女飞行员。

她加大油门,轰得排气管隆隆作响,加速超过一辆烦人的卡车,接着一个金鱼甩尾回到先前的车道。她冲着卡车司机摆出让人浮想联翩的手势,然后重新加大油门,扬长而去。

摩托车侧面的座位里放着杂七杂八的物品:绳子、细线、毯子、床垫上的弹簧、窗帘杆、碎纸板,还有一堆金属零碎。这些物件随着车子转弯摇来摆去。远远地看上去,她似乎在搬运自己的生活垃圾或者某个工地的边角料。

这辆摩托车马力惊人,油箱上漆着甘地的肖像,甘地嘴里正叼着一根大麻烟卷。车牌照上写着这样一句话:"地狱客满,所以我重返人间。"

环城高速上,她把油门加到底,高保真音响里,一首野蛮的,几乎可以说是部落风格的乐曲响彻云霄,硬摇滚风格的老乐队携作品卷土重来——《雷霆》,AC/DC乐队。她往嘴里塞上一片口香糖,伴随着节奏,把口香糖搅来搅去。卢克莱斯穿过丁香门,驶进城郊。

她终于来到目的地,据传伊西多尔·卡森博格住在这里。这个地址上,她只看到茫茫一片空地。她关掉音乐,熄灭摩托车的发动机,拿起一架双筒望远镜——这可是第一次世界大战留下的珍贵纪念物——观察周围的环境,她终于搞清楚了。与其说是城堡,不如说伊西多尔·卡森博格栖身的府邸是一座塔……水塔。这是一座巨大的混凝土建筑物,下半部分呈一个尖端朝上的圆锥体,上半部分呈一个尖端朝下的圆锥体。整体看起来有点像沙漏。

她照着后视镜往嘴唇上补了深红色的唇彩。简单的生理反应。她知道,在第一次接触时,漂亮的脸蛋可以多争取十分钟时间。接着,她跳下车座,走进眼前的这片荒地。

越是看得仔细,她越明白,住在这里是个多么精明的主意啊。水塔融进风景中,没人会注意到它们。但是,不管怎么说,很难想象会有人选择这里做府邸。

她深一脚浅一脚地走在烂草、刺茎植物和废弃的冰箱中。

荒地上躺着几副生锈的摩托车车架,成群结队的老鼠穿梭其中,多少还有些纪律性。

伊西多尔·卡森博格没有电话,年轻姑娘不得不跳过预约的环节,直接前来拜访。靠近再看,水塔好像已经遭人废弃。环形的墙上贴满政治传单和宣传网上约会俱乐部的广告。所有的招贴画摞在一起,叠成厚厚的一层色彩缤纷的纸板。贴广告的人攀上另一个人的肩膀的高度便是纸板高度。喷雾器喷涂的涂鸦代表某个青年帮派在划定地盘。

绕过这座建筑,卢克莱斯·奈姆赫德终于找到一扇已经锈蚀得不成样子的门,同样大半覆满厚厚的招贴画。门上没有镌刻名字,没有门环,没有门铃,没有任何迹象表明这里有人居住。

她叩响铁门。没有回应。卢克莱斯毫不犹豫,从自己胸罩的罩杯中掏出一把瑞士军刀,展开里面开锁的钩子。卢克莱斯想要搞清楚:真有人猫在这个罐头盒子似的建筑里,还是同事们在拿她开涮?锁头很牢固,必须费一番力气才能把钢制的锁舌折断。

"有人吗?"

她不客气地走了进去,映入眼帘的是一个圆锥形的大厅。类似钢筋混凝土结构的印第安圆锥形帐篷。她走进大厅。"或许,"她寻思着,"阿德让米安教授的确是被撬门入室的连环杀手所杀。倘若如此,那位年轻的探长还真没看走眼。"

"这里有人吗?"她一边小心翼翼地走着一边问道。

她险些摔倒。地上散落着许多书。大大小小、装帧各异的书铺满地板。天花板上悬挂着几盏长吊灯,零散地映出几个生硬的黄色光圈,可是无法照亮整片黑暗。

卢克莱斯·奈姆赫德踩着书堆艰难前行。书堆中有散文集、字典、连环画、摄影集,还有大量小说。她踩着埃德加·爱伦·坡、弗朗索瓦·拉伯雷、乔纳森·斯威夫特、菲利普·K.迪克;又踏上了维克多·雨果;接着在福楼拜上滑了一跤。大仲马让她失去平衡,耶日·科辛斯基又帮助她稳住了身子。

大厅的中央,她背靠在一根支撑着这座建筑物上半部分的巨大圆柱上。

"有人在吗?"她又问了一次。

抽水马桶水箱的声音和房门开合的声音算是某种回应。水龙头汩汩地流水,喷水口早已被洗手的人弄坏。一个巨大的黑影最终吞噬了整个天花板。

"伊西多尔·卡森博格?"

她越走越近。扶手椅上躺着一个圆球形状的黑影。黑影面向书桌,桌上着实堆着厚厚的一摞书。那个东西居于光圈之外,她无法分辨对方是否就是这间房子的主人。它看上去好像是放在蛋杯里面的鸡蛋。

第一部分 缺失的环节

"圆球"对闯入者毫不理会,拿起遥控器,开始播放德沃夏克的《新大陆交响曲》。然后,他打开手提电脑,开始在键盘上轻轻地敲打起来。

"伊西多尔·卡森博格?"年轻的女记者卖力地喊起来,想要盖过交响乐的音浪。

依然没有回应。那个人继续有节奏地轻敲着键盘,像在弹钢琴似的。她决定走上前去,她并不认为对方没有听到她的问话。

"我叫卢克莱斯,卢克莱斯·奈姆赫德。我是《当代观察家》周报科学版的记者。有人跟我说您能帮我写一篇关于一位古生物学家的文章。"

男子不再敲击键盘,即使仍然看不到他的脸,她确定对方正在倾听自己说话。

"我的计划是写一篇文章,它很重要,关于人类的起源和阿德让米安教授遇刺事件。教授致力于寻找我们祖先的祖先——人类的共同祖先。他宣称自己已经找到了……我确信,有人杀了他灭口。"

她又上前几步,越来越靠近安静地卧在扶手椅上的黑影。

"……发表这篇文章将会引起轰动。它将糅合侦探小说和科学调查。必须揭开阿德让米安教授的秘密。到时候,我就能得到那个问题的答案——'我们来自何方'。"

终于，肉球发出声音。

"不行。"

"为什么不行？"

"不行，这个题材不怎么样。"

他的嗓音柔美，近乎细弱，犹如孩童。如此的大块头怎么能发出这样的声音？女孩心里犯起嘀咕。《新大陆交响曲》又响起来。

"可是，为什么呢？"她问道。

男人没有回答，一动不动。她感觉对方的眼睛正在自己身上来回扫视。她朝办公桌递上一张名片作为见面礼物。

"如果您决定帮助我的话，这是我的名片。上面有我的住址、电话号码和邮箱地址。如果您愿意的话，请联系我，可以打我家里电话或手机。我的手机从不离身。"

"手机？就是那个在电影院里、酒吧里和所有从前静谧的场所里不停聒噪的害人玩意儿？"

"我的手机永远处于震动状态，从来不会打扰到任何人。有了它，我就不再像没有狗绳的狗一样。这样一来，无论我去哪里您都能找到我。哎呀，您可别把我抛在一边。"

黑暗中伸出一只粗胖的手，接过名片。

"那么，您同意啦？"卢克莱斯·奈姆赫德问道，重新燃起希望。

第一部分　缺失的环节

大块头在扶手椅上扭来扭去。

"当然不是。"

"为什么？"

"既然您来到这里，那就表明您已经向泰纳蒂耶建议过这个题材了，并且她拒绝了您。我不喜欢泰纳蒂耶。她是个没有教养的粗俗女人。她只会靠耍阴谋诡计来保住自己的位置。不过，在您这件事上，她是对的。古生物学家，这个题材没什么意思。没有人会在乎'缺失的环节'。这符合常理。不会再有人对过去的事情感兴趣。人们购买最近流行的新鲜玩意儿，收听下周的天气预报。大家关心的是将来。过去已经过时了。古玩商人破产，系谱学家关门大吉，连二手车都卖不动了。只要稍微长上几条皱纹，上了年纪的人们很快就会被送进养老院。真的，还有谁会在乎过去呢？"

她发觉这家伙落在自己身上的目光变得越来越专注。

"……谁会在乎？或许是那些恰好自身有问题的人吧。小姐，我知道为什么您如此在意这个问题。"

卢克莱斯·奈姆赫德略微后退一些，幅度几乎难以察觉。

"您对我一无所知。"她一字一句地说道。

他继续用细弱的嗓音说话。

"没错。只要观察观察您，仔细听您说上几句话，就能搞清楚，您是一个……孤儿。"

她呆住了。

"您选择的表达方式意味深长。'别把我抛在一边。''没有狗绳的狗。'最后,最具有提示意义的是,在谈到'缺失的环节'时,哪一种表述能比'我们祖先的祖先'更加沉重?"

他从阴暗处微微探出脑袋,她隐约瞥见一个光秃秃的头顶。

"其实,"他继续说道,"通过寻找我们祖先的祖先,所有人共同的祖先,您至少可以拥有一个家喻户晓的先祖。"

她的身体绷紧了。如此轻柔的声音怎能讲出如此残酷的词句呢?

"我不喜欢孤儿。他们很黏人。"

这下,他做得太过分了。她再也克制不住自己的怒火,甩出一记耳光。但是他一下子就躲了过去。他抓住她的手腕,猛地推开她纤细的手臂。年轻的女孩向后倒去。地上的书减缓了跌倒的冲击力。她迅速站起来,理了理红棕色的头发,愤怒地瞪圆了碧绿的眼睛,目光直射进黑暗之中。

"您只不过是个蠢货。一个傻子,白痴,一个……笨蛋。"

她几近气喘吁吁,破口大骂。

"您知道孤儿会对您说些什么?那您就一个人在您的窝棚里,跟您成堆的破书和尖酸无用的漂亮句子一起,等着咽气吧!"

说完,她转身便走,重重地摔上水塔的铁门。

9 追击野兽

当鬣狗从大树上低矮的树枝下穿过时,族人们纷纷跳到它的身上。

一群对一个,双方角色最终发生颠倒。猎物变成猎手。不过,尽管身陷重围,鬣狗还没打算轻易认输。它立起身子,鼻孔喷出腥臭的气息。它亮出獠牙,冷笑着,尽其所力激怒对手。

首领发出信号。顿时,所有在部族中身居高位的男性紧紧地抓住野兽的爪子,强行把它按倒在地。地位低下的男性赶紧冲上去,在鬣狗身上打上几拳,然后又迅速跑开。女性则卖力地吼叫,以期镇住这头野兽。

"他"站在旁边,远远地注视着这幅画面,平复着自己的呼吸。人们各司其职,他做完了分内的工作,现在,"他"可以休息了,对敌人的勇气还是叹服不已。

鬣狗还没有认输。它仍旧铆足力气，猛地咬住一个试图敲击自己脑袋的年轻男性的手。在犬牙所及的范围内，它已经咬过数条大腿了。它发动突然袭击，掀翻了好几个紧紧按住自己爪子的男性。可是，高速的奔跑追逐已经耗尽这头野兽的精力，在进攻者的沉重打击下，它的腿弯瘫软下去。从那一刻起，击打如雨点般落下，鬣狗被打翻在地。仿佛事已至此，它宁愿长眠于此，不愿再做反抗。

看到鬣狗不再动弹，女性们鼓动年轻的男性打死它，在越来越尖锐的呐喊助威下，年轻的男性们狠狠地击打鬣狗从头到脚的每一寸肌肤。

有那么一瞬间，"他"产生了帮助鬣狗的念头。但是"他"很快就清醒过来。"他"必须让自己的脑子转起来，想点别的事情。"他"抬起头，把注意力集中在天空中的云朵上。即使在这片喧闹声中，天空还是显得那么宁静。"他"看着片片金褐色的云彩优雅地随风消散。

一股鲜血溅到"他"的脸上，"他"决定远离杀戮，于是，"他"爬上枝头。现在，"他"可以安安静静地观察天空。云彩挂在那里，仿佛纹丝未动，就好像它们从不着急，永远不会有忧愁烦恼，永远不会身处险境。"他"用力抬起一只手，想要抓住云彩，可惜未能如愿。"他"跳起来，仍然没能成功。"他"爬到一根更高的树枝上，摇摇晃晃地保持着平衡，再次尝试触碰那些云朵。

可是，它们还是遥不可及。

遗憾。

树下，族人们杀戮鬣狗的活动已经结束。进攻者中有人负伤。不过，总体而言，损失微乎其微。大家各自舔舐伤口。"他"站在高处，出神地望着从野兽身上剥下来的兽皮。"他"的内心充满恐惧。眼见对手变成一堆冒着热气的肉团，看到鬣狗族的先驱并没有因其勇敢而获得褒奖，一种奇怪的感觉在"他"胸中升腾。

但是，这便是最重要的自然法则，为了让后代子孙明白某些界限不宜过快跨越这个道理，先驱必须做出牺牲。

呼吸恢复平静后，"他"决定从树上下来，加入族人当中。"他"抓住一根藤蔓，顺着藤蔓向较低的树枝滑去。

10　黑夜中的不速之客

卢克莱斯·奈姆赫德把绳子拴在阳台的铸铁栏杆上,然后顺着绳子滑下去。做这些,她驾轻就熟。

在孤儿院里,大家叫她"小耗子"。不仅仅是因为她身材娇小,可以钻进任何地方,还因为她有一种能力,她能一点一点噬咬同伴的神经,直到对方向她的刁蛮任性让步为止。

就在两层楼中间,年轻姑娘告诉自己,无论是克里斯蒂娜·泰纳蒂耶、弗兰克·高梯耶,还是伊西多尔·卡森博格,他们都不能阻止她探寻人类起源的行动。她将找出谋杀阿德让米安教授的凶手或者凶手们的名字。她将揭示他的秘密。

我们祖先的祖先。

人类的共同祖先。

她跳到阳台上。古生物学家公寓的窗户被关死了。年轻

第一部分 缺失的环节

姑娘从胸罩中掏出瑞士军刀,扳开平滑的刀刃,没费多大力气就把它插进窗扇中,挑起扣住窗户的窗闩。阻隔变通途。

为了完成这次特别任务,她穿着一件黑色的紧身厚运动服,并把红棕色的长发扎成了马尾辫。为了减轻脚步声,她换上一双牛筋底的低帮便鞋。她先将一条腿伸进窗户打开的缝隙,然后是另一条,她小心翼翼地踏上割绒地毯,拧亮手电筒。

她在被害者的办公室里。似乎有人在那里等着她。她赶忙举起手电筒照亮四周,认出那些"人"原来是挂在T字形支架上的猴子骨架。强烈的光线放大了头颅空洞的笑容,仿佛猴子们乐于见到她回来拜访它们。

"猴子们,你们好。"

猴子的影子一直被拉长到天花板上。

"你们,你们知道是谁谋杀了教授吗?"

作为回应,猩猩放出了一只夜蛾,小飞蛾本来在猴子的下颌骨里安了家,不明白为什么半夜时分四周会突然亮起来,于是飞了出来,扑哧扑哧地飞舞,穿过整个房间,显示自己的慌乱不安。

卢克莱斯·奈姆赫德移动手电筒,手电的光从一面墙照向另一面墙。她感觉空气中存在某种难以捉摸但又浓重厚实的东西:悬而未决的谜题。如同一朵乌云,只求爆裂,释放出疾风骤雨。

屋外，正巧一道闪电划过天空，炸雷惊响。的确，暴风雨来了。一道道白色的闪电不时地照亮房间。

她重新打开"新闻"文件夹，翻阅其中的文件。阿德让米安教授提到自己在坦桑尼亚关于"缺失的环节"的研究，他谈到在奥杜威河岸一个新的考古工地。在一次采访中，他宣称："世间所有谜题中最举足轻重的那个——人类真正的起源，在不久的将来，我就可以揭开它的面纱。""Stupete gentes"[1]，就像古罗马人说的那样。"世人啊，准备好大吃一惊吧。"

在另一份剪报中，其他的古生物学家表示，他们对阿德让米安教授的工作毫无兴趣，甚至充满鄙夷。"就目前而言，他还没有发掘出任何一块有价值的骨骼化石。"

一个小响动让年轻姑娘警觉起来。她马上关掉手电筒，待在原地一动不动。

声音没了，又响了起来。房间里有其他人。她犹豫了一会儿，重新打开手电，把手电的光束直接照向发出声响的地方。那声音听上去好像是什么东西在摩擦地毯。一个鼻子，几根胡须，粉红色的小爪子。一只小老鼠正在纸篓里啃食一张纸片。它注意到有人发现了自己，立刻逃之夭夭。

小老鼠还真帮上了忙。女记者坐在地上，咬着手电筒，开

---

1 "Stupete gentes"为拉丁语成语，意为"世人啊，准备好大吃一惊吧"。

始一页一页地展开每张被揉皱的纸片。她找到一封信,上面写着:"我知道我已经时日无多。他们打算杀我灭口,因为我的秘密令他们如坐针毡。

"事情很明显,我的新发现让整个科学界倍觉难堪,所有的信仰都被推翻。但是,真理为重,没有人能在与真理的对抗中取胜。把真理沉入深海是徒劳的行为,它总会浮出水面。所以,我请求你,请求读到此处的你,帮帮我。如果他们杀死了我,请把我的秘密告诉大家,别让它和我一起消失。"

卢克莱斯·奈姆赫德拿着手电筒继续在房间中搜索。在办公室的扶手椅上方,她照亮了一幅幽默画。画框内,一条小鱼正在和另一条体型比它大得多的鱼聊天。吐出的气泡中写道:"哎呀,妈妈,好像有的鱼已经离开水面,踏上坚硬的陆地,它们是谁呢?"妈妈回答说:"噢,大多是那些对现实不满的鱼!"

有人用黑色毡笔重重地画掉"对现实不满的"这个形容词,用"焦虑不安的"这个词取而代之。

这幅画有个标题:《进化的秘密》。

她正准备继续搜索下去的时候,又听到一声微小的动静。这一次,应该不是老鼠。那是撞击门锁发出的清脆声响。卢克莱斯·奈姆赫德赶忙关掉手电,蜷缩在厨房的门后面。她听到大门被打开。有人进来了。

透过锁眼,借着又一道闪电的亮光,她看见一个中等身材的男子，披着一件被淋得透湿的雨衣。不速之客背着背囊，看上去相当沉重。他在背囊里翻腾了一会儿，从里面掏出一个猴子面具戴上，接着扭亮了手电筒。

入室盗贼？不太可能。现在，不速之客正挥动着一个硕大的汽油桶，开始往所有房间的地毯上倾倒桶里的液体，特别是办公室。接着，他回到门口处，手里抓着一盒火柴。他划着了一根火柴，没有马上把火柴抛向汽油，而是凝神盯着火苗，停顿了片刻。

火光能够慑服人类。侵入者延迟的片刻足以让卢克莱斯·奈姆赫德扑向对方。手指轻轻一弹，火柴便被她熄灭，趁着对方还没缓过神来，她抬起膝盖，猛顶入侵者的裆部。男人痛苦地呻吟着。透过猴子面具的孔洞，她看到一双充满痛苦和惊讶的眼睛。对方还没回过神来，她迅速行动，接连出手，一拳打在对方肚子上，一手成刀甩在对方喉结上，锁住他的手臂，不断用力扭住，把他死死地按在地上。

闪电再一次划破淡紫色的天空，公寓内所有的东西都在颤抖。玻璃窗上的水珠向下流淌，水珠的反光仿佛撕碎了墙上的壁毯。

"你是谁？来这里干什么？"

她加重力道。不速之客很清楚，自己被她抓住肘关节，对方只需要很小的动作就能折断自己的肩膀。他发出杀猪似的声音,而面具压抑住了他的呻吟声。

"你想毁灭行迹,不是吗?快点,说话!你是谁?"

她想把对方翻过来,撩起他的面具。但是,他借此机会,突然发力,迅速挣脱她的束缚,迅速跑向楼梯。她起身追击。

"抓住他!"她朝着楼下大门的方向大喊。

然而,穿着雨衣的不速之客早已经跑到大街上,混入被雨淋湿的人群。

无名男子藏匿到了万千无名之人中。

11 "他"的部落

"他"看着自己的部落。

族人们围成一个圆圈,聚在鬣狗的尸体周围。

"他"不知道究竟有多少人。

"他"不会计算"5"以上的数字,"他"数数全靠自己右手的手指。超过"5",就意味着"很多"。因此,在部落中有"很多"族人。

"他"不知道他们的名字。他们也没有名字。"他"通过在部落中的地位或者特殊的生理特征来辨认他们。

首领是部落中最重要的人物。他的后背长满略微发白的汗毛。权力似乎改变了他身上汗毛的颜色。不管怎么说,值得一提的是,在同龄的雄性成员中,没有地位的人的后背颜色要深一些。

首领的身材也不是特别魁梧,但是他的肩膀宽阔,胸肌发达。他易怒,好斗。他习惯轻轻地敲打大家的脑袋,提醒别人自己才是首领。如果有雄性成员打算质疑他的权威,这种轻轻的敲打则是一种明确的提醒:"要么挨揍,要么战斗。"

面临危险的时候,首领不假思索地冲锋在前。我们可以把这种行为称作"下意识的行为"。在大多数族人身上,这种说法比"勇敢无畏"要合理得多。

以前,选择部落首领只依靠一种品质:不会被新的或者未知的事件吓傻。不过,经过几代首领的更迭,这种才智已经过了时。现在,族人们选择最强壮的,除此品质之外别无其他。

在爱情方面,部落首领的粗暴无理更是引人注目。当他向自己妻妾中的某位年轻雌性成员求欢时,他习惯先拉拉对方的耳朵,接着把手指插进对方鼻孔里。在交欢过程中,他会撕咬伴侣的脖子或者拉扯对方的毛发,直至女伴大声吼叫为止。

刚好,"他"认出此刻站在首领身边的是他的第一夫人。她有一双黑色的大眼睛,臀部松垮垮的,颜色猩红。作为首领的第一夫人,她总是认为自己必须高声吼叫才能表达意见。在狩猎时,这种说话方式对吓唬敌人很有用,可是久而久之,就有点招人烦。

首领的第二夫人就没那么嚣张。第一夫人非常喜欢敲打她的脑壳,想用这种方式让对方规矩一些。第二夫人会把怒火发泄在第三夫人身上,后者只能彻底缩到一旁。第三夫人怀里紧紧地抱着一个婴儿。当她给孩子喂奶的时候,就连首领也不能靠近。对此,首领十分恼火,他曾数次试图杀死这个小东西。

"他"继续扫视族群。

在"强势雄性成员"的群体中,"他"认出了"瘦高个儿",他不断地挑衅首领,试探他是否已经开始衰老。在他的右边是"缺一耳",他只能察觉来自右侧的危险信号。还有"长阴茎",当他四肢着地奔跑时,生殖器会蹭到地面。最后,是被人们称作"臭嘴巴"的家伙。这是一个不怎么强壮的男人,但是他只需张张嘴就能把敌人熏个半死。

在这些人身后,站着"次强势雄性成员"。这是一群年轻人,以及曾经的"强势雄性成员",被其他"强势雄性成员"所击败。他们经常相互争斗,决出谁有荣幸得到挑战现在的"强势雄性成员"的资格。

更远的地方,是那些"弱势雄性成员",他们不敢向任何人发出挑战,只能在"强势雄性成员"需要的时候,向他们提供帮助,大声喊叫或者拍手跺脚。

还有部落的前任首领。通常来说,前首领一定会被部族抛弃,因为他的体魄已经不再强壮。不过,他的嗅觉依然相当灵敏,他能够辨认出哪些植物可以食用,哪些植物有毒。从维系部族生存的角度来看,这项本事不可或缺。因此,族人们留了他一命。

"他"还看到那些在狩猎过程中患病或者致残的雄性族人。他们被看作"可以被容忍者",前提是他们不会拖累部落。事实上,族人们留下他们,只是因为在突然袭击猎食性动物时,可以把他们当作钓饵。在日常生活中,这些人多少有些沦为族人的出气筒。他们没有权利触摸雌性成员,吃饭时,他们只能吃其他族人丢弃的残渣。

在左面更远的地方,一群雌性成员正叽叽喳喳。她们是"强势雄性成员"或者"次强势雄性成员"的女人,以及几个情窦初开的处女。"他"靠近一些,发现一个雌性成员刚刚完成分娩。部落人丁又壮大了。刚一离开母体,小家伙就会爬了。母亲用牙齿咬断脐带,同时把自己的乳房摆到孩子面前,她决定,不会立刻把这个孩子放到地上,马虎大意已经让她失去了太多婴儿。

"他"继续观察着自己的部落,族人们围在被剥下的鬣狗皮周围。右面更远的地方,有一群孩子,再远一点的地方,是一群老人。

然后,还有"他"自己。想到自己时,"他"把自己称作"我"。有那么一次,"他"在一个水塘中看到自己的倒影。

"我"没有任何特别之处。

12　伊西多尔·卡森博格

卢克莱斯·奈姆赫德又跟同事们在"阿尔萨斯人"啤酒馆聚会。在《当代观察家》为数众多的编辑室中，某种程度上，她跟这些人是"一伙儿的"。大家站在吧台前，聊着周报内部的家长里短。

"文学专栏的主编刚刚出版了一部小说，为了确保能得到至少一个好评，他用化名撰写了一篇文章。"弗洛朗·佩尔格里尼说。

他的话引发哄堂大笑。每个人又都点了一杯啤酒。

他们接着坐了下来。卢克莱斯·奈姆赫德坐在弗兰克·高梯耶的旁边，手里也端着一杯酒。一个系着蓝色围裙的侍者端上来一堆热气腾腾的吃食，盘子里满是各式各样的熟猪肉食品：白肉肠、法兰克福香肠、洒上面包屑的猪蹄、水煮猪肘，每样

第一部分 缺失的环节

肉食都配着略微有点酸的腌酸菜。

"呃,和伊西多尔的见面怎么样?"科学专栏的主编发问道。

年轻的姑娘甩了甩红棕色的长发。

"还不错,谢谢。不过我觉得我还是更愿意自己调查这件事。昨天晚上,我回到犯罪现场,遇上的事情可非同寻常。一个神秘来客闯进来,头上戴着猴子面具,手里拿着一桶汽油。他想把那里一把火烧干净。对于一名连环杀手来说,这也算是种诡异的行为了吧,不是吗?"

"你抓住他了吗?"

"他从我手里溜走了。而且,他跑得很快。太遗憾了,否则我向你们保证,我早就让他开口招供了!"

她的话丝毫没有触动这群腌酸菜爱好者,他们半信半疑地噘着嘴。弗洛朗·佩尔格里尼嘴里塞满食物,含含混混地表达了大家的一致意见。

"哼,不管怎么说,泰纳蒂耶决不会同意你发表这个题材,没有卡森博格,你不管怎么折腾,都不可能如愿的。"

弗兰克·高梯耶表示赞同。

"算了吧,你就承认你和那个又肥又蠢的家伙的会面并不愉快吧。现在,我们得向你承认,我们和你开了个玩笑。我们想给你对'人类起源'的热情泼点冷水。卡森博格每次都会把人撵走。他就是那样的人。他不想再见到任何人。"

"这个家伙究竟是什么人?"

"卡森博格吗?他是一个彻头彻尾的疯子。"高梯耶直截了当地说道。

弗洛朗·佩尔格里尼稳稳地端着手里的啤酒杯,犹如握着一颗水晶球。

"不是这样的,他或许在最后的日子里头脑有些不清楚,但是,我对他非常了解,我可以向你们保证,在他那个时代,他可是巴黎最大牌的记者。"

他等着侍者把空盘子撤走,重新换上食物之后才继续说下去。

"我认识他的时候,他既没有秃顶也不胖,而且也没有把自己幽禁在那个远离人群的塔里面。那时候,他是警察,是法医中心的鉴定专家。他是分析细微迹象方面的专家:头发,可疑的斑点,各种不同的印记。人们都说,他有本事从一根毛发里面研究出一切,他可以借此搞清楚所有者的性别、年龄、身体紧张程度,以及毛发的前主人是否吸毒。对他来说,这就好像一种解谜游戏。但是,在诉讼过程中,人们很少使用他的鉴定结果,对此他失望透顶。他得出的结论很难引起法官和陪审员的关注。于是,他改了行,转而从事科学新闻报道。他的专业知识能让他把文章编辑得仿佛警方的调查报告。这是一种创新,报道者展现了自己对事件的观察,而不是用干巴巴的官方语言来陈述。公众最终认可了他特有的'手法'。他很快就在新闻界出了名。在业界,他获得了一个绰号——科学神探夏洛克·福尔摩斯。"

"事实上,他只是'正常地'从事着自己的职业。"凯文·阿比伯插嘴说,一边说话,一边拿一块脏兮兮的白色纸巾擦嘴上的油,"问题在于,大多数的记者已经变得麻木不仁,再没有丝毫的好奇心。同时,由于懒惰,他们乐于人云亦云,重复写着千篇一律的文章。"

弗洛朗·佩尔格里尼并不在意自己的发言被打断。

"伊西多尔·卡森博格本来可以晋升科学专栏的负责人,而不是高梯耶。难道不是吗,弗兰克?"

弗兰克拉长了脸。

"没错,或许吧,但是他遇上麻烦也不是我的错呀。"

"什么样的麻烦?"卢克莱斯·奈姆赫德问道。

"一天,他好端端地在地铁上坐着,一个充满瓦斯和锈铁钉的短颈罐在他那一节车厢里发生爆炸。那是一场恐怖袭击。他躲在凳子下保住了性命,但是爆炸正值高峰时段,简直是一场屠杀。滚滚浓烟中,他爬过被炸成碎片的尸体,试图救助那些受伤的人。"

围桌而坐的人们默默地点了点头,不过大部分的宾客都没有因此丧失胃口,继续兴高采烈地大嚼着香肠和猪肘子。在一片咀嚼声中,佩尔格里尼接着说下去。

"袭击发生后,整整一周时间他闭门不出,不修边幅,不吃不喝,几乎不眠不休。经过这个消沉时期之后,他想要拿起武器,找出凶手,一个个地把他们宰了。随后,他发现这次恐怖事件和一桩复杂的外交事件有关,此外,他还发现法国向发动袭击者所在的国家出售武器。对此,他无能为力。于是,他开始封闭自己。整个人变得越来越胖,写的文章越来越少,最后,他买下水塔独居,远离世人。"

"一座象牙塔……"凯文·阿比伯建议这样称呼。

"或者说是一座墓穴。"高梯耶说道。

侍者又数次端上啤酒,大家很快就喝了个底朝天,似乎这样有助于更好地消化这个离奇的故事。卢克莱斯·奈姆赫德也端起酒杯,喝了整整一大口。

"然后他就得到了那本书。"弗洛朗·佩尔格里尼补充道。

"哪本书?"实习生问道。

"一部离奇的小说。乍看是一个纯粹的悬疑和冒险故事,实际上在鼓吹积极的非暴力主义。那本书他看了又看,直到读懂隐藏在文字之下的含义。对伊西多尔来说,这可是一种顿悟。至此,他确定自己的敌人并非那些个恐怖分子,而是普遍意义上的暴力行为。"

"他又重新拿起笔,但笔锋太咄咄逼人!"高梯耶强调说。

第一部分 缺失的环节

"伊西多尔·卡森博格独自对抗全世界的暴力行为：对抗恐怖分子、虐待儿童的刽子手、暴徒……由于攻击性过强，《当代观察家》无法继续发表他的文章，其他地方也发不了。"

"这是个狂热的'反暴力者'。"凯文给他下了定义，"凡事都应该有个度，揭露丑恶也不例外。各国大使馆为此抱怨连连，凯道赛[1]要求报社辞退他。他被解雇了，回到水塔过起了名副其实的隐士生活。"

"不过，他在读者中依然享有巨大的声望，人们并没有忘记他，报社领导层中不乏他的支持者。在这一点上，卢克莱斯，我们并没有骗你。"弗洛朗·佩尔格里尼声明。

男人们都在唉声叹气。不过当桌上重新摆上一盘腌肉，他们把肉公平合理地分到自己的盘子里面以后，这些人又恢复了活力。

---

[1] 凯道赛为法国外交部所在地，人们多以此来指代法国外交部。

13 盛宴

族人们大块撕拽着鬣狗仍在微微颤动的肌肉。

鬣狗肉有点麻烦,它会发出阵阵臭味,那是一种呛人的馊味。有的部位散发出的味道实在令人作呕,族人们不得不捏着鼻子才能吃下去。

而且,恶心的不只是气味,还有吃到嘴里的味道。对于那些从来没有吃过鬣狗肉的人来说,那种味道简直难以想象。毫无疑问,最苦涩的部位是鬣狗后爪的脂肪。

从个人角度而言,"他"并不太喜欢吃鬣狗的肉。在肉类里,"他"更喜欢吃食草动物的肉。它们的肉口感更加甜滑,肉质更加松软,从来不会令人作呕。可是,在"他"的身边,似乎同伴们都在大快朵颐。尤其是"弱势群体",对他们而言,强者的落败可以满足他们对生活的小小的报复心。除了吃肉,他们争先恐后地抓扯着鬣狗的毛皮。弱者同样残忍,而且毫无来由。

现在,鬣狗的肚子被撕开一道大口子,宴席变得更加嘈杂。鬣狗身上所有的地方都被吃得干干净净,尾巴都被咂摸得只剩下了小块的碎骨,耳朵上的软骨也被舔掉,甚至必须要用臼齿才能咬碎的牙床也没能幸免于难,族人们咬碎臼齿,吸食里面少量略带酸味的骨髓。首领的臼齿相当坚硬,他能够咬碎犬齿,吃到里面咸咸的肉筋。

"一只耳"霸占鬣狗的头部,为了取出里面的脑髓,他像敲打成熟的水果那样把鬣狗的头骨打碎。粉红色的狗脑子在族人们的手中传递着。在把它传给身边的人之前,每个人都要咬上一小口。这是一项重要的仪式:"吃掉让你心生惧意的敌人的脑子。"直觉告诉他们:品尝那些跑得很快的生物的脑子,他们会跑得更快;吞食那些聪明的生物的脑子,他们会变得更加聪明。

首领咬开鬣狗的胸腔,肋骨中间发黄的狗肺暴露无遗。

"他"饥肠辘辘,于是"他"用手指抠开鬣狗海绵状的肺泡。摸着这种柔软的物质,"他"回想起当"他"试图甩掉鬣狗时,自己的肺部是如何气喘吁吁的。为了今后更顺畅地呼吸,"他"饱餐了一顿狗肺。"他"至少应该吃掉三份鬣狗肉来忘却追逐期间产生的痛楚。

孩子们手里紧紧地攥着鬣狗的肾部,就像挤压海绵似的。

他们喝着混有尿液的兽血。一个黏在母亲身上的小家伙把玩着鬣狗的一只眼睛,他手里攥着鬣狗眼睛上的一根神经,甩来甩去,让狗眼在空中打转,好像投石器一般。母亲吼叫着训斥他。没有人会玩弄食物,应该趁着不同的器官变凉之前赶快吃进肚子里。

成群的豺、秃鹫和乌鸦已经聚集在族人的周围。这些腐食者中最没有耐心的家伙已经抑制不住自己的冲动了,它们不断施压,意图赶走部落。一只豺甚至胆敢走上前去,轻轻地咬了一个孩子一口。首领的第一夫人扇出一巴掌,打在豺的脑袋上。豺并没有后退,反而亮出獠牙。这就是眼前这个世界的问题:没有人愿意止步不前,因此,要想获得尊重,必须不停地彰显自己的力量。就这样,一次又一次地,作为输家的动物们忘记了惨败的经历,它们想要在游戏中重新获胜。第一夫人拿起一块石头,扔了出去,砸在豺的肋骨上,豺终于退了回去。

苍蝇不请自来。它们早就开始围着鬣狗的肉乱飞,嗡嗡声越来越大,最后变成一片嘈杂。

一个孩子掀开一块内脏,找到了鬣狗的肝脏。第一夫人立刻把这块食物中的精华从孩子的手中讨要过来。

拥有高等身份的部落成员有权要求获得被杀死动物的肝脏,无人胆敢对此提出异议。

只要肝脏被吃掉,族人们就会停止激烈的进食。最重要的珍馐美味已经不在。大肠散发的气味的确很刺鼻,除了"弱势成员",没人喜欢这味道。

饱餐之后,族人们四散开来,大声地咀嚼着嘴里的东西。咀嚼是一项重要的活动。没能充分咀嚼的人通常会生病。"他"甚至曾经见过一个孩子囫囵吞下长颈鹿的鼻子,然后窒息而亡。

年轻人真是什么都不在乎。

14 老鼠与大象

卢克莱斯·奈姆赫德嘴里嚼着黑色的甘草口香糖,深吸一大口冰冷的空气。除了这两样,再没有什么东西能够更好地令紧绷的神经放松了。然后,她敲响了伊西多尔·卡森博格的水塔的厚重铁门。

无人回应,她注意到大门并没有关严。于是,她走了进去。她在圆锥形大厅里找到了伊西多尔。他正站在橡木唱经桌前读着一本书。这次,他站在灯光下,她终于可以把他从头到脚打量个遍。

她靠近几步,他抬起头,反过来打量她。

两个人就这样在沉默中彼此打量着。

伊西多尔·卡森博格比卢克莱斯第一次到访时估计的还要高一些,还要胖一些。他大概高有 1.95 米,重有 120 公斤。

他的身体就像滑溜溜的圆球,身上裹着一件宽松肥大的浅灰色绸子外套。不系腰带,不戴手表,也不绑鞋带。"非暴力运动,卡森博格已经把它融进自己的穿着打扮里去了。"她这样想着。

伊西多尔的头顶几乎全秃。他长着大耳朵、宽额头,嘴唇肉嘟嘟的,小巧的鼻子上架着一副金丝边的眼镜,酷似加大版的婴儿。

他眼睛转来转去,探寻着卢克莱斯身上数不清的微小细节。

"一头孤独而又焦虑的大象……"这个念头一度在她的脑海盘旋,直到另一个念头跳出来。事实上,卡森博格让她想起印度神话里的象头神——迦尼萨。

"您正琢磨着我长得像一头大象吧?"伊西多尔说道,"我怎么知道的?您目不转睛地盯着我的大耳朵呢。有人像您那样盯着我的耳朵的时候,肯定在把我比作大象。"

"我想到了印度的迦尼萨神。"

肉球转过身去,在书堆里翻找起来,从中间刨出一尊迦尼萨神的小雕像。

"迦尼萨,智慧和欢喜之神。他左手拿着一本书,右手端着一坛果酱。可是您知道迦尼萨的传说吗?"他问道。

年轻姑娘摇了摇头。

"他的父亲,湿婆神,有一天回家比往常要早一些,突然在家里发现了一个小伙子,他以为这是自己的妻子雪山女神的情人。他立刻拔剑出鞘,挥剑砍下对方的首级。雪山女神向他解释说被斩首的人正是他的亲生儿子。迦尼萨的父亲伤心欲绝,他深表歉意,答应妻子用闯进房间的第一只生物的头来替换他儿子被砍下的头。结果一头大象不期而至。"

卢克莱斯·奈姆赫德指着铜像脚下某种长得有点像小型啮齿类动物的东西。

"那这个,是什么呢?"

"他的坐骑。迦尼萨是一只站在老鼠上出行的大象。"

他专注地观察着这位红发女郎,把在她皮肤和衣服上流转的光晕尽收眼底。这个莽撞的孩子到底想在这间陋室里执着地追寻什么呢?

他又打量了她一遍。女孩身材小巧,1.6米高,50公斤重,胳膊结实有力,胸部浑圆,一双大眼睛炯炯有神,闪烁着翡翠般的光芒。长长的睫毛是红褐色的,长发也是红褐色的。她的一双脚小巧可爱,呼吸响亮而富有规律,一副运动员的模样。她目光坚定,嘴里嚼着口香糖,头可爱地昂着。一定是从很小的时候就开始练习古典舞蹈才赋予了她如此优雅的仪态举止。

要是两个人能够共事,那将是一个多么不般配的组合啊,卢克莱斯·奈姆赫德心里琢磨着,简直就是新版的劳来与哈代[1]嘛。

---

1 美国好莱坞第一对杰出的电影笑星。

她叹了口气。

"我是来向您道歉的。上次来访的时候我失礼了。"

"我同样也有失礼之处,"伊西多尔还了一句,"我们互不相欠。"

"我并不知道您是非暴力运动的支持者。"

"这有什么不同吗?"

"非暴力运动者的右脸被人扇了一记耳光,他们会把自己的左脸凑上去。"

"您那一套过时了。新非暴力运动者会低头躲过那记耳光。这样一来,挑衅者甚至都不会因为自己的施暴行径而感到不舒服。"

"我侮辱过您,说您是个蠢货,还骂您是傻子、白痴、笨蛋。"

伊西多尔白皙的脸上露出贪婪的表情。

"您知道'蠢货'这个词的来源吗?它出自意大利语'imbecille',意思是失去棍子的人。影射那种总是需要拐杖才不会跌倒的人。不依靠任何教条、任何死板的原则和任何保护者生活,很勇敢吧,难道不是吗?我倒希望自己是个蠢货,越久越好。"

卢克莱斯·奈姆赫德恭敬地点了点头。

"我觉得'傻子'这个词也挺适合自己。"卡森博格接着说道,"'傻子'这个词出自拉丁语'stupidus'。受到强烈震撼、被惊呆的人才叫傻子。傻子是那种惊讶于世间之一切、赞叹于世间之一切的人。我愿意一直傻下去。在希腊语里,'白痴'和'有特点的'这个词是同一个意思。白痴就是在语言上有特点的人。我愿意做一个有特点的人。至于'笨蛋',呃,好吧,它和女性的生殖器官有点关系。说某人是'笨蛋',难道不就是把这个人同更迷人和更有内涵联系起来了吗?我真的愿意当一个笨蛋,同时又是蠢货、傻子加白痴。"

她在书堆中往前挪了几步。

"在编辑室里,我听别人说,一本书改变了您。这是一本什么样的书呢?"

显然,这本书就在那一堆乱七八糟的破烂里。他径直走向一个书堆,那本书就摆在书堆的正中间。他把书拿给卢克莱斯看。封面上,几个人正朝着刚从地平线上升起的太阳前进。看上去不太像一本冒险小说,更像是一本教人处世之道的手册。

"随便哪个书店都能买到这本书。没什么特别的。事实上,这部书就是蠢货、傻子、笨蛋、白痴才爱读的书。"

他把书递给她。

"您从中领会到它既富于特色又令人称奇,既有内涵又并非循规蹈矩。"卢克莱斯概括道。

她一边翻阅这本书,一边听着伊西多尔·卡森博格讲解书中的内容,尤其是两个在他看来特别有意思的概念。

他从第一个概念讲起——VMV,即"减少暴力之路"。

"什么是 VMV 呢?"

"人之所以遭受苦痛,是因为他在对抗自己,对抗同类,对抗整个宇宙的时候总是处于一种暴力的状态。为了摆脱这种困境,我们应该预测自己每一次行动所产生的后果,同时要预想到这种行为有可能会引发一连串的暴力行为。"

伊西多尔·卡森博格似乎是要为自己的言论提供佐证,他把这本书放在书堆的顶部,只要他不再加以理会,书堆立刻会分崩离析。

"第二个极其重要的概念——'建立在数字基础上的世界变革'。"

年轻的姑娘坐在书堆成的"扶手椅"中,"椅子"的棱边有点硌人,她换了一个让自己最舒服的姿势。

"认真听我说。这些组成数字的笔画自身包含着一整套教义理论,我们每天用成千上万次,却甚至从来没有思考过。这些数字是印度人发明的。[1] 曲线是爱情的标志,横线代表依附,交叉线代表选择。

"'1',是矿物时期。"

---

[1] 国际通行的阿拉伯数字实际上并不是由阿拉伯人发明的,是古代印度人发明了包括"零"在内的十个数字符号。

为了让她有更直观的视觉感受,他在空中比画了一个数字"1"。

"……'1',站得笔直,一动不动,就像一座石碑。不为任何东西所动,它就站在那里。没有曲线,没有横线,没有交叉线。所以,也就没有爱情,从不依恋,不做选择。在无机时期,我们身处此地此时,从不思考。

"数字'2',"接着,他又一次在空中比画起了数字,"是植物时期。它弯曲的茎就像一朵鲜花,一段短横好像植物的根。'2'依附大地。因此,花朵就无法运动。上半部分有一段曲线,代表'2'热爱蓝天。鲜花力求美艳动人,为了取悦更高等的物种,它用协调的色彩和叶脉来装扮自己。

"数字'3',是动物时期。这个数字上下分别包含两条曲线,"他边说边用两手的拇指和食指比画出一个数字"3","它既热爱蓝天,也热爱着大地。"

"也可以说是两张叠在一起的张开的嘴。"卢克莱斯·奈姆赫德指出这一点。

"一张亲吻的嘴叠在一张撕咬的嘴上。"伊西多尔·卡森博格同意这一说法,"'3'只能活在二元对立中,'我爱或者我不爱'。'3'里面没有横线,所以它既不依附于蓝天也不依附于大地。动物永远都在运动着,无依无靠,孑然一身,恐惧和希望驱使着它们。'3'行事听凭本能指挥。因此,它永远都是自我感情的奴隶。"

胖男人又把左右手的食指相互交叉。

"'4',是人类时期。'4'里面包含着交叉的符号,代表着十字路口。十字路口,也就是选择。只要选择得当,这个十字路口会指引我们摆脱兽性,迈进下一个时期。从数字'3'代表的动物时期迈向数字'5'的时期。它让我们有可能不再陷入充满恐惧而又心怀希望的窘境,让我们有可能不再只是遵循本能的情感而做出反应。我们可以走出'我爱或者我不爱'的双向困境,就像走出'我恐惧或者我制造恐惧'的困境那样。"

"然后到达更高的阶段,数字'5'吗?"

"'5',是精神时期,是人类的进化阶段。数字'5'里面有一条高高的横线,这可以和天空联系起来。它还有一条朝下的曲线,因此,它爱着下面的东西,也就是大地。'5'就是'2'的精确倒影。植物植根于大地,睿智的人类与天空密不可分。植物热爱蓝天,睿智的人类热爱大地。安德烈·马尔罗有句名言:'第三个千年将是属于精神世界的千年,或者它将就此结束。'人类将会进入'5'的时代,或者将就此灭亡。

"这就是我们希望达到的目标:从情感的束缚中解脱出来,控制本能的反应并且变得睿智。"

卢克莱斯·奈姆赫德沉默了一会儿。她在思考,接着问道:"那'6'呢?"

伊西多尔·卡森博格的表情变得神秘起来。

"现在谈论这个数字为时尚早。能够理解前五个数字,您就已经算是完成了一次飞越。如果能让人完全理解这些,我的努力就已经得到肯定了。"

卢克莱斯一个接一个地在面前比画着。

"'1'……'2'……'3'……'4'……'5'……真是件怪事。这些数字老在我们眼皮子底下晃悠,怎么就没有人去思考它们除了计数功能以外包含的其他信息呢?"

"人们并没有足够重视身边的事物。"伊西多尔惋惜道,"他们依照成见行事,觉得自己已经无所不知。"

他扭动着肥硕的身躯。

"不管怎么说,数字为我们打开了未来之门,我希望这一小段关于数字的陈述能够说服你,唯一重要的问题并非'我们来自何方',恰恰相反,问题在于'我们去向何处'。"

卢克莱斯舒展纤细的身体,站起来,抬脚跨过书堆,穿过房间,向着墙壁走去。她想要更仔细地观察这几面引人注目的墙壁,墙上贴着一些剪报、照片和绘画作品,还有几张购物清单。

"正相反,"卢克莱斯若有所思地说道,"您让我更加确信,我的努力尝试有凭有据。要想了解未来,首先应该了解过去。"

伊西多尔·卡森博格从一幅画上揭下一张便笺,接着从一堆书下抽出一辆小推车。

"您去哪儿?"年轻姑娘问道。

"啊,好吧,问得好。您看,您想去哪儿就能去哪儿。我要去哪里呢?对了,我的确该去采购些东西。到时间了,我需要一些蔬菜和新鲜水果。"

"我可以和您一起去吗?"

他们边说边走到屋外,他推着小推车,小推车的轮子已经生锈,发出尖锐的摩擦声。荒地上遍是高高的野草和荨麻,远处交错着条条道路,路的两边盖满了城郊住宅楼。两人终于来到一个小广场上,广场对面立着一座不知道年代的小教堂。广场上有几个货摊,几个面颊红扑扑的、身材健硕的女菜农站在她们的摊位后头。

伊西多尔·卡森博格不急不慢地挑着东西。他把甜瓜闻了许久,把芒果掂量来掂量去,跟菜农讨论起新上市的蔬菜,接着把西红柿和鳄梨拿在手里摸来摸去,最后,他拿起几颗洋葱闻了起来。他认认真真地挑着接下来的几样陆生植物,又开了腔。

"正是对自我过往的留恋拖累了人类前进的步伐。(给我来两把红皮萝卜,那边的,特别红的那种。)如果人只考虑未来,那么他会活得更加轻松自在。相信我,灾难,真正的灾难,就是对过往的留恋。(您卖的梨熟了吗?这种和那种一样熟吗?)想想所有那些妄图通过重建落后体制实现自我定位的国家吧。在蒙古,人们呼吁重新审视成吉思汗的遗产。在阿富汗,人们打算重新推行可以追溯到公元800年的律例。在俄罗斯,人们由衷地呼唤新的沙皇。(一共多少钱?)"

伊西多尔·卡森博格从皮夹里抽出一张皱巴巴的票子,再把找回来的零钱塞回去,接着,他又把装着瓜果蔬菜的提包放进小推车里。谈话并没有中断。

"旧世界应该被打得落花流水。就像精神分析那样。人们深入过去,只是为了剖析它,碾碎它。与其频频回顾,不如放眼前路。"

他说着话,加快脚下的步子,走到卢克莱斯·奈姆赫德前面,后者一路小跑才能追上他。

刚转过一大片房子,突然闪出一辆汽车,车门猛地打开,车里伸出两只胳膊,一下子抓住了年轻的姑娘,把她拽进车里。卢克莱斯还没反应过来发生了什么事,嘴就被塞住,眼睛也被蒙上了。

伊西多尔·卡森博格并没有注意到这一切,他还在继续讲着。

"永远,永远不要回溯过去。否则长此以往,我们就会忘记向前看。这样吧,我举个例子,如果不再向前看,我多半会把这根路灯当作……"

第一部分 缺失的环节

车门砰的一下关上了,轮胎吱吱作响,接着汽车蹿了出去。透过正在全速奔驰的汽车的窗户,伊西多尔·卡森博格看到卢克莱斯·奈姆赫德被几个头戴猴子面具的壮汉夹在中间,她正在挣扎。

15 采摘

部落的前首领带回来一捧毛茸茸的树叶。

这些树叶有助于消化鬣狗肉。

前首领采摘树叶并非随意为之。树叶上的倒刺形状的绒毛能够紧紧钩住体内的寄生虫,然后引起猛烈的腹泻,以此达到清洗肠道的目的。

族人们饱餐了一顿。作为杂食动物,他们很幸运。红肉让他们兴奋,新鲜树叶让他们平静。接下来,他们又吃了一些临近成熟的水果。这样一来,刚刚吃过鬣狗肉的他们就不会放臭屁。

树下面,正巧突然出现一群鬣狗,它们想弄清楚到底发生了什么。鬣狗们发现了同类的残尸,尸体上落满苍蝇和乌鸦。它们往高处看去,想找出是谁敢如此羞辱它们。

第一部分　缺失的环节

部落首领用拳头捶打着自己的胸膛，抖动舌头发出咔啦咔啦的声音，向鬣狗示意：他的族人不仅能够杀死那只鬣狗，并且，鬣狗们应该担心相同的情形是否会再次上演。

这是历史性的时刻。

捕猎的方向刚刚在他们和鬣狗之间发生反转。部落中的雌性成员用歇斯底里的尖叫蔑视腐食者。她们刺耳的嚎叫充斥整个森林，所以，没有人听到一个有规律的搅动空气的声音正在靠近。一对巨大的翅膀正在扇动着。

低头者忘记抬头望。

还没有人来得及发出警报，一只老鹰就俯冲下来，趁着大家愣神的工夫，抓住了一个小不点儿。孩子正忙着摘掉水果上的果蛆，他打算扔掉果肉，只吃上面的果蛆。

族人们没来得及保护这个孩子，他们能做的仅限于张大嘴巴，傻傻地看着孩子尖叫着飞起来。

不过，悲剧不仅发生在小孩子身上，还有抱着孩子不愿撒手的母亲。母亲抱得太紧，最后她也被老鹰拖走了。

老鹰慢腾腾地飞起来。"他"决定孤注一掷，以最快速度爬上高处的树枝。

时间似乎凝固了。

两个猎物加重了老鹰的负担，它飞得缓慢而吃力。孩子的母亲还处于"他"站在树枝上能够到的范围之内。"他"跳到空中,向前远远地伸出双臂。破釜沉舟的一跳。"他"勉强抓住孩子母亲的脚趾。三人一鹰似乎静止在空中。孩子母亲尖叫一声,松开了手。

甩掉了累赘,老鹰立刻飞上高空,爪子上依旧抓着它的小猎物。

"他"摔到地上。鬣狗们立刻扑了过来,千钧一发之际,"他"躲过猎狗的獠牙,蹿上低处的树枝。

老鹰越飞越高。孩子的母亲朝它投掷青涩的果实,可惜,捕食者已经远去。

被挟持的孩子还在尖声呼救。

"他"看着天上的孩子,寻思着,或许这个小家伙挺幸运的。不管怎么说,他飞到了天上。部落中有谁可以吹嘘自己在一生中有过一次如此的感觉呢?没有人可以。甚至拼尽全力,"他"也无法跳到那个孩子现在所处的高度。太令人遗憾了。

16 痛苦的一刻钟

卢克莱斯·奈姆赫德被推进某个地方,四处都是嘎吱嘎吱的声音。两只手压住她的肩膀,把她按坐到一把椅子上。她的手腕被绑在身后,拴在椅背上。她什么也看不见,耳边也只能听到一些可疑的声响。另外两只手抓住她的脚踝,分开她的双脚,用绳子分别捆在两边的椅子腿上。

她奋力挣扎,可惜绳子太紧了,逃跑只是奢望。此外,她还察觉到,绑架者看着她在绳套里扭腰摆臀,来回蠕动,权当是看乐子。几分钟后,她就停止了一切挣扎,开始装死。一动不动的玩物总是比活蹦乱跳的玩物更容易激怒捕猎者。这次也不例外。有人把塞在她嘴里的东西掏出来,然后摘掉蒙在她眼上的眼罩。她咽了口唾沫润了润喉咙,眨了几下眼睛以重新适应外界的光线。

墙呈浅灰色，墙上的涂料像鱼鳞似的一片片地脱落，窗户脏兮兮的，而且不透光，水泥地面落满灰尘。她现在身处一个废弃的工厂里面。这个地方散发出一股发霉和生锈的味道。三个强壮的男人正在盯着她，每个人脸上都戴着猴子面具。

看到三个人还戴着面具，她松了口气。这意味着，他们最后会释放她，因为他们并不希望她日后认出他们。

其中一个人凑上来，捏住她的下巴。

"你到阿德让米安教授的公寓干什么？"

她冷笑起来。

"哈，这么说你就是那个被我收拾过的蒙面客啦？"

"没错，"另一个人嘟囔着，"你倒是给我提了个醒儿。"

他狠狠地抽了她一记耳光，打得她的头发晃个不停。她柔嫩的面颊上立刻留下一个鲜红的五指印。她感到一滴鲜血流进自己的嘴里。肾上腺素在升腾。此刻，卢克莱斯·奈姆赫德怒火冲天，她太想站起来和敌人大打一架，她又开始更加疯狂地挣扎起来，绳索都快被她挣断了。

"揍一个捆成粽子似的女人很容易。可是那天晚上，您可没这么英雄哦。"

第二个耳光接踵而至。男人用同样的声音审问。

"你在阿德让米安教授的公寓里做了什么？你去他的办公室里找什么？你在那里发现了什么？"

第一部分 缺失的环节

她的双眼看东西模糊不清,仿佛蒙上了一层红色薄纱。她喘着粗气。但她必须控制自己的怒火,以及想要打架的冲动;肾上腺素在作祟,不过,她要面带笑容,重新控制自己的呼吸。

"我不跟猴子枉费唇舌。"她说道。

第三记耳光又跟上来。另一个男人站在她面前,温柔地摩挲着她被打痛的脸蛋。

"关于人类的起源,你知道些什么呢?"这个男人的嗓音很是悦耳。

她再次抬起头,目光直直地盯着眼前的男人,像小学生背诵课文似的,一口气说完答案:"人类是猴子的后裔,猴子是从树上下来的。"

"老大,把她交给我吧,"第三个男人打断卢克莱斯的回答,在此之前,他还没动过,"我知道怎么让她开口说话。"

她向他们挑衅。

"呸,休想让我害怕!喂,小伙子们,你们想把我震住?就连你们的面具都没什么特色,下面还挂着搞笑的商店价签,65法郎!这也太业余了吧?要想让我这种类型的年轻女人屈服,至少要搞些有水准的东西吧?你们应该仔细地撕掉价签,再穿上刽子手的大斗篷,而不是戴着价值65法郎的猴子面具!"

"我能让她老实交代。老大?"最壮的家伙依然坚持着。

卢克莱斯·奈姆赫德怒目而视,翡翠色的眼睛直盯着他。

"无论如何,不管你们对我做什么,跟我刚进孤儿院时受的捉弄相比,这些都只是挠痒痒而已。"

那个被称作"老大"的面具人犹豫再三,最终表示同意。

"好吧,去吧,不过可别把她伤得太厉害。我可不喜欢看到人类受苦,尤其是女人……"

另外两个人赶忙解开绳子。虽然手还很痛,脚踝也还在发麻,但她抓住手脚暂时可以活动的机会,挥起一拳头,结结实实地砸在离自己最近的那个人的肚子上,抬起一脚,踢上最前面那个人的胫骨。

三个面具人迅速控制住她,重新把她绑了起来,拖着她走向一个下面挂着铁链的滑轮。他们把她的脚吊起来,让她头朝下悬着。她红褐色的发尾扫到地面,与此同时,她被绑在身后的双手尝试着挣扎。

"好了,想想吧,你去阿德让米安教授的公寓干什么?""老大"又一次问道。

"好吧,我全都告诉你,"她长吁一口气,"我敲开大家的房门是为了调查一件事情:法国人的冰箱里主要都存放些什么东西?要是有人拒绝打开房门,我就从窗户翻进去。"

"故事很好笑,小姐。随你怎么讲,可是你的血最后会流到脑袋里,这样说不定可以唤醒你的记忆。"

她在链子下不停地扭动着身体。事实上,血液开始让她变得头昏脑涨,整个身体都变得沉重起来。

"就像这样,你就像根熏香肠。"施刑者之一笑道。

恰好就在此刻,大厅里弥漫起一片昏暗的浓烟,像一团乌云。接着,一声巨响。

17　暴风雨来袭

闪电撕破长空,轰隆的炸雷声中,部落的成员们都呆住了。"他"用两条后腿支撑身体以便更好地欣赏美景。

云朵越来越阴沉,最后变成黑色,其中还泛着淡紫色和银白的反光。

天空越压越低。

漆黑之中射出一道闪电,像一棵白色的大树,狠狠地砸向地面。

"天空比什么都强大。""他"心想。

其他人都把脑袋缩进肩膀里。他们怕极了。可是,"他"毫无恐惧。

"天空是我的主人。""他"寻思。

那是"他"的朋友——云,正向匍匐在地面上的生物展示力

第一部分 缺失的环节

量。树杈状的闪电接二连三地划过,越来越频繁,越来越惊天动地。在它们的撞击下,大地都开始颤抖。

"天空多美啊,多么强大。""他"心里想着。

一道"之"字形的闪电打下来,炽热无比,击中一棵大树。部落的宿营地就在这棵树上。用细木棍搭成的塔形巢穴虽能够经受住雨水的冲刷,却无法承受大火的进攻。以前暴风雨来袭的时候,宿营地已然出过问题,但是从来没有像这次一样,闪电落在离营地如此近的地方。火势蔓延的速度很快。湿润的树枝冒出青蓝色的滚滚浓烟。所有人都被浓烟呛得咳嗽不已,孩子们甚至被呛得流出眼泪。闪电再次击中靠近大树的地方,与大树擦身而过,某位心不在焉的远亲原本站在那里,现在只剩下一堆灰烬。

雨越下越大,但是仍不足以浇熄火源。黄色的火焰蹿得老高,无视周遭的一切。首领像往常一样大声恫吓着大火,想要把这个敌人吓跑。大火完全不为所动,仿佛在嘲笑他似的。其他的强势阶级成员也赶来助阵。火直扑到他们面前,张牙舞爪地要咬人。所有的人都冲着大火嚎叫。对他们来说,大火是种极其恐怖的东西。他们不知道它的眼睛在哪里,不知道它的嘴巴在哪里,也没有办法打到它。他们无法理解大火是如何悄无声息地出现在他们身边的。他们看不见也听不到它来临的脚步,紧接着,突然,一头庞然大物就出现在面前。

雌性成员开始尖叫。火势蔓延开来,三簇火苗吞噬着营地。大火到处肆虐,吞噬一切,把它们变成黑色的灰烬,摧毁一切。首领不想放弃设施完善的营地,可是,树上到处都被烧得噼啪作响。几个冒失的家伙被烧着了,仿佛是火把,高声招呼着人们来灭火。鸟儿们都被吓坏了,奋力抓起鸟蛋逃离鸟巢。火势愈演愈烈,火炽热的獠牙也愈加锋利。

空气中弥漫着一股刺鼻的浓烟,大伙儿不停地咳嗽。

18　迷人的王子

废弃厂房里到处弥漫着浓烟。

三个戴着猴子面具的人紧挨吊着卢克莱斯·奈姆赫德的滑轮,他们呆掉了。卢克莱斯·奈姆赫德观察着眼前那颠倒的场景。

"烟幕弹!是条子!"其中一个男人大声嚷嚷道。

卢克莱斯·奈姆赫德扭动着,想直起身体。此时,厂房四处传来爆炸声。

"小心,他们在上面!他们开枪了!"

绑匪朝着一堆货箱跑去。空气令人窒息,他们的呼吸越来越急促。绑匪慌手慌脚地拔出武器,隔着眼前的浓雾,开始漫无目的地射击。

正当卢克莱斯·奈姆赫德被烟雾呛得不断咳嗽的时候,一双肉乎乎的手把她拉回地面,解开绑在她身上的绳子,往她脸上扣上防毒面具,以免她被烟气所伤。年轻的姑娘重新抬起昏沉沉的脑袋,恢复了意识,看清楚了眼前的人。她深吸一大口过滤后的空气,望着自己的救星,简直不敢相信自己的眼睛。

"伊西多尔。"她低声叹道。

"嘘。"伊西多尔悄声说。他也戴着防毒面具,防毒面具的带子勒在他棕红色的脑袋上。

接着,他嘴里轻轻地吐出三个单词。

"观察,思考,闭嘴……"

她又深吸了一口气,然后钻进雾墙里,飞快地向着袭击者跑去。她终于可以施展她那完美的格斗技巧。

她双手猛拍在第一个人的耳朵上,两个巴掌像钹一样平拍上去,对方两边的耳膜同时受到巨大的冲击,冲击力使得他立刻丢掉手里的武器,捂住自己的脑袋。

伊西多尔·卡森博格平静地坐在地上欣赏面前的表演。

卢克莱斯·奈姆赫德飞起一脚,蹬在另一个人的牙齿上,后者马上把自己的手枪丢到一边,专心揉搓被蹬肿的下巴。最后,她扑向第三个人,食指恶狠狠地插进面具的孔里,穿过孔洞插到对方的眼睛上,戳得对方泪流不止,双目暂时失明。

三个戴着面具的劫匪看上去仿佛中国寓言故事中的三只小猴子。

第一部分 缺失的环节

一只捂着耳朵。

另一只捂着嘴巴。

最后一只捂着眼睛。

三个人跟跟跄跄地逃之夭夭。

卢克莱斯·奈姆赫德追出去,但是,绑匪已经钻进汽车里,风驰电掣地开走了。

她扯掉防毒面具。

"呸……一群窝囊废!一正经打起来,他们就溜之大吉……"她冲着伊西多尔·卡森博格嚷嚷道。后者赶来与她会合,同样摘掉自己的装备。

年轻的女记者转过身,面向自己的救命恩人。

"对了,为什么不帮我揍他们?"

"我看您应付得很好嘛。您刚才耍的那一套功夫,是什么?"

"那是'孤儿院拳道'。有点像跆拳道,但是要暴力得多。允许使用任何招数,绝对没有限制。"

"在这三个人中,您认出犯罪现场碰到的那个人了吗?"

"我觉得认出了。虽然隔着面具我没办法真正看到他的脸。唉,要是我能逮到一个,让他交代……"

伊西多尔·卡森博格从口袋里掏出一块甘草糖,塞到嘴里小口嚼起来。

"卢克莱斯·奈姆赫德,"他做出说教的样子,"别在暴力的泥潭中陷得太深。"

"我想怎么干就怎么干,"她嘟囔着,"就算我深陷暴力中不能自拔,也不关别人的事。"

他一手搭在她的肩上。

"很好。我们来讲讲道理。我很愿意扮演迷人的王子,英雄救美,不过,您至少也该适应一下美丽公主的角色。美丽的公主可不会折磨坏蛋哦。"

"这是他们自找的,这群家伙!"

"老子曾经说过:'如果有人伤害你,不要去报仇。坐在河边,很快你就会看见他的尸体从你眼前漂走。'[1]"

卢克莱斯·奈姆赫德想了想,头脑里反复回味这句格言,接着反驳道:"可是,在某些情况下,我们还是可以把对方扔到河里去。这样可以节省时间。说说吧,迷人的王子,您是如何找到您身陷囹圄的美人的?"

"很简单,"他说,"那会儿,我看到您在汽车里拼命挣扎。我追不上你们,所以我就回家去找您留给我的手机号码。因为我记得您跟我说过,您的手机永远处于震动状态,所以我知道它的铃声是不会响的。当您的手机接收到我的呼叫时,它会为我指示所处的位置。我有一些好朋友在警察局工作。他们侦

---

[1] 作者误以为该表述源自老子,实际上源自印度谚语。

第一部分 缺失的环节

测到了您的手机发出的无线电信号,确定了它所在的一个小区域。幸运的是,那片区域只有一栋建筑物——一个废弃的工厂。我的朋友向我提供了六枚烟幕弹、四枚闪光弹,还有两个防毒面具。很显然,我花了不少时间备全这些东西。此外,我没有汽车,所以只好乘地铁赶过来。您知道那个时段的地铁意味着什么吗?他们伤到您了吗?"

她揉着发疼的手腕和脚踝,上面还残留着绳子勒出的红印子。

"确切地说那就是……您要再晚来十分钟,我或许就要顶不住了。"

她抬起头,看着恩人可爱的白皙脸庞。

"还是要说谢谢您。我现在开始理解为什么别人都称呼您是'科学神探福尔摩斯'了。"

伊西多尔晃了晃圆滚滚的身体以示否认。

"别客气,别拿我跟那个'过去时代的人'相提并论。"他说道,"每个时代都有属于那个时代的侦探。我不是属于过去的人,我,我是属于现在的人,甚至属于未来。"

她叹了口气。

"又是萦绕在您心头的那个未来。"

伊西多尔把甘草糖又往嘴里塞了塞。

"来的路上我就在想,在某种程度上,您说的可能还有些道理。或许,充分了解过去能够避免将来重蹈覆辙。"

穿过碎石铺成的院子,大象和老鼠向着栅栏间的出口走去。卢克莱斯一边用手把长发扎起来,一边一路小跑以跟上伊西多尔。

"也就是说您同意帮忙?"

"跟我来,我带您去看我的秘藏。"

19 洞穴

树顶冒出熊熊火光。大树的整个上半部分全部起火。在黄色的火光中,树叶被烧得噼啪乱响。鸟儿放弃高处的巢穴,拍着翅膀飞走了。

除了回到地面,部落没有其他选择。他们知道,现在必须寻找别的住所。

大雨倾盆而下。毛发湿漉漉的。族人们弓着腰,朝着开阔地前进。大雨赶跑了捕猎者,这也算得上不幸中的万幸了。被雨水淋湿的毛皮会拖累它们的行动,它们很容易变成别人捕猎的对象。

部落首领走在前面,对待那些走路慢吞吞的族人,他会重重地敲打他们的脑袋,他用这样的方式显示权威。驱散恐惧最好的办法就是制造另一种恐惧。首领高声嚎叫,亮出牙齿,他喜欢撕咬那些弱势成员和惯于逆来顺受的成员。他认为这对维护部落团结是必不可少的。

族人们向前走着，个个忍气吞声。他们遇到一棵大树，可以在那里重建家园，可今天注定是不走运的一天。当他们正准备爬上树枝的时候，闪电再次不期而至，大树应声倒下，被劈成碎片。

"他"心想，是否那些特别高大的树木不再会受到闪电的"特别关照"？或者这是一种征兆。"他"相信这些征兆。"他"觉得，在生命中，周围的一切都在指引着"他"，告诉他哪些必须去做，哪些坚决不能做。如果闪电打在他们的地盘上，那就意味着他们应该离开那里；如果闪电打在后来这棵树上，那就意味着他们同样不能在这里安家。

队伍中一个雌性成员引起了大家的注意，她手指着远处山崖上的一个窟窿。

一个洞穴。

通常情况下，族人们不会靠近洞穴。因为洞穴里面通常住着某些他们避之不及的大型猛兽。可是，雨水冰凉彻骨，族人们又实在害怕再次遇上大火，所以他们紧跟在这位雌性成员身后，走向岩洞。令他们惊喜的是，洞穴的入口并没有任何捕猎者把守，洞穴看上去十分幽深。他们在洞口停住了，眼望着大雨压倒万物，树木燃起熊熊大火。

"他"觉得,天上的云朵正冲着地面上的生物发脾气。

"或许我们不应该杀掉那只承载着种族希望的鬣狗。""他"心想。

族人们蜷缩身体,相互依偎着抱成一团,以温暖彼此焦虑颤抖的躯体。

大雨还在不停地下。他们保持着这种姿势,温暖彼此的身体。

远处,电光闪过,又有一棵大树随之倒下。

20 未来之树

那是"未来之树"。

伊西多尔·卡森博格把卢克莱斯·奈姆赫德领进水塔城堡底层一间经过改建的小房间。房间里只有两把椅子和一块搁在画架上的白色的画板,画架的边缘还有几支自来水毡笔。

卢克莱斯·奈姆赫德走上前,开始欣赏画板上那幅巨大的画作。最上方,长标签上写着:未来之树。下面,纠结在一起的枝枝蔓蔓映入眼帘。

"咱们现在这个年代,政客们只会考虑眼前,即五到七年的事情,充其量就是一届任期或者连任期,"伊西多尔·卡森博格说道,"可是,我们应该考虑的是,接下来的一百年、一千年、一万年的事……我们将给子孙后代留下一个什么样的地球?"

"没错,现在的政客都怕犯错。管理的方式,就是尽量避免眼前的灾难。"

"正常,政客们依赖调研,而这些调研显示出的是瞬间的群体情感反应,并不具备预见性。"

卢克莱斯·奈姆赫德一屁股坐在其中一把椅子上,椅子坐起来并不舒服。她感叹道:"好吧,可以看得远些,不过,大部分对美好未来的主张都以失败而告终……所以,人们面对宏伟蓝图时会谨小慎微,这也正常啊。"

"可是人类有犯错误的权利呀。"伊西多尔·卡森博格表示抗议,他坐在另一张椅子上,身上的肥肉挤出了底座和靠背。"批判共产主义、自由主义和社会主义简直白费力气,它们依然没有停止不断向前的脚步。即使这些意识形态消亡,也还会有其他的意识形态产生,很多其他的意识形态,这都是人类选择的结果。不能因为过去欺骗了我们,我们就必须停止憧憬未来。现在这年头,除了保守主义势力和倒退主义势力外,人们的选择余地不大。"

"您是说保守派和反对派吗?"她问道。

"您要是愿意,也可以这么说。不管是哪个党派,除了'保持原样'或者'原地兜圈',再也提不出什么像样的建议。大家都害怕向前迈出一步。也就只有那些科幻作家才有胆量预见未来人类社会存在的其他可能性。真是让人痛心。"

卢克莱斯·奈姆赫德抬起头,更近距离地观察这棵大树。

"所以您就想象出这棵树。"

"是的。包含一切可能的未来之树。"

"您这个想法和您那本奇特的书中表达的'减少暴力之路'的概念有关系吗?"

"我把一切可能的未来记录到这块画板上,我想借此探索出一条道路,一条长远的道路,通向比现在更美好的未来。"

他靠近年轻姑娘,用手指点着未来之树。每个枝权上都写着一个对未来的假设。其中一些显得比较温和,比如"如果我们实现监狱系统私有化""如果我们废除社会福利"或者"如果我们提高社会低保"。另外一些则要更加激进:"如果我们向敌对的经济集团宣战""如果我们恢复独裁制度"或者"如果我们废除政府"。还有些可能性第一眼看上去干脆就是不切实际:"如果我们去其他星球殖民""如果我们强行控制世界人口增长""如果我们阻止经济增长"。

卢克莱斯·奈姆赫德望向身边这个"肉球"的眼神发生了变化。她很惊讶,这样一个人居然用如此的方式为同时代的人类描绘了一张未来的蓝图。有那么一瞬间,她想要嘲笑他,但她立刻就后悔产生过如是想法。一句简简单单的俏皮话就能把无数小时的思考结晶轻易打碎。所有花费的心血都值得尊敬。下一步,她应该试着去深入了解。

"您把未来之树保存在这里,没人能够从中受益。"

他表示赞同。

"这的确是事实,但是,就目前的情况而言,我觉得它还不够成熟,准备就绪之后,我会将之公布。"

"向谁公布呢?"

"全世界。或许有那么一天,多亏了我的这棵树,政治家终于有胆量说:'看好了,这就是我提议的发展道路,必须沿着这里前进,接着是那里,再接着是那里,可能在两百年之后,即使路上布满荆棘,我们最终还是能够成功,届时,我们的孩子,或者我们孩子的孩子可以彻彻底底无忧无虑地生活在这个星球上。'"

他卖弄似的拿出一根焦糖味雪茄,一口一口地抽起来。

"事关整个人类,甚至所有生活在这个星球上的生物的命运。是时候了,我们应该思考了,不是作为选民或消费者去思考,而是作为融入身边世界的万物之灵去思考。是的,我希望有朝一日我们能和谐地融入身边这个世界。'内环境'[1],多么精确的表述——内部环境和外部环境之间的平衡,人类和所有其他形式的生命之间的平衡。"

"这么简单!"

---

[1] 内环境(homéostasie)这个概念最早由法国实验医学倡导人克洛德·贝尔纳(Claude Bernard,1813—1878)提出。

"是的,"他坚称,"未来,我们可以与地球上的其他生命在情感上发生同化。周围的一切都是我们的伙伴,我们可以和它们一道建设更美好的世界。长远看来,生活难道不会变得更好吗?"

"我同意您的观点,但是短期内,甚至就眼下来看,您的工作有何用途?"

"可以用来推断主要的趋势,借此考虑所有可能领域中的一切因素:经济、政治、社会、技术、文化等。还可以验证这些因素如何相互作用。"他郑重地回答道,"有了这幅图,我就可以确定危机发生的周期,还能够推断出原材料市场的增长或者下降时期。我可以把树图应用到股市中去,同样很奏效。我的主要收入来自股市。我靠它养活自己,我的树图能够派上用场,难道这不是一个实实在在又显而易见的证据吗?靠科学记者的那点微薄薪水养活我自己,还置办下这处水塔,您相信吗?"

年轻的实习生目不转睛地盯着未来之树。

"……当然,"伊西多尔·卡森博格的婴儿脸上露出了大大的笑容,接着说道,"我也没把自己当成诺查丹马斯[1]。我并没

---

[1] 米歇尔·德·诺斯特拉达穆(Michel de Nostredame,1503—1566),法国文艺复兴时期著名的预言家,留下以四行体诗写成的预言集《百诗集》(Les Prophéties)一部。有研究者从这些短诗中"看到"对不少历史事件(如法国大革命、希特勒之崛起)及重要发明(如飞机、原子弹)的预言。诺查丹马斯(Nostradamus)是其名字的拉丁文写法。

第一部分 缺失的环节

有号称能够预测未来,我只是试图预测符合逻辑的社会主要演变轨迹。现在,不是我自卖自夸,结果比我预期的要好得多。"

卢克莱斯·奈姆赫德看着未来之树上那些最纤细的枝杈。

"关于地缘政治,您看到了什么?"

"权力从东方转移到西方。一开始的时候,世界的中心在印度。据我所知,一切都是从印度开始的,那是大约5000多年之前的事情。权力追随太阳的脚步来到东方。美索不达米亚人和埃及人接过接力棒,站到权力的顶峰;然后再往西一点,权力来到希腊人和罗马人手中;再往西一点——奥匈帝国,接着就是西方阵线(法国、西班牙、荷兰),再接下来就是英格兰。再往西一点,权力跋山涉水越过大西洋,到达纽约;再往西一点,权力翻越美洲大陆,到达洛杉矶;依然向更西的地方,权力又越过太平洋,现在它属于日本,很快就会到达中国,离开中国之后,它将最后返回印度。这就是地缘政治史上关于权力的概述,以及它在各个大陆之间和各个国家之间可能的变迁轨迹。"

"我们换个话题。法国的失业问题呢?"

伊西多尔·卡森博格喘了口气。

"关于西方现代社会,从逻辑上来讲,未来应该不会再出现失业问题。百分之十的人在创造性行业拼命工作,百分之九十的人将根本不工作,或者做些无关创造性的零碎工作。百分之十的创造者将主要是概念的操控者,他们沉迷于工作,把全部的时间都花在自己的工作上,赚很多钱,却几乎没有时间消费。"

"那其他人呢?"年轻的姑娘问道。

"其他人?好吧,百分之九十的非创造者经常转行,几乎赚不到什么钱,对自己朝不保夕的工作也没什么兴趣,把大把的时间花在拼命消遣上。还有,这百分之九十的人无法再融入职场中去,更多是参与一些娱乐活动。我坚信自愿的社团活动将会得到发展。比如说:有个女孩的职业是临时秘书,有时会去做临时保姆,有机会的时候也会在某部电影里面客串一个小角色,她对自我的定位则是旨在改善生态环境的社区协会的会员。"

"我不太明白为什么您断言未来的创造者将是'概念的操控者'。"

"嗯,在未来,不会再出现新发明,不会再出现新发现,也不会再出现个人的创新。所有的科技工艺都变得人尽皆知,人们拥有同样的汽车、同样的洗衣机、同样的电脑。既然这样,我们凭什么购买某件产品而放弃另一件呢?那就是新颖的外观、颜色、产品设计、品牌标语,以及营销手段。"

"但这对那些非创造者来说是不公平的。"

"由此我们引入另一个我所重视的话题——教育。从长远来看,我们应该希望学校能够允许每个人发展个人创造力方面的天赋。自那以后,艺术和沟通的市场得到拓展,为下一个时代做好准备。"

"并非每个人都有天赋!"年轻的女孩嚷起来。

"不,"伊西多尔·卡森博格胸有成竹地说,"每个人都有天赋,只不过人们平时不知道如何发现并利用罢了。在这点上,学校应该通过丰富多样的教育来帮助他们,教育的目的应该是开发每个人与众不同的才能。这样一来,重要的就不再是'工作',而是向他人展示自己的与众不同之处及特殊的才能,不知疲倦地发挥自己的天赋。与其说是在'工作',不如说是在'履行'我们的天赋。"

卢克莱斯·奈姆赫德试图在这个胖男人的推理中寻找一处破绽。

"那么,在思想界又如何呢?"

"终究有一天,人类会变得睿智。况且,《圣经》中很早就预言过这一点。您可以去看看《十诫》。犹太教并不去做审判。当它说'你不会再杀戮了'的时候,它是面向未来的。它不会说:'你不应该杀戮,否则你将受到惩罚。'它会说,'有一天,你会停止杀戮',因为'到那天,你会明白为什么杀戮毫无意义'。同样的事情还有:有一天,你会明白为什么盗窃、撒谎等毫无用处。到那天,我们都将大彻大悟。"

卢克莱斯·奈姆赫德被未来之树迷住了。

"伊西多尔,为什么您在其中倾注如此多的心血?"

他微微一笑。

"源于自私。我喜欢活在精神松弛的人群中间。当这些人感到幸福时,他们就会给你带来平静。因此,就我,伊西多尔·卡森博格来说,我喜欢和谐,全人类及整个宇宙也应该这样。我想与他人和谐相处,同时我希望人类也能与宇宙和谐相处。现在,跟我来,卢克莱斯,还有新的任务在等着我们。"

他把她领回圆锥形的大厅,这个大厅占据了水塔公寓底层绝大部分的空间。在大厅里,他从壁橱中拿出另一个白色的画板,然后把它放在一摞书上面,这个画板和卢克莱斯刚才在小房间里看到的那个应是一对儿。画板上方有红色自来水毡笔写成的几个大字:过去之树。

伊西多尔·卡森博格变戏法似的拿出一瓶香槟和两个脏兮兮的高脚杯。

"为行动拉开帷幕干杯。"

两个人对碰酒杯,喝干了杯中的酒。随后,伊西多尔·卡森博格静思片刻,开始把自己的回忆写到画板上,从树干写到树枝,写下历史的重大事件和主要转折点:发明、王朝、帝国、探索、战斗、人民运动、革命、危机、社会运动……他尽力做到无所遗漏。

伊西多尔·卡森博格从"现在"写起,然后追溯到十年之前,接着是一个世纪,最后是过去的所有世纪。

经过一个小时的描枝画叶,他筋疲力尽,擦了一把额头上的汗水。卢克莱斯佩服至极,说不出一句话来。她看着人类的过去之树从上到下铺展开来,就仿佛看到一株植物,根系正在茁壮成长。

"很显然,人类的起源还是个谜,"伊西多尔·卡森博格一边欣赏着自己的作品一边说道,"第一个人是在'何时'又是'为什么'出现的。"

他拿起蓝色自来水笔,完成最后的一笔,他在200万到400万年前这个区间画上一个问号。

"阿德让米安教授,他或许知道答案。"女实习记者提醒道。

伊西多尔·卡森博格端详着他的画,以及大树的空白处。

"既然这样,最好的办法就是返回他的公寓,把那儿翻个底儿朝天。"

"我已经回去过了,对我来说这不是件难事。"

胖男人小心翼翼地盖上自来水笔的笔帽,然后把它放进木制的文具盒里。

"如果有人打算把犯罪现场付之一炬,"他说道,"那么,在现场的某个地方,一定藏着他们不愿为人所知的信息。"

21　洞穴深处

　　族人们看着外面大雨倾盆而下,很庆幸自己找到了挡风避雨的地方。洞穴里没有伤人的野兽,他们重拾勇气。这个洞穴应该已经遭人废弃。孩子们吵闹着要进去探险。大人们已经筋疲力尽,再没有多余的力气阻拦他们。于是,在好奇心的驱使下,再加上实在无事可做,年轻人决定深入洞穴一探究竟。

　　他们一点一点地向洞穴深处前进。

　　最先映入眼帘的是几摊豺狗的排泄物。

　　再往里走一点,他们又发现了四趾猎狗的粪便。

　　他们继续向迷宫般的洞穴深处走去。照射到那里的光线已经变得极其微弱。

　　在洞口,"他"隐隐约约地感觉到这里曾经发生过某些奇怪的事。

　　空气里弥漫着一股血腥和战斗的味道。

22 犯罪现场

空气里弥漫着一股地板蜡和漂白水的味道。

女门卫尽心尽力,大楼的门被她擦得发亮。伊西多尔·卡森博格仔细检查了门口的信箱,他让卢克莱斯·奈姆赫德用瑞士军刀撬开写着阿德让米安教授名字的信箱。

"为什么?"年轻的姑娘问道。

"为了确认他遇害的日期。只需要检查一下邮戳,我们就能知道阿德让米安教授从哪天起就不再取信了。"

她依言照办。

他拿出一打信,时间最久的邮戳显示的日期恰好就是女佣发现尸体的那天,也就是犯罪发生的第二天。

他们上了楼。大门还开着,他们不费吹灰之力就进了公寓。天花板的角落里,蜘蛛已经开始结网。卢克莱斯·奈姆赫德把同伴领进逝者的办公室。她又一次观察起那些表现猴子表情的画儿,突然心生一计。她一个接一个地掀开画框,然后在画着小鱼向妈妈提问"谁最先离开水面"的画板后面找到了自己想找的东西——一个嵌在墙上带三个滚轮的密码锁的保险箱。这位前孤儿院寄宿生立刻开始摆弄起来。

伊西多尔·卡森博格打开天花板上所有的灯。

"您疯了!这样我们会暴露的,赶快把灯关了。"

"不会的,"他宽慰她,"比起忽明忽暗的灯光,我更喜欢在灯火通明的地方调查。警察无论如何也不会再回来的。至于邻居嘛,他们通常非常胆小,面对可疑的灯光和动静,他们不敢做出任何反应。"

"戴着猴子面具的人呢?"

"他同样不会这么快就赶回来。"

除了开灯之外,伊西多尔·卡森博格还没忘记打开高保真音响。一首俾格米人[1]传统乐曲在房间中响起来。他走到吧台前乱翻一阵,拿出一瓶科尼亚克酒。

"好吧,至少您不会因为一边调查案件一边享受而感到难为情。"卢克莱斯一边跟密码较劲一边说道,"与其无所事事,为什么

---

[1] 俾格米人是尼格罗-澳大利亚人种的一个类型,分布在非洲中部,亚洲的安达曼群岛、马来半岛、菲律宾,以及大洋洲某些岛屿。

不帮我打开这个保险箱?里面肯定有揭开谜题的关键线索。"

"我看您一个人应付得很好嘛。"他一边在书柜前闲逛一边答道。

他拿起一本书,舒舒服服地坐在扶手椅上翻阅起来。

"我喜欢走进受害者死前的环境,体会他当时的心理状态。"他表明观点。

"那么阿德让米安教授死前的环境和心理状态如何?"

"从现在起,我可以告诉您,他是科尼亚克酒和侦探小说方面的行家。科学家们大多会喜欢侦探文学,它建立在巧妙构思的情节之上,而那些源于新小说的文学作品却拘泥于自传体文学,自传体文学或多或少有些小说化,虽然文笔华丽,但是故事结构则有失严谨。当代作家忘记了自己应该是最早的讲故事的人的传承者——他们是围坐在火堆旁讲述并赞颂白天的狩猎故事的洞穴人。这才是一切小说真正的源头。"

卢克莱斯·奈姆赫德还在跟密码齿轮奋战,粉红色的舌头伸在外面。

"啊,"她叫道,"您承认忘本会让人们退步。甚至写一部小说,最好也得知道小说的起源。"

伊西多尔·卡森博格又翻开几本书,然后,他好像想起了什么,从办公桌上抓起一只文具盒,从里面拿出一块粘在便笺簿下的橡皮。

"这又是什么意思,好玩吗?"年轻的女记者耳朵贴在保险柜上,说道,"您都这把年纪了,应该不是玩钢笔和橡皮的时候了吧。"

"我找到了。"他郑重地回答道。

"您找到什么了?"

"嗯,差不多关于阿德让米安教授遇刺的全部故事。"

这回,卢克莱斯放下手里的活儿,盯着眼前跟她说话的男人。

"已经找到了?"

"有三个人知道'缺失的环节'的故事。阿德让米安教授信任这三个人,其中一个就是杀人犯。"

年轻姑娘的眼睛瞪得老大。

"您是怎么知道的?"

"把您的粉底盒给我。"

她很听话地递了过去,什么也没问。

他拿出里面的粉扑,把散粉撒满了整个便笺簿。接着,他轻轻地一吹,散粉被吹到旁边,只有那些陷进书写印子里面的粉末没有被吹走。卢克莱斯·奈姆赫德凑过来,清楚地看到三个名字:桑德森教授、康拉德教授和范·丽斯柏教授。

下面还写着:"现在,'我们来自何方'俱乐部应该支持我。我需要你们三个人的帮助才能揭开这个秘密。我会在适当的时候和你们取得联系,所以,届时请务必出席。"

23 更进一步

　　族人们慢慢地朝着岩穴深处走去。年长者赶上了年轻人。发现四趾猎狗的粪便之后,他们又看到狮子的粪便。族人们放慢脚步。这些大型猛兽先于他们已经勘察过这个洞穴。狮子留下了痕迹,但是,出于某些未知的原因,它们并没有留下来。

　　什么样的动物有能力吓跑狮子呢?

　　所有人都感觉到,威胁就躲在某个地方,不过,他们并没有停止前进的脚步。突然,一阵低吼传来,族人们希望那是地下河流发出的声音。如果这个洞穴是空的,并且里面还有一条河的话,那可真是太走运了!大家都已经准备好在此地安居乐业。孕妇们找到几处可供自己孩子藏身的地方。有的男人直接把尿撒到地上,作为私人地盘的标记。

　　可是,声音又消失了。所以,那绝对不是河流的声音。

作为回应,首领也发出一声低吼,那是一声问询。

族人们继续朝着洞穴里走去。光线越来越暗,空间越来越宽敞。现在,四周伸手不见五指,不过,凭借足够发达的嗅觉和听觉,他们还是能够估计出岩穴的轮廓,以及平时这里住着哪些动物。

奇怪的声音又响了起来。

首领再次做出回应,这一次,他提高音量。他可不想让自己被怪声吓住。

强烈的气味指引族人们找到几摊排泄物。他们分辨不出究竟哪种动物能排泄出这样的粪便,不过所有闻过的族人均推断,这种粪便不仅仅属于某种食肉动物,而且,这是种高级捕食者。

在这些粪便里,他们甚至发现了成年狮子的残骸。整个部落都打起寒战。一直以来,在他们的概念中,成年的狮子就是捕食者之王……

雌性成员们建议原路返回。首领又吼起来,他想让大家明白,在部落里,可由不得胆小鬼们发号施令。大家继续往前进,有几个人踩到狮子胸骨的残骸上。

再一次,怪声响了起来。好像一阵粗重的喘气声。

孩子们放缓脚步,雌性成员们也一样。强势雄性成员不愿轻易地就此放弃,弱势雄性成员也不愿意显得像雌性成员般胆小怕事。他们小声地发出轻柔的喊叫,仿佛要求隐藏在某处的怪兽现身似的。

恰在此刻,它行动了。

转瞬之间,两个人毙命。黑暗里,他们的残肢被扔到空中。随着一阵强有力的下颌咬合声,他们的躯体被撕得粉碎。

谁也看不清那到底是什么东西,但是,它绝对是个大家伙。

24 烟雾

伊西多尔·卡森博格打开阿德让米安教授办公室的灯,他想把便笺簿上的内容看得更清楚些。

"这么说,有个叫'我们来自何方'的俱乐部,里面的人从事与人类起源有关的研究。阿德让米安教授应该联系过其中一位会员,打算叫他来帮助自己。结果却令人遗憾。因为,毫无疑问,这个人并没有帮助阿德让米安教授,反而杀害了他。"

年轻姑娘点了点头表示同意,接着转身走回房间里寻找工具。她拿来一根冰镐,她把它当成撬棒,想把保险柜的锁撬开。

"您是解决高丁尔死结的爱好者吗?"伊西多尔·卡森博格问道。

"什么是'高丁尔死结'?"

"在古代,亚历山大大帝发现了一个奇形怪状、纠缠在一起的绳结,据传,没人可以解开它。刚开始,他像先前的人那样,试着解开它而不得,然后他发起火来,一剑就把这个绳结斩断。自那以后,这个词组就被用来形容那些遇事不能心平气和地想办法,而是倾向于用暴力解决的人。"

"对于我自己而言,我不如说是个信奉快刀斩乱麻的人。"

她又加了把力气,保险柜门的合页一下子就被撬断了。年轻的姑娘举起手电筒,照亮保险柜。她在里面找到了12张面值200法郎的钞票和几本色情杂志,随手把它们扔到地毯上。除此之外,里面什么也没有。

伊西多尔·卡森博格调低了俾格米乐曲的音量,走过来,弯腰看了看密码齿轮和保险箱,很是惊讶。

"您都已经成功破解三分之二了。您是在孤儿院学到这些盗窃技巧的?"

"撬保险柜是门选修课。"卢克莱斯一本正经地说,"因为我曾经打算以盗窃为生,所以我就跟着那些大孩子学习见不得光的营生。您知道,离开孤儿院,只有两种选择:偷盗或者卖淫。"

"您反对卖淫吗?"伊西多尔·卡森博格问道。

"我喜欢做爱,但是我不能忍受把它变成一种职业。不过,身为窃贼,我的职业生涯开始得还挺顺当。"

"那么,您为什么又改行当了记者呢?"

当卢克莱斯在讲故事的时候,伊西多尔·卡森博格舒舒服服地坐到沙发上,体重让他一下子就陷进沙发里。

她当上记者纯属机缘巧合。故事发生在北方的康布雷市。她试图洗劫一间公寓,这间公寓位于富人街区,看上去好像无人居住。当她正往背包里塞银餐具的时候——银器可比名画好倒卖得多——她听到钥匙转动的声音。她立刻关掉手电,躲到窗帘后面。可惜,无济于事。主人很快就发现客厅被翻得乱作一团,他开始寻找肇事者,把小偷从藏身之处拽了出来。

主人是个身强力壮的男人,虎背熊腰的。年轻的卢克莱斯当下就明白了,凭自己那点三脚猫的功夫根本打不过眼前这个男人。于是,她选择博取对方的同情心。

为了过关,她表现得相当楚楚可怜。在这个壮汉的面前,她表演着自己的拿手好戏——扮成一个遭遇不幸、被父母遗弃的可怜孤婴。在教会的孤儿院里,她的生活惨不忍睹。在那里,所有荒诞不经的故事都在上演着:貌似善良的修女实际上热衷于体罚,孤儿院的收入实际上都是不法所得。

他们整整聊了一夜。这个男人告诉卢克莱斯,他是外省日报社的主编。他并没指责入室盗贼,反而对她的胆量、想象力、编故事的能力大加赞赏,而这些素质当下的很多记者恰恰欠缺。现在编辑室里全然一派公务员习气,这令他感到痛心疾首,这些人在办公室里如坐针毡,掐算着还有多久下班,不愿挪挪屁股去实地调查。而且,在新一代的记者中也看不到任何改

第一部分 缺失的环节

观的可能性。他麾下的所有实习生都是些令人厌烦的小家伙,将来准会变得和他们的前辈一样无能与麻木。

卢克莱斯·奈姆赫德非凡的胆量和实干精神令他惊奇不已。他提出聘用对方到自己所在的康布雷的报社工作,让她尝试做一名实习生。

刚开始的时候,她只写些"小狗被碾死"之类的无趣消息,接下来,她又负责报道乡村"湿T恤小姐"选美大赛或者南瓜大赛,最后则是严肃一些的罢工与矿难新闻。一年之后,主编认为自己的宠儿干得风生水起,应当开始自己的事业,于是建议她无须再在外省浪费时间,应该"高升"到巴黎。他就把她推荐给自己在新闻学校的同窗——弗兰克·高梯耶——《当代观察家》周报科学专栏的负责人。

"实际上,说到干新闻这一行,我们两个都是半路出家。"伊西多尔发现问题所在,"我是从警察转行过来的,您从前是小偷。"

他站起来,转身面向房间。

"您应该已经养成了快速定位的习惯吧。呃……您好好回忆一下,第一次来这里的时候,有什么给您留下强烈印象的东西吗?"

她开始思考。

"那些文章。阿德让米安教授的自信对我触动极大。他四处宣布已经发现了'缺失的环节'。"

胖记者对这个答案并不满意。

"不,再想想。一定会有某些异常的东西。什么东西让您觉得这起谋杀案并非出自那个社区连环杀手之手呢?——就像那位探长宣称的那样。"

年轻姑娘眉头紧皱,以更好地集中精力。

"我观察这个房间……猴子画像,悬挂在 T 字形支架上的骨骼。"

"闭上眼睛,"伊西多尔·卡森博格建议道,"想象当时的场景。回忆您迈进这间公寓后的每一个瞬间。发现什么奇怪的东西了吗?"

"对不起,我没看到。"

"再闭上眼睛,深呼吸,"他的话好像要把她催眠似的,"再呼吸一次。血液充盈到脑袋里,滋润每一个神经元,唤醒沉睡的区域,在脑海里用慢镜头回放发生的故事。好了,有什么您觉得一般不会出现在犯罪现场的东西吗?"

她眉头紧锁,再次闭上眼睛。突然,她睁开双眼。

"尸体的位置!"她喊起来,"尸体在浴缸里,他的手指冲着面前的镜子。"

两个人一起冲进浴室。

"此刻,我想的是:'他似乎想要指认凶手……'"

伊西多尔·卡森博格检查镜子。

"……或者,他想用手指在镜面上写点东西。"

卢克莱斯·奈姆赫德摇摇头,对此表示怀疑。

"即使他成功地在镜子的水汽上写下什么东西,我们也无法更进一步。来来往往这么多人,再加上空气的流动,那些字肯定已经消失了。"

"或许不会。"伊西多尔说道。

他关上了浴室的门,放出水龙头里的热水,把水量调到最大。浓厚的蒸汽顷刻间就弥漫整间浴室。等浴室彻底变成桑拿房的时候,他关掉水龙头。他打开房门,让蒸汽散掉。

镜子上,水汽留下一个类似数字的图案。一开始,年轻姑娘以为那是个数字"5",结果却不是,它的形态要更弯曲一些。上面写的不是一个数字,而是一个字母。

一个"S"。

卢克莱斯惊呆了。

"我只是想起了孩提时代观察到的东西。"伊西多尔指出,"手指通常会在窗户或者镜子上留下一层极薄的油脂。虽然极薄,但是足以残留到水蒸发后。即便过去很长时间,当我们重现蒸汽环境的时候,图案还是会再次显现。"

两个人开始观察这个字母。

"'S',或许是凶手名字的首字母。"卢克莱斯·奈姆赫德提出自己的意见。

他们又折返回去,寻找放在办公桌上那页落满散粉的便笺。"S"……在皮埃尔·阿德让米安教授所列的那张清单上,只有一个人的名字以这个字母开头——桑德森教授。

"博努瓦·桑德森!"卡森博格惊呼道,"那可是天文学界的泰斗,在默东天文台工作。"

浴室里,镜子表面的字母再次逐渐消失。

"S"。

25 洞穴尽头

"嗖……嗖……嗖,咔嚓。"

利爪在空中呼啸而过,筋断肉碎。

此刻,族人们多么希望自己是身披防身护甲的乌龟。他们纤细的皮毛和柔软的肌肤不足以保护他们免遭进攻者的爪撕牙咬,尤其是当进攻者拥有如此的力量、身材及速度的时候。

空气中飘散着一股可怕的气味。对方绝对不可能是猫科动物,也绝对不可能是犬科动物。说不定是二者的混合体。然而,他们知道,对方不是二者中的任何一种。这是一种全新的动物,一种在他们的记忆中从未出现过的物种。

巨大,凶猛,致命。

甚至都来不及反抗。在一团漆黑之中,族人们能感觉到的只有长长的利刃,那是牙齿和爪子,撕破他们的肚子,劈裂他们的骨头。它四肢粗壮,下颌有力,似乎是为砍断大树、咬碎岩石而做准备。

族人们后悔打扰这头陌生的野兽。他们弯腰蹲下,或者紧紧贴在洞穴的岩壁上,躲避甩向他们的利刃。他们被吓得魂飞魄散,有些人已经大小便失禁。另外一些人在黑暗中魂不附体,全身痉挛,抽搐不止,等待死亡以寻求解脱。被撕碎的残躯像雨点一样倾泻而下,砸在他们身上。

穴中猛兽不吠叫也不狂吼。它只是安静地屠杀,悄无声息地,漫不经心似的。它会是什么呢?没有时间发问,是时候逃跑了。

逃跑。逃跑。逃跑。快点!

胆小鬼和懦夫恳求勇敢者和犹豫者不要再拖他们的后腿。"他"被狮子的骸骨绊了一跤,立刻便爬了起来。"他"已经听不到洞穴深处的动静了。

洞外,那些毫发无伤脱险的族人重新聚集到一起。许多族人已经失踪。这就是探索未知世界所要付出的代价。

此刻,雨停了。为了逃离潜伏在洞穴里的怪兽的攻击范围,避免再次遭袭,死里逃生的族人们以最快速度爬上出现在眼前的第一棵灌木。他们在上面待了一会儿,每个人都缩成一团。

首领用手指轻轻地敲着自己的牙齿。大家都明白这个手势的含义,它意味着:"我知道我犯了错误,但是第一个胆敢犯上的人,会被我打烂鼻子。"这是强者的一项特权——搞砸了,别人还不能加以责难。首领抓过一个瘦小的弱势成员,报以一顿老拳,以此缓解巨大的精神压力。其他的弱势成员也被强势成员饱揍一顿。

情况有所好转。

然而,对于所有的幸存者来说——虽然学习的代价沉重——他们从这次事件中获得的经验是:尝试征服洞穴里的世界为时尚早,待在树上方是上上之选。

显然,"他"迫切地想搞清楚这种新的怪兽究竟是什么东西,但是,和部落里的所有人一样,"他"意识到,他们还没有到达进化的顶峰。他们并非无所不知、无所不晓,在一段时间之内,这个世界上还存在着诸多未解的谜题。他们曾经准备冒生命危险去探求多一些的知识,为此,他们颇感骄傲。

"他"凝视着为自己提供庇护的树枝,就像凝视朋友的臂膀一般。每片树叶都是一面小型的盾牌,保护"他"免遭潜伏在岩穴里的那些难以捉摸的怪兽的荼毒。

恰在此刻,"他"听到树皮上传来一阵特有的嗒嗒声。

"嗒嗒嗒,嗒嗒嗒。"

26 天文学家桑德森的理论

桑德森,博努瓦·桑德森。这位天文学家身材修长,白胡子垂得老长,蓝色的双眸清澈明亮,身上穿着一件宽松的纯羊毛套头衫,可能出自他的母亲之手,脚下踩着一双厚塑料底鞋。

这应该就是天文学圈子里最近流行的装扮。除此以外,他还戴着助听器,他把助听器调到最佳频率,以便听清楚电话里来访者的请求。

伊西多尔·卡森博格和卢克莱斯·奈姆赫德自我介绍说,他俩都是记者,正在撰写一篇关于人类起源的报道。

博努瓦·桑德森走到默东天文台天文学研究中心门口接待这两位"第四种力量"[1]的代表。

---

1 指传媒业。

第一部分 缺失的环节

"要想了解人类的起源就不能不了解生命的起源,要想了解生命的起源又不能不了解宇宙的起源。"

他把两个人领进一间宽敞的球形大厅,大厅正中央安放着一台硕大无比的天文望远镜。大厅的拱顶处于闭合状态,望远镜的镜头上盖着深色的保护盖。

"我们已经不在这里进行观测了,"他解释说,"巴黎的空气污染实在太严重,我们无法分辨遥远天空里的目标。不过,我们现在已经和全世界所有的天文台并机联网。"

他指着诸多屏幕说道,屏幕上闪烁着很多小白点,多少有些模糊。每个屏幕下方都挂着牌子,明确注明屏幕上的图像来自哪个享有盛名的天文台:帕洛马山天文台、俄罗斯6米望远镜、日中峰天文台,甚至还有哈勃太空望远镜。

两位记者认真地盯着屏幕上微微闪动的小白点,桑德森教授做出解释。

"万物之始源于宇宙大爆炸。这场蕴含着巨大能量的爆炸发生在150亿年前。"

"我们可以看到它吗?我是指这场宇宙大爆炸。"卢克莱斯问道,手里拿着一个笔记本。

"看不到,不过我们可以听到宇宙中的回声。"

桑德森教授打开一台电脑的显示屏,旋开几个高音扬声器,然后他们听到一阵轻微的咝咝声,听上去特别像收音机接触不良时发出的动静。伴随声音强度的变化，电脑屏幕上的峰值曲线改变形态，上下波动。

"这就是天文学上的悖论之一，即我们能够听到发生在150亿年前的爆炸的反射波。在宇宙空间中，我们看得越远，我们能够追溯的过去就越久。星星发出的光芒具有传播性，所以天文学家们能观察到发生在越来越遥远的过去的现象。我们完全有理由期待，有朝一日，人类将拥有足够强大的天文望远镜，它能够帮助我们观测到那个具有历史意义的事件：宇宙诞生——宇宙大爆炸。眼下，我们只能听听它的回声。"

桑德森教授认为，进化可以用埃菲尔铁塔的形状来形象地表现。底层是能量，高处是物质、植物，然后才是生命。最后，位于塔尖上的就是人类——最精密复杂也最晚熟的动物。

他在墙面上展开一幅图，卢克莱斯·奈姆赫德急忙把它誊抄下来。画面总结了宇宙进化史，就像他刚才讲的那样。

150亿年前：宇宙诞生。

50亿年前：太阳系诞生。

40亿年前：地球诞生。

30亿年前：地球上首次出现生命迹象。

5亿年前：首次出现脊椎动物。

2亿年前：首次出现哺乳动物。

7000万年前：首次出现灵长类动物。

在时间长河之中,一切人类历史上具有历史性意义的事件突然都显得那么微不足道,它们只是冰山一隅。

"教授,您是'我们来自何方'俱乐部的会员吗?"卢克莱斯·奈姆赫德问道。

"当然了,这个俱乐部的会员有点像一群处于起跑线上的职业骑师,"天文学家笑着亮明身份,"全部都是德高望重的人物,心怀一个共同的目标:发现人类起源的秘密。但是每个人都有一套自己的研究思路,每个人都试图以此说服其他的人。"

"那您呢?关于人类出现在地球上这个问题,您持什么理论呢?"伊西多尔·卡森博格发问道。

天文学家拨弄了一阵助听器,伊西多尔的问题教授没有听得太清楚,于是叫他又重复了一遍,然后把两位客人带到自己的私人实验室。两个人注意到,实验室的墙上靠着许多玻璃柜,玻璃柜里的隔板上摆放着大量形态各异的石头。

"宇宙浩瀚无边,"桑德森教授说,"包含无数的行星,不可避免,甚至是毋庸置疑,有相当数量的行星适合居住。哦,当然不是指必须适合人类、动物或者植物生存,但是至少适合那些最低级的有机生命体:细菌、病菌、微生物。况且,人们在火星上已经发现了某些生命体。而且,宇宙中四处游荡着许多天然的宇宙飞船:陨石。"

他从玻璃柜里拿出几块石头标本。

"陨石在宇宙空间里无休止地旅行。有时候,它们会撞上某些行星;有时候,它们只是打水漂似的又弹回宇宙中继续旅行,好像一场大型的弹球游戏。这些陨石就像数以百万计的精子,行星就像巨型的卵子,陨石让行星上的物种变得丰富起来。"

"陨石?就是我们称作流星的东西吗?"卢克莱斯·奈姆赫德提出自己的疑问。

桑德森教授点点头。许多陨石在进入大气层的过程中便分崩离析了,看上去就像是流星。

他估计,平均每天会有3000块外星物质落到地球上。然而有些陨石足够坚实,落到地面的时候还能存留包裹气体,因此就能保证陨石上携带的微生物、细菌及病毒顺利存活。

天文学家从玻璃柜里拿出一块灰暗的石块,看上去好像在喷焊枪下烧过似的。他把它放在显微镜下,然后邀请两位记者上前观察。他向二人指出显微镜下极其微小的符号,有些是圆形的,另一些看上去则像虫子似的。

在他看来,毫无疑问,陨石孕育了全世界。第一颗陨石把生命带到地球上;第二颗陨石带来置恐龙于死地的病毒;第三颗陨石带来另一种病毒,这种病毒令灵长类动物得以进化,让其感染了一种奇怪的病——变成人类。

桑德森承认,他并非最早提出陨石即人类起源载体理论的人。瑞典人斯凡特·阿伦尼乌斯于1893年首次提出这一名为"宇宙胚种说"的理论,1902年英国的开尔文勋爵声明支持这种观点。尔后很长一段时间内,鲜有人问津该理论。但是,1969年,人们在澳大利亚发现了莫奇森陨石。这颗陨石的发现给了以往所有的推理当头一棒——莫奇森陨石上面携带着70种保存完好的氨基酸,其中包括8种人类蛋白因子。

进入大气层时产生的炽热高温令这些蛋白因子难以存活,尽管如此,这些蛋白因子的出现还是能够驳斥某些观点。而且,最近在这块陨石上,人们发现了一种经过超高温烧灼依然存活的蛋白因子——传染性蛋白微粒。不过,这种蛋白微粒的传染性比病毒还要猛烈,它传播疾病的速度要快上好几倍。

"亚当起源于传染性蛋白微粒?"卢克莱斯·奈姆赫德露出惊讶的神色。

桑德森教授对此深信不疑。人类起源于一种或者另外一种来自地球之外的疾病。猴子感染了这种疾病,导致身体发生某些细微的变化,因此它们得以向更高层次进化。

"此外,所有的疾病都会促使我们进化。"天文学家宣称。

他轻轻地抚摸着其中的一块陨石,就好像是在抚摸一只小猫咪似的。这是他经过长期思考后得出的理论,彻底颠覆人们的固有认知。他坚持认为,每次患流感、麻疹、肝炎都会让宿主的身体发生微量的突变。

"疾病一向能够帮助人类进化。鼠疫让我们养成讲究卫生的好习惯,霍乱教会我们饮水前必须先过滤,结核病帮助我们发现抗生素。谁能够预言那些又一次让人类恐慌的新型疾病,随着时间的流逝,不会带来对我们有益的东西呢?"

伊西多尔·卡森博格在房间里踱来踱去,乱摸一气,一会儿拿起一块光滑的石头,一会儿又举起一块奇形怪状的砾石,看看标本,然后再查看查看各种设备,不过,他没有漏掉桑德森教授所说的任何一个字。

"每种疾病都给我们上了一课。癌症是一种沟通方面的疾病,健康的细胞无法再告知患病的细胞停止分裂;艾滋病是一种爱的疾病,细胞失去了分辨好坏的能力。这种价值和沟通的缺失难道不也在揭示着人们目前的状态吗?为了战胜这些病痛,人类必须继续进化。接下来,另一种促使人类进化的疾病又将不期而至。"

"这样说来,您在'我们来自何方'俱乐部中一定引发过不少争论吧?"伊西多尔站在远处问道。

这位科学家承认,会议的气氛有时会变得紧张,尤其是在有神论者和无神论者,以及达尔文主义者和拉马克主义者[1]

---

1 拉马克(Jean-Baptiste Lamarck,1744—1829),法国博物学家,生物学的奠基人之一,最先提出生物进化的学说,是进化论的倡导者和先驱。

第一部分 缺失的环节

之间。

"不过在天文学界,苦于缺乏证据,同时存在两种完全对立的观点也并非全无可能。古生物学界就是另一番景象了,在那个圈子里,专家们可以让任意一块骨头开口讲话。"

"就像阿德让米安教授那样?"伊西多尔问道。

桑德森浑身一震,却一言不发。

伊西多尔走到天文学家的身旁,突然甩出一句话。

"您讨厌阿德让米安教授吧?"

后者倒退几步,吃了一惊。

"您说这话是什么意思?"

"您的脸,您在提到阿德让米安教授的时候,脸上无意间露出一种不满的神情。人的面部表情就像是一个布满指示灯的仪表盘。"

桑德森教授努力掩饰自己的窘态,但是面部的肌肉依然不住地抽搐。

"阿德让米安,阿德让米安教授有点特别。我从来没有恨过他,即使是在我遭遇意外之后。"

"什么意外?"

桑德森一只手捂在助听器上。

"我的耳朵就是拜阿德让米安的恶作剧所赐。有一天,他凑过来,在我耳边嘀咕:'嘿,你想听听你的宇宙大爆炸吗?'还没等我回答,他就贴着我的耳朵点燃了一枚巨大的爆竹。阿德让米安就是这样,这就是他表达幽默的方式。在他看来,热衷于宇宙大爆炸的人就应该经历一次大爆炸。不走运的是,我的耳膜很脆弱。自此,我的听力几乎下降了百分之八十。在空间定位方面,听觉的作用要比视觉大得多。自从我的听力下降之后,我就丧失了对空间范围的感知能力。"

"所以您就杀了他?"伊西多尔·卡森博格追问道。

"不。"

"那么,据您所知,谁是凶手呢?"

天文学家听到突然响起的一声类似玻璃破碎的声音。一块巨大的石头擦着桑德森的头皮飞过,紧接着玻璃碎片飞速地倾泻而下,千钧一发之际,卢克莱斯·奈姆赫德把他扑倒在地上。

实验室里的三个人迅速爬起来,看到在窗户外面发动攻击的家伙——一只猴子。它站在树枝上,面向着他们,正张望着自己的攻击效果。然后,这只猴子在树林间跳来跳去,挥舞着手臂,逃得无影无踪。

"猴子!"卢克莱斯大喊道。

"它想用石头杀死我!"桑德森惊魂未定,用手揉着自己的额头。多亏卢克莱斯出手相助,否则就不只是擦伤这么简单了。

第一部分 缺失的环节

"为什么一只猴子想要杀死一个人?"伊西多尔·卡森博格颇感奇怪。

尽管桑德森教授被吓得不轻,但他很快便恢复镇定。

"是康拉德。"他倒吸了一口凉气。

"谁?康拉德?"

"康拉德教授和阿德让米安教授都是法国古生物学界的泰斗。不过,两个人互相看不顺眼。在康拉德看来,阿德让米安教授的理论荒谬之极,让整个古生物学界名誉扫地。甚至有一天两个人为此动起武来。我不想跟你们这么说,但是,自那以后,事情开始变得失去控制。康拉德教授不仅仅是位古生物学家,同时,他还是位灵长类动物学家。他在巴黎自然历史博物馆工作,负责植物园动物区里的'猴子'分馆。他非常清楚如何控制它们。"

卢克莱斯·奈姆赫德在笔记本上记下嫌疑犯的名字及地址。

伊西多尔直愣愣地望着猴子消失的树枝。他寻思着,也许浴室镜子上的那个"S"代表的仅仅是:猴子。[1]

---

1 在法语中猴子一词为"singe"。

27 蛇

"咝咝咝……咝咝咝……"蛇发出一阵声响。

"他"刚刚从大火和山洞奇遇中缓过神来,一条硕大的蛇便出现在"他"面前。"他"讨厌蛇。

"他"内心深处,尤其害怕这种东西——蟒蛇。

蛇缠上"他"的大腿,然后又攀上"他"的脖子,打算把"他"勒死。蟒蛇黏糊糊的冰冷身体让"他"打起寒战。这条蛇已经在"他"的脖子上缠绕了两圈。"他"感觉蟒蛇越收越紧,于是,"他"试着攻击敌人的头部。一般来说,依靠身体缠绕猎物,使之窒息而亡的蛇类没有毒牙。所以,对付蛇类,一次只需要对付一种麻烦:毒液或者窒息。

"他"试图掰开蛇的上下两颌,而其他人只是看着,没人帮忙。只能靠自己脱险。蟒蛇挤压着"他"的喉咙,喘不上气的感觉让"他"咳嗽不止,所以"他"拼命地拉扯蛇的两颌。蟒蛇报复般地继续收紧身体。"他"开始窒息。

"他"觉得自己快死了。顿时,"他"整个一生开始在脑海里出现——奔跑、交媾、战争、决斗、盛宴。"他"没有办法把自己的思想记载下来,留存在一个不会损坏的载体上,所以永远都不会有人知道在"他"身上发生过什么。在不为人知的内心最深处,某个遥不可及的地方,闪过一句话:

  所有的瞬间都在忘却中消逝。
  仿佛雨中的泪滴。

这一连串词语从何而来?来自未来,还是来自过去?来自云间吗?还是来自另一个平行的世界?

  仿佛雨中的泪滴……

"他"觉得这句话美极了。"他"的族类有能力拥有这样的思想。"他"为自己诞生在这样美好的物种中而欢喜。这条蛇,它,应该不会如此思考。所以,"他"心中又重新燃起了活下去的火焰。

能量瞬间爆发,"他"一下子便撕开蟒蛇的脑袋。现在,

"他"的每只手上都有半个蛇头。又长又滑的躯体带来的压迫感消失得无影无踪。空气又开始在"他"的喉咙和胸腔内循环流动。"他"吞下蛇头,把剩下的部分丢给孩子们。"他"警告孩子们小心点,哪怕是小骨头也可能会卡在他们的喉咙里,那种感觉可叫人不舒服了。即使是条死蛇,也有可能制造危险。

"他"向高处爬去。在树顶上,"他"感觉到一切都变得不同。"他"远离来自地面的威胁,同时,也更接近奇妙的天空。"他"希望自己变成一只小鸟,展翅飞向白云;"他"希望飞来一只老鹰,把自己也抓走,这样"他"就能飞向高空。即使只有几分钟也好。

别人应该都会认为,刚才,"他"抓住那个雌性成员的脚是为了拯救她。但是,事实并非如此。"他"这么做是因为想和她一道飞向天空。

"他"仰望天空,已经有星星闪烁。"他"看得出神。一颗流星贴着地面划过,在越来越暗的星空留下一条痕迹。另一颗流星划破天空,不过,"他"无法想象那些是什么。

对"他"来说,那是些发出耀眼光亮的小鸟。

28 康拉德教授的理论

"您相信吗?您相信这些陨石的故事吗?"卢克莱斯·奈姆赫德问道。

伊西多尔·卡森博格没有说话,默默地在售票窗口买了门票。他收起找回的零钱,然后两个人一起走进巴黎植物园的动物区。

巨大的铁棍焊成的笼子锈迹斑斑,这些笼子把动物们隔开,以免小水牛在与熊的接触中受伤,也让长颈鹿们远离老虎的威胁。两位记者没有片刻迟疑,径直走向灵长类动物馆。

白大褂一尘不染,金色的小胡子修剪得整整齐齐,灰色的长发打理得井井有条。此刻,康拉德教授正在笼子里,忙着给一窝可爱的狒狒喂食。学者跟猴子说话的口吻好像面对一群叽叽喳喳的孩子。

"吃吧,吃吧,乖乖的,不然爸爸要生气了,不给你们奶糖吃。"

狒狒们立刻改变态度,小声地呜咽着。它们拿到了教授发下来的或甜或咸的小点心。大一点的狒狒还想要,眉头皱成弓形,跟长音符号似的,手伸在半空中,好像乞丐一样。

"装可怜是没用的。少跟我来这一套。我只给不摇尾乞怜的人奶糖吃。"

就这样,这位古生物学家用他自己的方式重新诠释了"放手"原则。

伊西多尔·卡森博格和卢克莱斯·奈姆赫德决定上前同他打个招呼。

"您好,康拉德教授。我们是《当代观察家》周报的记者,我们想和您聊聊人类起源的问题。"

夏尔·康拉德向"孩子们"保证,自己很快就会回来。三只狒狒露出牙齿,低声嘟囔着,鼻孔里喘着粗气,仿佛要吹冷热腾腾的饭菜一般,以此作为它们的回应。教授关上身后的门,用力地洗了洗手,然后紧紧地握住来访者的双手,建议大家边走边谈。

"好啦,小姐,先生,你们应该已经注意到,我们周围就是一个微缩版的伊甸园,或者挪亚方舟。"

他停下来,一只小狐猴把脑袋探在栏杆外面,在他手心里啃来啃去，他的另一只手抚摸着这个小家伙。狐猴的小手上长着五根手指，眼神里充满对外界事物的好奇，模样看上去很像小老头儿。

康拉德教授解释说，他以前并不是动物学家，不过古生物学家这个职业让他不仅仅对化石产生兴趣，对活生生的动物也同样充满热情。所以，他也成了一位灵长类动物学家。

一只印度尼西亚长臂猿摊开异常修长的手臂，抓住卢克莱斯棕红色的发卷，把她的头拽到笼子边上，开始舔她的耳朵。康拉德教授当机立断，狠狠地拧了长臂猿一把，直到它放开这位年轻的姑娘。

"没礼貌，让-保罗。小姐，您不用害怕，让-保罗并没有恶意，它只是想念女性的柔嫩肌肤。"

愿望落空外加感情受挫，长臂猿举起拳头，一边尖叫一边拉扯自己的生殖器——独居笼中，毫无用武之地的东西。

"它或许是想通过这种方式来要求得到一只母猴子。"伊西多尔·卡森博格充满怜悯地替它辩护道。

"哦，让-保罗已经有一只了，但是它把对方给咬了，现在，我们宁愿把它单独关着。这样，至少它不会伤害到别人。"

康拉德教授邀请两位记者参观博物馆里的古生物大长廊。

在展厅一楼，所有的动物都被扒得精光，直至露出骨骼。这并不包括一件男性人体模型，这件展品的表现方式更加含蓄一些,他身上红色的肌肉得以保留,只是被扒掉了皮肤。他摆出一个胜利的手势,仿佛刚刚凯旋。他的生殖器上盖着一片遮羞用的葡萄树叶。他心满意足,调动所有红色的面部肌肉和白色的韧带组织,露出愉快的微笑。

人体模型的左手边摆着几个从修道院地下墓室收来的婴儿胚胎;右手边则是些高级哺乳动物;身后,当然,就是几只"低级"哺乳动物。

"接下来,我将向你们展示进化的两大原动力:1、偶然性;2、物种的选择。"

康拉德教授转身面向两只鸟的骨架,一只鸟的喙很短,而另一只的喙却很长。他指着右面那只。

"请看这只飞禽。这是一只山雀。它以啄食藏在树皮中的昆虫为生。但是有一天,该物种迅速繁殖,数量激增,以致很难再找到可供食用的昆虫。山雀们开始消失。它们中只有很少的一部分意外地长出更长更尖的喙,凭借多出来的这部分喙,它们可以从更深的树洞里面找到可供食用的昆虫。"

他又指着另一只喙较长的鸟骨架。

"那些喙短小的山雀几乎灭绝,只有这些喙较长的山雀得以幸存。"

"是什么原因导致它们发生突变呢?"

"源自'偶然性'。就好像大自然在同一时间尝试上百万种试验，物种的自然选择会淘汰其中最不合时宜的选项。"

"好吧，"卢克莱斯说道，"这一理论套用到人类身上，就意味着，或许有一天，只有那些鸡胸驼背的人和牙齿比较大的人能够幸存……"

康拉德教授哈哈大笑。

"这要取决于未来人类的选择标准。不过，不管怎么说，在过去的几百万年间，这是实实在在发生过的事情……"

他们继续在动物的尸体中间穿行。这些尸体经过喷漆处理，上面均标有编号和难以发音的拉丁文字，协助人们辨别它们的身份。

"我可没做什么贡献。这个想法也不是我提出来的，而是全人类的导师——达尔文提出来的。这是唯一得到公认的关于进化的理论。偶然性，物种的选择。"

然后，他又把两名记者的注意力转移到一张系谱树图上。呈现在他们眼前的，是一幅巨大的人类祖先的历史演变图。

7000万年前：出现最早的灵长类动物。同样是以昆虫为食，它们酷似鼩鼱。

4000万年前：出现最早的狐猴。

他们身边就有一个原始狐猴的骨架，体型和康拉德教授刚刚喂养的狐猴差不多。教授把狐猴看作史前人类的最早雏形，对这一物种有着特别浓厚的兴趣。

"事实上,这些动物已经具备了人类最基本的三个特征:独立的大拇指、扁平的指甲,以及扁平的面部。独立的大拇指让抓取东西成为可能,并且可以把这些东西当成工具来使用。扁平的指甲代替利爪,狐猴可以把前爪攥成拳头,并灵活地使用。就这样,狐猴长出了双手。"

卢克莱斯不假思索地伸开手指,然后握成各种不同的形状。

"得益于扁平的面部,狐猴的视野变得立体。在此之前,由于眼睛长在脸的两侧,动物们既无法估计距离也不能看到立体影像。对于狐猴来说,眼睛的位置移到脸部的正前方,口鼻部向后缩退,让它们能够用三维视角来观察眼前的东西。"

康拉德教授建议对话者体验一下这种感觉。如果他们把双拳放到鼻子上,就会妨碍视觉的立体感。相反,如果鼻部往后缩,则能极好地辨识周围的空间、立体的物体,以及遥远的距离。这样,尤其是对狐猴来说,它们才有可能在跳到空中时,不错过想要抓住的树枝。

"扁平的面部对改善视野来说可能真的很实用,但是我认为凸出的口鼻可以获得更长的杠杆力臂,以便更好地咬住和控制猎物。"伊西多尔反驳道。

"随着双手的发展,这样的能力便丧失了优先权。"

三人在挂着猴子骨架的T字形支架之间继续前行,灵长类动物学家的示范讲解仍在继续。这些猴子骨架和两名记者在阿德让米安教授办公室里看到的猴骨极为类似。

"2000万年前，狐猴变成猴子的猎物，后者是前者突变后的近亲，它们可比狐猴机灵得多。狐猴只在唯一的一个地方幸存下来，那就是马达加斯加，因为从非洲大陆分离出来后，这个岛屿就像艘救生艇，保护了这一面临淘汰命运的物种中最后的幸存者。马达加斯加岛上现今依然生活着29种狐猴，而非洲其余地方仅仅残存6种。"

康拉德教授又把两名听众领回系谱树图前。

"440万年到280万年前，猴子的分支——南方古猿——逐渐分离出来，演变成人类。大概因为气候的变化，人类从大猩猩和黑猩猩中分化出来。猴子们生活在非洲东部地区，那里曾经发生过一次地震，导致地面裂开一道缝隙，也就是我们俗称的'东非大裂谷'。裂谷促使这一地区产生三块气候迥异的区域：密林地区、山地地区，还有稀树高草地区。在密林地区，唯一幸存下来的只有黑猩猩的祖先；在山地地区，住着大猩猩的祖先；而在稀树高草地区，幸运儿则是南方古猿——人类的祖先。"

康拉德教授的手指在地图上画过整个"东非大裂谷"——这道南起南非、北至土耳其的巨大的地球疤痕。

"南方古猿和史前黑猩猩或者史前大猩猩最主要的区别在

于,南方古猿的尾巴消失了。在树枝之间跳跃时尾巴起到的平衡作用已经变得不再那么不可或缺。请摸摸您的尾椎骨。这块毫无用处的小残尾就长在我们后背的下方,它是人类身上残存的'东非大裂谷'形成之前树栖猴类时期的遗留物。"

伊西多尔和卢克莱斯兴奋地摸着自己后背上这段残留的尾巴。

"但是,没有尾巴并不是人类和猴子之间唯一的不同。其他差异还有:直立的躯干,脑容量的增加,扁平的面颊进一步改善视野的立体感。别忘了,还有喉部的下降。从前,灵长类动物只能发出简单的吼叫,但是随着喉部下降,它们能更细腻地表达出声音的细微差别。此外,还有童年和学习时间的延长,以及身上皮毛的消失。与此同时,开始出现越来越复杂的社会行为。"

康拉德摸着葡萄树叶覆盖下的人体模型。

"接着'智人'便出现了,也就是说,我们。大自然的完美造物,复杂性的丰碑。"

"您认识阿德让米安教授吗?"卢克莱斯问道。

康拉德教授暂停讲解,显得有些狼狈。

"我当然认识阿德让米安,"他说,"在我们这一代古生物学家中,他是最有天赋的人之一。可惜到最后,他变得疯疯癫癫,冒着让整个古生物学界颜面扫地的危险,开始鼓吹一些极其荒

第一部分 缺失的环节

诞的理论。"

康拉德教授带着他们走上楼梯,向他的办公室走去。

"阿德让米安并非唯一一个屈从于非理性诱惑的专家。还有一些案例,众所周知。比如说,夏尔·道森,1912年,他挥舞着'辟尔唐人'[1]的颅骨,高呼已经发现了'缺失的环节'。人们被他蒙蔽了几十年,直到1959年,人们才发现那只不过是一件人造品:猴子下颌和人类颅骨的组合品!"

康拉德认为阿德让米安之死合乎逻辑。总之,这位古生物学家顺从了自然法则——适者生存。不过,在他看来,阿德让米安纯属咎由自取。

"这个男人危害了所有人。他不仅让古生物学界蒙羞,还霸占了重要的科学家获得科研津贴的机会。"

这会儿,康拉德教授正焦躁不安地在抽屉里翻腾,想找出他最近发表的科学出版物的复印件。

---

[1] 1912年,英国律师道森声称在辟尔唐发现了一个猿人头盖骨的一部分。1913年,道森和英国著名人类史学家伍德沃德宣布,他们发掘出了一种半猿半人的生物的头盖骨,并说这种生物生活在大约50万年以前。他们的"发现"被当作达尔文生物进化论的一个有力证据,在人类学上被命名为"曙人",被认为是类人猿到人的进化过程中的过渡性生物,甚至作为重大科学成就出现在邮票上。1928年,科学家采用含氟量测定古化石年代的办法,查出"曙人"的头盖骨不早于新石器时代,下颌骨属于一只未成年的黑猩猩,他们还发现头盖骨、下颌骨全经过了染色处理。一场精心制造的骗局终于真相大白。

"至于你们的那篇有关人类起源的文章,给你们一份我的讲义的复印件,直接誊抄你们感兴趣的段落会让你们的工作更顺利些。"

他又递给两位记者一张他的照片,照片上的教授正在微笑,好像哈姆雷特似的,身旁摆着一个颅骨。

趁着康拉德教授正在找文件的空当,卢克莱斯的眼睛可没闲着,她已经把这个房间上上下下都扫视过一遍。此刻,她盯上摆在小工作台上的几把锋利的冰镐。古生物学兼灵长类动物学者顺着她的目光看去。

"我知道,"他说,"他死于腹部的一击,凶器是冰镐,和工作台上的那些差不多。您是不是正在琢磨,是否我就是那个凶手呢?"

他噘起了嘴巴。

"不,哦不不。哪怕仅仅是为了不让他因此成为烈士,我也不会杀他。因为人们通常都会揣测遇害者掌握了真理。"

伊西多尔打断教授。

"那么,照您说,谁是凶手?在这点上,您恐怕早就有想法了吧,不是吗?"

"'去找那个女人'难道不是所有侦探调查的套路吗?"

康拉德教授说,死者生前并不缺女人。他特别提到一个名字——索朗日·范·丽斯柏。阿德让米安抛弃她的时候,这个

第一部分 缺失的环节

女人曾扬言要报复他。

索朗日·范·丽斯柏……卢克莱斯注意到阿德让米安教授的这位情人也是"我们来自何方"俱乐部的成员,随后,她又把话题转移到另一个令她困惑不已的问题上。

"在拜访您之前,我们去拜访过桑德森教授。可是,当我们在交谈的时候,一只猴子袭击了我们。您觉得猴子可能会攻击人类吗?"

"自然状态下的猴子不会。受过严格训练的猴子则可以做到。"

"您知道如何训练猴子吗?"

"抱歉,我只是它们的朋友而已,并非它们的老师。相反,范·丽斯柏教授在她的医疗中心建立了一所灵长类动物学校。她还饲养了几只刚果倭黑猩猩,它们是最聪明也是和人最接近的猴类。它们的智力出众。你们应该去丽斯柏的含羞草诊所看看。"

他抓住了卢克莱斯的肩膀,后者正在笔记本上潦潦草草地写下诊所的名字。女记者并没有立刻做出反应,她已经习惯了男性借着各种机会寻求肌肤之亲的举动。

"小姐,我们来自何方?人类来自何方?我又来自何方?这些问题实在是太重要了,凡是能给这些问题带来新答案的人,马上便会获得莫大的荣誉。在这场智慧的较量中,衍生出某些暴力的小尾巴也不足为奇。"

说完,康拉德教授看了眼手表,他向两位记者表示过歉意后,便回去找他的"寄宿生们"了。

现在,就剩下卢克莱斯和伊西多尔两个人。他们决定按照自己的节奏参观自然历史博物馆。

馆外,夜幕开始降临。

大楼古旧的墙壁为他们遮风挡雨,电子空调系统为他们保暖驱寒,十来个荧光氖气灯为他们驱散黑暗,他们甚至没有感觉到黑夜已然来临。

29　饕餮之夜

夜幕降临。

时间已经不允许族人建造真正的宿营地,所有人都知道,再过几分钟,黑暗将会变成每个人的梦魇。

随着光线逐渐减弱,族人们的瞳孔开始放大,若想捕捉最微弱的光线,他们必须瞪大眼睛。每个人都尽其所能地在树枝堆中找到舒服的位置。

"他"打算爬到最高最细的树枝上。他赶走了猫头鹰。在高处,"他"感觉很自在。有些夜晚,"他"宁愿独处。不知为什么,"他"并不需要感觉到族人的存在以驱散对黑夜的恐惧。

夜越来越深,气温也越来越低。此刻,浓重的夜色包裹着整个部落。他们最畏惧的东西便是黑夜。如果有机会观察,你就会发现他们中的每个人都蜷缩着身体,一言不发,好像经受过极度的惊吓。夜色又浓重几分,丛林中的喧嚣声越来越大。

一声渐止,一声又起。族人们的注意力从图像转移到声音上。他们竖立起耳朵,幅度几乎难以察觉。起初,他们听到的主要是昆虫求偶的鸣叫,例如蚱蜢、蝈蝈、夜蝇……这些东西倒没什么好怕的。

而后,从昆虫的鸣叫中能清晰地分辨出一种刺耳的呼吸声。族人们很清楚,呼吸声越响亮的动物越危险。通常来说,应该是豹子的呼吸声,这种体型异常大的猫科动物一跃便可蹿上大树,叼走族内的兄弟姐妹。

族人们夜里看不清东西,所以,面对偷猎者,他们感到毫无招架之力。这也是"他"经常试图睡在最高的树枝上的另一个原因——不被豹子偷偷地夺去生命。

族人们在等待。

族人们在等待什么?

猫头鹰一声叫,族人们听得瑟瑟发抖,猫头鹰的叫声激励着夜行动物的斗志,鼓励它们向生活在白天的物种复仇。突然,一只吸血蝙蝠落在"他"毛茸茸的天灵盖上。这便是在高处扎营的缺陷——蝙蝠会来打扰你。这只小小的翼手动物紧紧地抓住"他"蓬松的乱发。突然,"他"一把抓住它,掰折它的肱骨,折断它的翅膀和长长的爪子,把它揉成结实的肉球,塞到嘴里咀嚼起来。蝙蝠的肉富有筋道,有点类似橡胶,口感还不错。

第一部分 缺失的环节

吃过蝙蝠肉后,"他"心中对夜晚的恐惧有所缓解。一时间,蝙蝠还在"他"舌头和上颌之间进行垂死挣扎,不过没多久,它便认命了,随后被湿乎乎的舌头推进喉咙里。

"为食而生还是为生而食",蝙蝠应该会如是回答:它更想活着,不想被吃掉,可惜为时已晚。

族人们昏昏欲睡,同时,却要努力保持警惕。他们知道需要恢复体力,急需摆脱整日的疲劳;可是,他们同样也知道,一旦进入梦乡,他们就会变得毫无抵抗能力。

响亮的喘气声越逼越近。毋庸置疑,是头豹子。它仍在靠近,没有人移动哪怕一根手指头。凭直觉族人们就能体会到这只动物的身材。略显急促的呼吸声传递了两条坏消息:它饥肠辘辘或者已经发现了他们。一些人因此慌了神,打算爬上更高的枝杈。

"他"劝说这些人爬下去,因为这些树枝纤细脆弱,根本无法支撑多人的重量,如果树枝断裂的话,那么他们有可能会一起摔下去。但是,恐惧冲昏了这些人的头脑。恐惧是所有灾祸最主要的根源。现在,"他"的身边围满族人,他们紧紧地抓住"他",也抓住"他"脚下的树枝。"他"的头部、肩膀和胳膊肘上方全是族人。

该来的终究躲不过。树枝折断,高枝上的族人全都从树上翻滚下去,差一点砸到豹的鼻子。后者立时笑纳这份意外大礼。它需要做的仅仅是把利爪插进距离最近的族人的肚子里,然后咬住他,安安静静地把他吞吃光。

"他"没做丝毫停歇,再次爬到高处。"哦,这次差点就没命了。""他"想。集体生活的缺陷暴露无遗——必须容忍同伴的愚蠢行径。

现在,危险已然远去,族人们感觉如释重负。他们终于可以安心睡觉了。黑夜中,总要付出些许代价。

30 笼中记

买完门票,两个人走进进化史大长廊,比起古生物大长廊,这个展厅给人的印象更为深刻,不过,古生物大长廊的面积比进化史大长廊大一些。在这里,动物们的皮毛或者皮肤又被重新缝上去,针脚细密,做工考究。

小型聚光灯打在动物们惊恐的脸上,仿佛它们突然被定格在日常生活的某个瞬间。所有的动物都被摆成长长的一列,放在一楼大厅。大厅越往里走越亮堂。

"伊西多尔,您对这件事有什么看法?"

"他有罪。"

"您觉得康拉德教授杀了阿德让米安教授?"

"比这更恶劣。他令谋杀动物的行为合法化,这些无辜的动物只想在森林里或者草原上无拘无束地奔跑蹦跳,这些动物,什么罪过都没有,却要受他的毒害!"

卢克莱斯·奈姆赫德喜欢思考甚于高谈阔论。

"我问您正经事呢,伊西多尔。"

胖记者正在绕着一只拉布拉多白熊转圈子。

"可我回答的就是正经事啊,卢克莱斯。总之,我对那些脸上生毛的人可没什么信任感。无论是小胡子,还是大胡子,后面必然隐藏着见不得人的东西,绝不仅仅是他们的下巴。"

卢克莱斯·奈姆赫德觉得这套理论有点以偏概全的意味。

动物标本师正坐在板凳上,面对着一只已经被制成标本的动物。那应该是只长臂猿,从各个角度看上去,都跟爱抚过卢克莱斯头发的那只长臂猿长得很像。动物标本师取出长臂猿的眼球,换上两个上过漆的玻璃珠子。然后,他又重新缝合了一只黑猩猩胳膊,它胳膊上的皮肤已经开始脱落,隐约可见里面的泡沫。

年轻姑娘望着大象出了神,这头大象被摆放在动物展览队伍的头排,看上去犹如正在领导这支队伍,准备登上挪亚方舟似的。然后,她的注意力又转移到狮子身上,狮鬣飘向身后,用蜡定形,看得人心神不宁。接着,卢克莱斯又迎上狼和狐狸的目光,它们的眼神凶残而决绝。这些野兽应该是死在睡梦中,然后,专业人员把它们摆出了唬人的模样。

卢克莱斯心中闪过一个念头。她自言自语道,人类绝不可

第一部分　缺失的环节

能把动物们领向求生之舟，只会把它们引向灭亡。在人类的心目中，动物没有未来可言。除了装饰博物馆，让孩子们学习历史知识以外，它们毫无用处。或许有一天，这个世界上将不会再有任何动物。

伊西多尔·卡森博格看起来同样心绪不宁。这个地方不只是展厅而已，他们感觉自己仿佛身处美丽的墓地之中，墓地体现了人类相较于自然界中其他物种的压倒性的霸权。战败者的脸上愁云密布。

"即便内脏已成草芥，它们依然保有一丝灵魂；即便内脏已成草芥，它们还能帮助我们观察其同类。"

伊西多尔·卡森博格激动地盯着斑马、水牛及羚羊的人造眼睛。

"你们见过第一个人类吗？"他问道。

已成标本的野兽们无法作答。

"给我讲讲吧，"他依然坚持着，"他是什么样的？他是只病变的猴子吗？他是只偶然间获得超群天赋的猴子吗？"

远处传来一声尖叫，两个人吓了一跳。这个声音，毫无疑问，属于康拉德教授。他们赶忙朝着声音传来的方向跑去。

尖叫明显来自灵长类动物区。

等两个人赶到的时候，那里已被围得水泄不通。两名记者挥舞着记者证，架起胳膊肘，挡开看热闹的人。康拉德教授躺在笼子前,已经不省人事。狒狒们抚摸着他的头发,想把他叫醒。其中一只狒狒趁乱翻开他的口袋,偷走几块咸饼干。

"有谁看见究竟发生了什么事?"卢克莱斯·奈姆赫德朝着人群大声嚷嚷。

"我看见了。"一位老妇人答道。

她证实说,穿白大褂的受害人本来正在喂猴子。包括他自己在内,没有人注意到,旁边稻草堆里,有只体型远大于其他猴子的灵长类动物正在玩耍。

"接着,这只动物站起来,我看见它拿着什么东西,"老妇人还在浑身发抖,她记得很清楚,"那绝对不是玩具,而是一把左轮手枪。这头畜生的姿势显得很笨拙,但它还是直接瞄准这位大褂先生的太阳穴。这位先生吓得动也不动,嘴巴张得老大。它拨动着手枪的转轮,就跟玩俄罗斯轮盘似的,然后它扣动扳机。大褂先生尖叫一声,朝后倒下去,接着就昏过去了。"

剩下的很多人,包括这位老妇人的孙女——一个古灵精怪的十二岁的小姑娘,均证实老妇人所言属实。当时她们也在案发现场,大家正在观看狒狒们大吃大喝以消磨时间,突然,场面急转直下。

"您是说一只猴子?您确定看到的不是经过乔装打扮、戴着猴子面具的男人?"卢克莱斯一手拿着铅笔,一手拿着笔记本询问道。

第一部分 缺失的环节

"对。"大家都对老妇人的观点表示赞同。那只动物通体长毛,而且它是从树上逃走的,仅仅依靠手臂的力量,从一根树枝荡到另一根树枝上。

有人用手机报了警,警察和急救人员同时赶到现场。康拉德教授依然昏迷不醒。医护人员手脚麻利地把他抬上担架,与此同时,警察也找到目击者,要求他们详述案发经过。

两位记者在狒狒们的悲号声中离开现场。

"伊西多尔,您认为,这件事肯定还是猴子所为吗?"

"一只聪明绝顶的猴子,""科学神探福尔摩斯"挠着秃顶的脑袋说道,"一只猴子带着武器,只身闯进笼子,在角落里耐心地等待轮盘射杀的最佳时机,得手后溜之大吉,消失在钢筋水泥的丛林里。"

"天资聪颖,或者训练有素。"卢克莱斯心想。

伊西多尔·卡森博格强调说,生活有时候就像小说,在埃德加·爱伦·坡的短篇小说《莫尔格街凶杀案》中就已经出现过猴子杀人的把戏。卢克莱斯反驳他说,爱伦·坡的灵感取材自真实的社会新闻。伊西多尔·卡森博格忽视了这样的历史细节。

"真正让我心神不宁的,是攻击者的幽默感。信奉陨石理论的天文学家险些被一块……飞来横石打中;而这位生物学家坚信人类起源自一场意外,意外就发生在他身上!"

实习女记者优雅地撩起红棕色长发，以免挡住视线，看不清笔记。

"所有的事情发生得好像'缺失的环节'重返人间一般，它在嘲弄一切与之相关的理论。"

年轻姑娘的优雅姿态突然让伊西多尔·卡森博格怦然心动。他看着她，仔仔细细地看着她。他觉得眼前的这位女子美得超凡脱俗。在伊西多尔的感官世界里，她的味道突然变得芳香起来，整个人平添了一份女人的柔美气息。"这个女人简直魅力四射"，他心里突然闪过这样的念头，他问自己，这种魅力从何而来呢？他心中立刻就有了答案。来源于生活。卢克莱斯·奈姆赫德的生活激情四射。她对待生活的热情赋予她一种独特的光芒。伊西多尔·卡森博格感觉自己跌进了万丈深渊。现在，他的心中充满对这位年轻姑娘的渴望，这一简单的想法在他的心里激起层层波澜，令他久久不能平静。伊西多尔，你这头肥硕的大象，难道真的禁不住柔弱的老鼠的诱惑？他甚至不敢想象这个弱不禁风的小东西在他巨大的身体下被压扁的场景。

"您胡思乱想什么呢？"卢克莱斯问道。

他默不作声，眼皮害羞地垂下去，不再瞅着那张青春脱俗的面庞。

31 黏糊糊的闹钟

一个热乎乎的,几乎发烫的女性生殖器,突然出现在"他"面前。这是唤醒身体最好的人体闹钟。轻佻女子把生殖器摆在"他"的鼻子底下。看上去仿佛一张正在嘲笑"他"的垂直的嘴巴。

一股强烈的荷尔蒙气息。

"他"伸长脖子,打算看看被生殖器挡住的脸蛋。那是一张年轻雌性成员的脸庞,她现阶段不专属于任何雄性成员。在多次发情的刺激之下,她的会阴部位高高隆起,颜色粉红,富有光泽。阴唇就像两条肿胀的茄子,歪歪扭扭地贴在她的屁股上。"他"心想,等她坐下的时候,她的阴部应该会被硌得生疼。

很显然,她想要同"他"交合。可"他"确实没有什么兴趣。"他"不想用这样的方式,一大清早就立刻与人做爱。早上起来,"他"必须先呼吸些新鲜空气,然后再嚼上几片树叶。她蹭上来,一再坚持。于是,"他"便开始"耕耘",心不在焉,只有生殖器在干活。"他"刚刚滑进她的体内,这个女人就开始抓住周围的树枝,疯狂地摇晃,同时,嘴里也喘起粗气。

她欢快地摇动着身体,凌乱的呼吸变成大喊大叫。她的叫声大如雷鸣,"他"不得不一边行动,一边把耳朵捂起来。早晨简简单单地交合一会儿,需要把整个森林都吵醒吗?可是这年轻的雌性成员似乎很清楚自己的行为。或许险些丧命于怪兽洞穴所带来的恐惧感给她平添了一份额外的生理冲动。

唉,雌性成员啊……

"他"在她身后,看着对方屁股的颜色发生变化,从淡紫色变成猩红色,有点像天上的彩虹。这会儿,"他"的伴侣正拼命地摇晃树枝,几只小松鼠从树枝上摔下来,猛一看还以为是熟透的橡栗呢。幸运的是,这些小家伙大部分都会飞,它们伸开四肢,撑开连接手脚的薄膜就飞了起来。

当然,并非所有人都对他们的做爱声无动于衷。一个年轻的雄性成员突然出现,拍了拍"他"的肩膀,要跟"他"决斗。"他"让对方再耐心等待片刻,等"他"完事之后再收拾他。但是后者可不想等待,推了"他"一把,把"他"从雌性成员的身上推开。那家伙打算给"他"点颜色瞧瞧。

两个雄性成员的战斗一触即发。"他"捶打着胸脯,想打消对方殴斗的念头。"他"把胸脯敲得震天响,龇牙咧嘴地竖起全身的毛发。可是,威胁就足够了吗?不,还没等"他"恐吓完,对方就摆出一副意图咬人的架势。

于是,"他"抓起自己还处于勃起状态的性器,当作宝剑一般挥舞起来。可惜这招并未奏效,对方并没有被吓到,反而也举起了自己勃起的性器应战(经过一定的处理之后)。现在,两个雄性成员站在树上,正用自己的阴茎抽打对方,仿佛那就是木棍、大头棒,或者一条鞭子。

事件的始作俑者则站在一旁给两位追求者加油助威。谁也不知道她究竟喜欢哪一个,从她的喊叫声中可以感觉到,她希望这场战斗越激烈越好。部落里所有的族人都跑过来,观看这场树上大战。

双方的性器交上了火,"他"痛击了一下对手。幸运的是,"他"的武器还不错。反观对方,阴茎短小而且很情绪化,尽管年轻雌性成员的嘘声不绝于耳,也挡不住它软下去的步伐。

原则上来讲,"他"已经获得胜利。可是对手并不甘心,他想向这个雌性成员展示自己的能力,所以,他无视部落的规则,扑上去,一把掐住"他"的脖子。疯狂的年轻人。

"他"别无选择。为了避免丧失先机,保存实力,"他"举手成刀,打在对手的气管上,干脆利落地把他打翻在地。这便是成熟和阅历带来的优势——知道如何让狂热分子冷静下来。

大屁股的年轻雌性成员生气地吼起来,她认为决斗的时间太短了。年轻的小伙子应该继续为她而战。她很失望,因为她看热闹的欲望似乎并不比做爱的欲望小多少。她想要的不仅仅是精液而已,她还想欣赏血流如注的场面。

"他"看了一眼对手纹丝不动的躯体,有那么一瞬间,"他"甚至开始讨厌自己。"他"知道自己别无选择,可"他"真的不喜欢被迫使用暴力手段来获得别人的理解。

女人咯咯地笑着,又把自己的阴部凑到"他"的脸上。如果"他"再续激情,她就准备原谅"他"缩短决斗时间的行为。"他"看着她,觉得她还挺可爱,鼻子里嗅着淫荡的荷尔蒙的气味,懒洋洋地凑了上去。

她的屁股开始画起"8"字,她用这样的方式鼓励"他"。

32 范·丽斯柏医生的理论

她身材高大,一头褐发,细框玳瑁眼镜下面,外科医生口罩挡住了她的脸庞。她轻捋着一根手术专用的细线,把它穿进针鼻里,然后,把两只手都插进突突直跳的肌肉里。

索朗日·范·丽斯柏医生在巴黎郊区的克拉马开了含羞草诊所。伊西多尔和卢克莱斯赶到诊所的时候,透过门上的玻璃窗,看见这位女外科医生的身边围着一大群穿着淡紫色大褂的助手,她正在一位沉睡的大胡子男人身上翻找什么东西,男人的鼻孔里和胳膊上插满管子。她动作精准,神情泰然,仿佛正在专心致志地做祷告似的。她不时地伸出一只手,无须多言,立刻就有一把合适的镀镍的工具递上。手术临近尾声,她开始缝合男人的皮肤,如同人们拧上瓶盖。

看见丽斯柏医生摘下手套和口罩,在盥洗台前狠劲地搓洗着双手,两名记者赶忙追上去。两人讲明来意,说他们是《当代观察家》周报的记者。她同意回答他们的问题。

她神情严肃,目光坚毅,透露出她有很强的个性。她请两位记者稍等片刻,她要去换衣服。她很快便赶回来,建议两位记者随她一同去诊所的咖啡厅。

走廊里,成群结队的患者穿着毛巾浴袍走来走去。石油酋长、摇滚巨星、电影名角,所有人都戴着墨镜,身后跟着保镖,以防疯狂的崇拜者或政敌跟踪至此。背景音乐在走廊里回荡,给这个小小的世界带来宁静与安详。对于付得起天价账单的人来说,含羞草诊所就是奢侈和宁静的代名词。

走到岔路口,几块指路牌映入眼帘,上面写着"手术室""休息间""实验室"和"CIRC"。"CIRC"标识牌上还写着"非请勿入"的字样。

伊西多尔询问"CIRC"这个首字母缩略词的含义。

"细胞研究与植入中心,"女医生明确告知两人该词的含义,"诊所的研究人员就在那里研发出前沿的人体移植技术,给我们的诊所带来世界级的声誉。你们知道,多亏有这个实验室,我们才敢号称全世界抗活体移植手术后排异反应最小的诊所。"

"这里的费用肯定很离谱……"卢克莱斯无意间看到几张贴在墙上的专家名单,然后说道。

第一部分　缺失的环节

"费用当然要高一些,但是,想在研究领域的竞争中保持领先地位,经费是必不可少的。"女医生反驳道,"公立医院宣称,他们实施的移植手术成功率达到60%,而在这里,在含羞草诊所,我们的成功率可以达到75%。全世界范围内的顾客潮水般涌向这里,我们这样定价也是合理的。"

一行人走进奢华的咖啡厅。咖啡厅里,他们喝上了"聚苯乙烯杯装咖啡"。尽管这种饮品没滋没味,但是女外科医生依然对它情有独钟,尤其是在神经饱经手术期间的严酷考验之后。

她点燃一支香烟,狠命地嘬着白色的纸管,尼古丁充斥她的每一个肺泡,让她放松下来。这就是植物作用在动物身上的力量。

"事实上,我们只想问您一个问题,"卢克莱斯·奈姆赫德说道,"我们来自何方?"

女外科医生拿不定主意此时应该开个玩笑还是应该认认真真地作答。最终,她选择喝上一口咖啡。

"跟你们说,我的学习经历很特殊。我接受过外科领域的教育,同时,我也接受了细胞生物学方面的扎实的教育,以从事移植手术这一专业。我对细胞的起源、构造形式,以及细胞之间的耐受程度很有兴趣,所以我明白为什么有些细胞可以相互接受,而另一些却相互排斥。跟我来,我想让你们看样东西,你们应该会有兴趣。"

接着,她邀请两名记者跟随她走进一间实验室。实验室里摆着几只笼子,同时还有几只鱼缸。女医生让他们看一只鱼缸,鼓励两个人仔细观察里面的东西。他们发现了大量极其微小的会动的淡灰褐色斑点。

"你们想知道我们来自何方吗?我们就源自它们。"

她拿起一根吸管,从鱼缸里抽出微量满载生命的液体。

"我们就来自这些细菌,来自这些单细胞生物。几百万年间这些家伙统治地球,最终它们产生变化,从草履虫变成鱼类。"

范·丽斯柏走到一只更大的鱼缸前,鱼缸里有许多小虹鳉鱼,她拿起一把抄鱼网,从另一只大鱼缸里捞出一尾天使鱼,把它搁进虹鳉鱼群里。天使鱼凭借更大的体型、更锋利的牙齿,以及更强的攻击性,一入水里就开始撕咬虹鳉鱼。

女医生强调说,两周后,如果两个人有机会再次来访,他们将会看到雄性虹鳉鱼的五彩缤纷的大尾巴不见了。

"为了避免吸引捕食者——天使鱼的注意,它们会把自己变得不那么引人注目。它们会改变自己的机体结构以适应生存环境中出现的新的因素,也就是这位'捣乱分子'。只要这位'捣乱分子'还在鱼缸里一天,就不会有任何一条长着彩色大尾巴的雄性幼鱼出生。进化之门由此开启。在这里,我们可以加快,并且可以更直接地观察进化的进程。不过,如果我们把天使鱼从它们的鱼缸里拿走,这些虹鳉鱼又将重新获得闪闪发亮的色彩,变回那种更吸引雌鱼注意的颜色。"

她解释说,外界环境的改变迫使细胞发生变化。

"人类也是完全相同的道理。适应环境。"

"那人类的'捣乱因素'是什么呢?"

"东非大裂谷。东非大裂谷的形成迫使早期的类人猿生活在林木稀疏的热带草原上。它们不可能再爬到树上以躲避猎食者。所以,它们必须站起来才能透过高草观察是否有捕食者靠近。它们害怕被攻击,所以经常双足直立,反复多次之后,它们从'生活在树上为主,偶尔双足直立'变成'双足直立为主,偶尔爬爬树'。"

对捕食者的恐惧……卢克莱斯想起阿德让米安教授办公室里的那幅有关进化的漫画。小鱼问妈妈:是谁离开了水面?是谁发生进化?是那些焦虑不安者,他们心怀恐惧。是那些对现实不满者,他们期待世界发生变化。照她看来,还得算上那些偏执狂,他们或是觉得这个世界危机四伏,或是打算让潜在的问题提前发生。

范·丽斯柏弓起腰,模仿上肢前倾的猴子。

"靠后肢支撑身体站立的方式解放了前肢,"她解释道,"同时,获得解放的双手能够拿起木棒,把它当作武器,然后投入战场。"

直立行走为人类开启一扇改变之门,比如,人类的骨骼构造发生变化。站起来后,骨盆变成了承载内脏器官的容器。从前,头部和脊柱是从侧面连接,直立行走后,脊柱翻转到头部下方,脑部再也不用受到脊髓的阻滞,因此脑部容量获得扩充的机会。

"人类脑容量从450立方厘米扩充到1000立方厘米花费200万年,然后又从1000立方厘米增长到今天的1450立方厘米。"她边说边向两人展示不同容积的颅骨。

"为什么我们的毛发几乎不再生长?"伊西多尔·卡森博格问道。

"这也是对环境的适应。从前,我们身上长满毛发,那是因为幼崽需要抓着母亲的肚子;但是后来母亲可以把幼崽抱在怀里,我们身上的毛发便失去了作用。所以,我们身上只留下头顶上那块用来抵挡阳光的头发。"

"可是眉毛呢?"

"这是一种精巧的小玩意儿。下雨时它们可以防止雨水流进眼睛里。"

范·丽斯柏医生的言论可以称为"变形论"。让·巴普蒂斯特·拉马克于1815年创立这套理论。在范·丽斯柏看来,这位生物学家是现代人类古生物学真正的也是唯一的鼻祖。

"拉马克主义和达尔文主义之间有何区别?"卢克莱斯·奈姆赫德翻开笔记本,找出康拉德教授关于达尔文主义的讲义,然后问道。

"达尔文主义者认为,人类在无意间获得适合直立状态的基因;而在拉马克主义者看来,只要有需要,任何动物都能改造自己的基因。"范·丽斯柏医生解释道。

她的嘴角露出一丝笑意,然后开始总结陈词。

"嗯,拉马克的理论让每个个体都对自我完善保留一线希望,但是在达尔文的理论体系中,如果我们投错了胎,那就彻底完蛋了。"

隔壁的房间里摆着许多装满福尔马林的大瓶子,瓶子里面漂浮着各式各样的胚胎,有人类的胎儿,也有蜥蜴、猴子,以及各种哺乳动物的胚胎。

"怀胎的9个月内,人类胚胎会把人类种族的历史重演一遍。"

女医生绕着房间走了一圈。她精准地辨认出一颗漂在大口瓶里的粉红色的小肉豆——这是6天大的人类胚胎,类似某种早期的杂交原生动物。在它旁边,是一个12天大的胚胎,呈长条形状,长着异常硕大的眼睛。

"难道不像鱼吗?刚开始的时候,我们都是鱼。"她说,"31天的时候,胚胎长成蜥蜴的模样;第9周时,胚胎变得好像鼩鼱一样;等到第18周的时候,胚胎简直就是猴子的翻版。"

卢克莱斯手中的笔飞快地在纸上游走,丽斯柏医生的这番话委实令她震撼不已。

"也就是说,每个人出生前都经历了进化成人类之前的所有时期。"伊西多尔嘟囔着,他同样被如此的言论慑服。

"数字形态的奥秘,"卢克莱斯·奈姆赫德低声说道,"'1''2''3''4''5'。我们在出生之前就已经再现了生命所有的进化阶段。"

"您在说什么?"女外科医生有点惊讶,问道。

卢克莱斯转过身来,指着她身后的几个大笼子——笼子里面关着几只活蹦乱跳的猴子——问道:"这些猴子是干什么用的?"

"用于移植手术。人类99%的基因与黑猩猩相同,因此我们可以从它们身体上提取某些器官,用以替代人类身上出现问题的器官。动物活体提取的移植手术做得越多,我们就可以越少求助于器官库,进而可以避免随之产生的诸多暴力恶行。"

"什么暴力恶行?"卢克莱斯·奈姆赫德大吃一惊。

"在第三世界国家里,穷人们把自己身上的器官一个接一个地卖掉,他们这样做的目的仅仅是换取食物。肾脏、肺、角膜……犯罪团伙袭击流浪汉,盗走他们的某些器官,然后把这些器官卖给那些无良的诊所。市场存在严重的供不应求,整个倒卖行当应运而生。在志愿捐献者极度匮乏的情况下,从动物身上移植器官是比较好的替代方法,而黑猩猩几乎不会跟人体产生排异反应。"

但她又解释道,就机体层面而言,并非所有的黑猩猩都适合成为替代者。

"只有刚果的倭黑猩猩才有高达 99.3% 的与人类相同的基因,这就为成功移植提供了保证。所以我们集中力量研究倭黑猩猩。"

范·丽斯柏从笼子里放出一只倭黑猩猩。它立时温柔地蜷缩在她的手臂上,像极了一个渴望关爱的孩童。接着,它又朝卢克莱斯·奈姆赫德靠去,扯弄她棕红色的长发,仿佛要给自己顶上假发似的。

"倭黑猩猩聪明绝顶。它们以部落为单位群居生活,平时靠玩耍和做爱来解决争端。它们随时都准备嬉戏玩闹。这是只聪明的猴子。"

范·丽斯柏递给小猴子一个球,等它马上就要拿到球的时候,她又把球藏到背后。小猴子试着寻找球在范·丽斯柏哪只手里,如果猜对了,它便欢快地喘着气。

"不幸的是,倭黑猩猩正在走向灭绝。倭黑猩猩只在刚果繁衍生息,可是在那个国度,人们把它们当成高档菜肴。所以,我们试着在这里,让它们在笼子里繁殖。可是,问题是倭黑猩猩只愿意待在野生环境中，它们只有在感觉非常舒适的时候才会接受在笼子里繁殖。我们只有不停地刺激它们，它们才会觉得非常舒服。"

范·丽斯柏医生把两名记者领进隔壁的房间。这是间游戏室。室内的每个笼子上都挂着密码锁，猴子们必须完成一些结构严谨的句子才能从笼子里面出来。

"什么是'结构严谨的句子'？"

"包含主语、动词和补语的句子。我们把词语替换成表意的符号。"

事实上，按键上印着猴子头、香蕉，以及其他一些物品……

在另外几个笼子里，猴子们正绞尽脑汁地摆弄着密码锁，它们知道，只有打开锁才能拿到心爱的食物。

"只有当倭黑猩猩们觉得刺激的时候，它们才会觉得舒服，才会同意交配。反之，如果像在动物园里似的囚禁它们，它们会变得忧郁，它们会自杀。我们在笼子上设置某些机关，试着让它们相信自己仍然处于进步中。"

大多数的倭黑猩猩显得格外活泼。自打他们一进门，其中有几只猩猩就停下手里的活儿，不再摆弄锁头，盯着闯入者的一举一动，满脸惴惴不安的神情。

"您是'我们来自何方'俱乐部的会员？那您一定认识阿德让米安教授吧？"伊西多尔·卡森博格插了一句。

第一部分 缺失的环节

"事实上,我认识他。"范·丽斯柏回答道。

"不止如此吧,"胖记者坚持说道,"在他离婚后,你们甚至共同生活过一段时间。"

"的确如此,可您是怎么知道的呢?"

伊西多尔·卡森博格笑了笑。

"对此我一无所知,我只是随口一提。"

女外科医生有些含糊其词。

"都是些陈年旧事,所有的事情都太久远了。很多年前我们就已经分手了。这些年我们也没有太多的来往。他遇害的事情让我颇感震惊。"

她不再说话,盯着眼前的两位记者,似乎她心里正在盘算着是否应该信任这两个人。

"更让我震惊的是,"她犹豫了一会儿,接着说道,"我本人也曾收到过很多威胁信件,最近,在我身上还发生过一些令人不安的事。"

"给我们讲讲吧。"伊西多尔的嗓音无比温柔。

事情发生在前一天晚上。索朗日·范·丽斯柏正忙着把一只倭黑猩猩安顿进刚配好新锁的适应笼,就在此时,突然出现一只陌生的大猴子,它砰的一下子关上笼门,打乱出门的密码程序,然后逃之夭夭。她不认识这只猴子,这个家伙不属于含羞草诊所,她熟知这里的每只灵长类动物。她拼命想要打开密码锁,尝试每一种平时有可能使用过的逻辑语言组合,可惜一切挣扎都是徒劳的。

"那可能不是一只猴子,而是戴着猴子面具的人。"卢克莱斯·奈姆赫德启发她。

女医生觉得卢克莱斯的话也并非全无道理。她并没有足够长的时间去看清楚这只陌生的灵长类动物,但是锁住出口密码的行为必然出自一个智力非凡的生物之手。

"密码是什么?"

"'猴子爱人类。'最后,还是和我同处一室的倭黑猩猩解开了这个密码。"丽斯柏承认道。

索朗日·范·丽斯柏怀疑这是反对活体解剖联盟搞的恶作剧。她有一个抽屉,里面装满诸如此类的信件:《还动物们自由》《我们将会以牙还牙》《作茧自缚,人类早晚都会经历与野生动物相同的命运》。

"这些家伙根本不明白,想要避免在人体上进行实验的最好方法就是拿动物做实验。"她说。

"入侵者如何逃走的?"伊西多尔·卡森博格问道。

"窗户开着,那个人类或者猴子跳出窗外,抓着树枝,一荡一荡地逃走了。"

"您确定不是这里的某只倭黑猩猩?"卢克莱斯表示疑问。

第一部分 缺失的环节

"绝对不是。我们这里一只猩猩都没少,而且,我觉得那只灵长类动物的体型比倭黑猩猩还要大一些。"

伊西多尔·卡森博格把头探出窗外,望着楼下的花园。围墙边树木参天,枝杈悬垂围墙之上,最低的树枝也要高出花坛将近两米。花坛里未被踩踏过的鲜花依旧怒放。

"如果肇事者是人类,那他至少是位技巧高超的杂技演员。"观察过后,伊西多尔得出结论。

"杂技演员?您的意思是?这点我倒没有想到。"

她眉头紧锁。

"……杂技演员,为什么不是女杂技演员?阿德让米安教授的前妻就在马戏团工作,她也加入了'我们来自何方'俱乐部。"

"她叫什么名字?"卢克莱斯手里攥着自来水笔,问道。

"索菲·艾吕扬。她继承了一大笔遗产。你们肯定看到过或者听到过这样一则广告:'艾吕扬猪肉食品,始自时间之源。'我们在海报里看到的是阿德让米安的形象,在广播里听到的是他的声音。他们两个人达成协定:阿德让米安的妻子出钱资助他的古生物学研究和发掘工作,作为交换,他用自己的专家形象为其产品代言。"

"不过那些广告已经有一阵子没出现了。"卢克莱斯·奈姆赫德指出。

"那是自然，两个人闹翻了。他们已经离婚，协议也已经失效。此外，阿德让米安慢慢变成激进的素食主义者。想想他老婆的脸色吧！经营猪肉食品生意的女企业家嫁给素食主义捍卫者……"

女记者翻了翻笔记本。

"'我们来自何方'俱乐部的会员名册上没有索菲·艾吕扬这个名字。"

"因为她只以贵宾的身份参加聚会。她并不是哪门子科学家。不管怎么说，我万分肯定，她是个女杂技演员，她完全有能力仅凭双手抓握的力量，就在树枝之间来回游荡。"

33 树枝之间

"他"飞身一跃,从一根树枝跳到另外一根树枝上。"他"特别喜欢做完爱后,像这样悠来荡去。不过,"他"没有把这种行为当成简单的林间闲逛,"他"参与了狩猎的征途。

在"他"前面,其他强势雄性成员也抓着树枝,姿态优雅地向前荡去。他们各个臂膀结实有力,两条大腿悬荡在空中,勾住树枝的双手青筋暴起。仅仅靠双手的力量在树林间穿梭比在地上奔跑快得多。

两只眼睛盯着目的地,双手找到支撑物,在此之前,他们的重心就已经向前甩了出去。当他们全速前进的时候,他们的手指仅仅在树枝上一擦而过,好像爱抚树枝一般。甚至有种漫步云端的感觉,可惜这种感觉转瞬即逝。不过,他们仍然心存少许恐惧,他们害怕从树上掉下来,摔断脊柱。森林里有数不清的树枝可供抓握,但是只要抓到一根被虫蛀空的树枝,他们就有可能坠落。有一次,"他"就从高空跌下来,藤蔓救了"他"一命。

强势雄性成员在枝杈间穿行。他们组成一支狩猎巡逻队。在树与树之间飞来荡去的同时,他们时不时地向下面瞄上几眼,搜寻"长着腿的蛋白质"。他们没有发现什么大家伙,没有豺,没有鬣狗,没有兔子,也没有羚羊。昨天晚上的暴风雨和大火吓跑了周遭所有的猎物。他们要怎么样摆脱困境,养活女人和年幼的孩子们呢?"他"的肚子开始咕咕直叫,抗议主人没有喂饱自己。

哦,食物啊,你藏在哪里?

"他"吓了一跳。某处传来一声兔子的尖叫。可是,族人们还没来得及追赶它,一只老鹰悄然出现,把这只兔子从窝里拽了出来。竞争残酷无比。强势雄性成员们恼羞成怒,却又无可奈何,只得停止前进。他们挂在树枝上,摇晃着,目送猎物远去。

"吃。""他"心里想着。

为了吃,为了再次体会那种满嘴食物、大嚼特嚼的美妙感觉,还有什么东西是他们不能放弃的呢?

"他"的身体已经开始隐隐作痛。"他"知道,如果自己不尽快找到吃的东西,全身的肌肉都会充满毒素,"他"的肺部将会变得炙热,"他"的胃部将会针扎似的刺痛,"他"的肠子都会绞成一团。

吃。必须找些吃的东西。

而且速度要快。

34 肉制品帝国

透过会客室的窗户,两位记者看见卡车上堆着数以吨计的"艾吕扬"公司的特色产品:香肠、粗腊肠、火腿、熟肉酱、肘子、血肠……在运输过程中,这些猪肉制品的包装可谓五花八门:速冻、冷藏、腌制、罐装、真空包装、低温脱水、常温脱水……卡车的侧面画着一头兴高采烈的猪,它穿着全套"山顶洞人"的行头,高喊着公司的口号:"艾吕扬猪肉食品,始自时间之源。"

装车、卸车,成堆的腌制蛋白质上上下下,犹如一场卡车芭蕾秀,似乎永远都不会停歇。

会客室的墙上挂着几张杂技演员的照片。照片上是三个穿着马戏团服装的人:一位年轻的姑娘,毫无疑问,那是索菲·艾吕扬,她打扮得就像刚刚从热带雨林里走出的"简",身旁是她的"泰山"和一个打扮成大猩猩的男人。"泰山"围着一块满是斑迹的缠腰布,"大猩猩"则披着一张被虫蛀过的仿毛皮,显得缩头缩脑。有的照片拍的是他们正在演出的场景,在戏场里冒险飞跃观众的头顶,或者用手指尖勾住高空秋千。

某个地方一直嗡嗡作响。女秘书走进会客室,她的身材略微有些发福,深紫色的套装显得正规且得体。

"索菲·艾吕扬女士马上就来接待二位。"

"大概要多久呢?"卢克莱斯·奈姆赫德问道。

"哦,两个小时左右吧。"女秘书答道。

女记者跳着脚抗议。

"可是……"

会客室的门微微敞开一道缝,闪进来一位年轻的男子。他穿着灰色的工作服,看上去清清爽爽的样子。男人自称是吕西安·艾吕扬,索菲·艾吕扬的亲弟弟。他提议带领二人参观工厂,直至他的姐姐腾出时间接待他们。两位记者一时拿不定主意。反正也没有其他的事情可做,两个人接受了对方的提议。

一行人走出会客室,吕西安·艾吕扬招呼两位客人乘上一辆小型电动车。

卢克莱斯·奈姆赫德和伊西多尔·卡森博格发现,这间工厂简直就是座名副其实的村庄,路标清晰,道路四通八达,仓库里充满劳作的嘈杂声。工人们搬着巨大的箱子从仓库里面走出来,仓库里面成串的猪肠满满当当,甚至都溢到箱子外面,其他的箱子里装满熬熟的猪油,堆积如山,上面还插着铲子。

吕西安·艾吕扬在一块写着"饲养场"的牌子面前停车。牌子后面是一幢高大的建筑,建筑里飘出阵阵白烟,但是几乎闻不到味道。走进大楼,他们便看见百十来个员工和十来辆装载着牲口的大卡车。

"在进入家族企业工作之前,我先在普通的屠宰场学习过一段时间。"年轻的男子向两人介绍,"所以,我有资格告诉你们,那里是真正的地狱。那里的人们宰牛时,会用5千克重的锤子猛击牛的天灵盖。这种活儿干上一整天就能把人逼疯。屠夫们依靠酒精来平复心绪,但是喝得越多,他们的动作就越迟钝。所以,他们总是打不准。所以经常可以看见被敲碎半个脑袋的母牛哞哞叫着穿过庭院,留下满地狼藉。"

听到这毛骨悚然的描述,卢克莱斯·奈姆赫德咬紧了牙,不过,艾吕扬并没有因为年轻姑娘的表情而生气,他继续说下去。

"肉商们创造了一种吸收学徒的仪式,类似学校里戏弄新生的把戏。在仪式上,他们让菜鸟们喝掉整整一升还冒着热气的鲜血,而且必须一饮而尽。个中刺激,不堪言说啊……"

"工作人员走马灯似的轮换应该是习以为常的事情吧?"伊西多尔·卡森博格指出。

"多愁善感的人都坚持不了多久。剩下的,没变成疯子的人最终都能坦然受之,甚至感觉乐在其中。"艾吕扬侃侃而谈,"这些人故意折磨牲畜,他们用锤子砸,绑住还活着的牲畜的腿,把它们吊起来,一吊就是一整天。他们变成彻头彻尾的虐待狂,所以他们又重新接纳了自己的职业。可是他们从事的行当差不多面临消亡。原因不仅仅在于动物保护者的不懈努力,此外……专家们证实,神经紧张会使牛肉的口感变坏。即使经过高温蒸煮,压力分子依然存在。我们每吃一次精神紧张的动物的肉,我们自身的压力就会更多一些。"

"您的意思是说,吃过饱受痛苦的动物的肉,我们自己也会感染它们的痛苦?"

吕西安点点头。

"请注意,我说的是母牛,小鸡的命运更加凄凉。在屠宰场里,人们把小鸡倒挂在链子上,然后拔掉它们的舌头,让血默默地从鸡嘴里淌出,这样鸡的肉色会洁白如雪。所有的白肉都是流尽鲜血后才变白的。"

"请您别再说了,我都快要吐了。"卢克莱斯说道。

"事实上,"艾吕扬说道,"动物保护主义者实在是有点可笑,他们玷污了动物保护事业。应该去找些可靠的人来为动物们奔走呐喊。解决问题必须依靠有良知的企业,而不是作家或者歌手的同情和怜悯。"

"鱼类呢?"卢克莱斯·奈姆赫德问道,语气中带着焦躁不安的情绪。

"目前,现代化的养殖场都用3米长2米宽的水箱养鱼。为了能多赚点钱,这些水箱总是拥挤不堪。水箱里的鱼比水还要多,水箱上层的鱼大多窒息而亡。"

在他们身边,海报铺天盖地。海报上画的是那些一想到能养活人类便乐开花的猪。

"猪的命运又如何呢?"伊西多尔·卡森博格插了一句。

"很久以前,我曾经在一家生猪屠宰场工作过。猪没日没夜地喊叫,声嘶力竭。割喉时,猪的嘶喊可以达到80分贝。别提有多吵了。"

"看上去您对您所说的一切都已经麻木了。"

"您错了。我可是个敏感的人。那里弥漫着一股凝固的血液的味道,令人无法忍受。您一走进那些破破烂烂的屠宰场,这种味道立刻就钻进您的喉咙。动物们应该也有同样的感受。这也是为什么我再三坚持在我的工厂建立现代化的饲养和屠宰流程。请跟我来。"

他们走进一个巨型的白色建筑。百十来米长的厂房里,上千头猪被排成一行,笔直笔直的。猪的身体夹在四根金属栏杆里面动弹不得,猪的脑袋被固定在一个类似断头台的卡口上,它们的拱嘴不得不泡在面前的食槽里。半流体的饲料源源不断地在食槽里流淌。

第一部分 缺失的环节

厂房里没有喧闹,没有异味,也没有烟雾。有的只是几台小型泵机的轰鸣声,混合着生猪因为嘴巴被饲料堵住而发出的闷声闷气的呼噜声。

"看看这里多干净啊!您知道,猪肮脏污秽的名声可是不白之冤。事实上,它们是种非常爱干净的动物,它们总是不停地舔舐身体。我们把它们关在肮脏的地方才逼它们变得肮脏起来。要是我们扒光人类的衣服,把他们扔进传统的猪圈里,让他们整日生活在自己的排泄物中,他们肯定比猪还脏。"

卢克莱斯·奈姆赫德上前几步,走到隔间旁边。

"可是所有的猪都被关着,它们可没法自己舔身。"

"当然了,限制它们的活动是为了不让它们的肌肉发育。必须把它们养得膘肥体壮才能获得大量的烟熏肉。"

伊西多尔·卡森博格把脸凑到一头猪的拱嘴前。

"它们好像长得都一样……"

"正常,它们来自同一个优良品种——'大白猪'。它们都是亲兄弟,在不久的将来,依靠克隆技术,或许,我们甚至可以造出最优秀的'孪生兄弟'。不过,这些猪的优势已经'十分明显'。它们的成熟速度比正常情况下快十倍。请看这头猪,说它是头成年的猪,其实它也就是头肥胖的婴儿。唯一的缺陷就是它们对感冒的抵抗力严重下降。流感、伤风、咽峡炎是生猪饲养员最害怕的事情。这些动物非常娇气,如果它们中有一头患上感冒,所有的猪都会跟着生病。"

卢克莱斯抚摸着一头猪崽的背部。

能够向记者介绍他的行当,吕西安·艾吕扬显得兴高采烈。

"我们会选择那些已经发育出粗壮大腿的猪作为种猪,这样我们就能在分割猪肉的时候节省下几秒钟的时间,而这里有成千上万头猪,这样一来,时间效率大幅提升。"

"这里的氖灯从不熄灭吗?"胖记者问道。

"是的,为了让猪尽快成年,我们几乎不让它们睡觉。它们必须不停地进食,进食,再进食。我们在上面监视它们呢。"

吕西安把两位记者领上一个平台。这里可以控制整间工厂。平台上有一张巨大的控制台,看上去跟核电站的操作台有几分相似。许多电脑显示屏上显示着成行的数字,还有产出收益表和根据动物种类、时间,以及占用的平方米计算出来的逻辑成本示意图。

"全部实现数字化。只需在键盘上轻轻一敲,我们就能打开铁栅栏,一头接着一头地把猪放出来,赶到屠宰场去。只需按一下这个按钮,整个区域的隔间就能自动开启。按一下那个按钮,隔间的门就又都关闭了。远处那个按钮负责控制抗生素的流量,按一下手边的这个按钮,牲口们就会被引向屠宰场。"

三个人又走下平台。吕西安带他们走向另一个隔间,隔间里有一头猪,脖子上拴着一块巨大的奖牌。这头猪的肚子实在太过肥硕,甚至取代了四肢的功能,支撑着它的身体。

"这一头就是亚历山大。它在今年的农产品大赛中获得冠军。"

亚历山大头顶上挂着一个巨大的玻璃箱,里面摆着一副猪的骨架。

"它叫阿佛洛狄忒,去年农产品大赛的第一名。"

阿佛洛狄忒被钉在十字架上,没有头也没有四蹄,浑身上下所有的肌肉和肥肉都被剔掉。原先应该是四肢的地方贴着彩色纸做成的花环和花束,倒也有几分乡野情趣。镀金的塑料奖章高悬在上方,上面写着"巴黎博览会农产品大赛冠军"。

亚历山大抬起头,望着久负盛名的前辈。

"世间繁华皆为过眼烟云。[1] 但愿它打这个世界的繁华里走过。"伊西多尔·卡森博格喃喃道,默声祈祷。

随后,吕西安·艾吕扬又把他们领进母猪区。肥硕的母猪被关在不锈钢笼子里,动弹不得。从外面看,只能瞅见它们的乳房。猪崽子们正在贪婪地吸吮母猪的乳头。

"看看,多么感人的场景啊!断奶之前,我们不会把它们和自己的母亲分开。很体贴的行为,不是吗?"

---

[1] 原文为拉丁文"Sic transit gloria mundi",是一句谚语。

几名兽医在猪栏间来回走动。其中一名兽医向猪食槽里倒入一些蓝色的液体。

"这种蓝色的液体是什么?"

"一种抗生素。跟你们说,我们这里对待流行病采取零容忍的态度。既然这些动物已经被强制催长,我们就不能再对它们的免疫系统抱有幻想。它们的机体极其脆弱。说到这些蓝色的液体,我们在它们的饲料里添加微量的碱性亚甲蓝,以此检验药物的吸收效果。拱嘴没有变蓝代表药物仅仅流进静脉里,没有被猪的身体吸收。你们知道,当它们的身体里摄入大量的抗生素,它们的肉就变成药物啦!我经常跟我的家人说:'如果你们害了病,吃猪肉吧!'"

卢克莱斯·奈姆赫德看着这些鼻子被染蓝的猪,它们的眼神里闪动的逆来顺受着实令人惊讶。

"你们至少不会是环境保护主义者吧?"吕西安·艾吕扬问道,脸上突然露出一丝怀疑的神色。

"不,我们只是普通人。我们没有必要参照某个政治团体的意见来思考问题。"伊西多尔反驳道。

吕西安·艾吕扬心想对方是否在嘲笑自己。他犹豫了一会儿,最后决定轻轻反击一下。

"你们可真有意思。你们是动物的朋友,你们眼睁睁地看着人类死亡,却还在为动物们伸张正义。"

第一部分 缺失的环节

伊西多尔掏出一块甘草糖,小心翼翼地吸吮了两下。

"可以为人类,也可以为动物。这两个概念并不矛盾呀。我同样也是植物甚至矿物的朋友。事实上,简而言之,我想说,我捍卫世间万物。"

吕西安不知道该如何说服对方。他抚摸着几头漂亮的猪,然后建议两位记者继续随他参观隔壁的厂房。到了屠宰场自会见分晓。

35 碎石

依旧饥肠辘辘。

族人们返回临时搭建的露天营地,两手空空,一无所获。

等待猎手们回家的过程中,留守的族人没有听从前任首领的劝告,开始啃食从地里拔出的根系和草本植物。很多人因此大病一场,呕吐不止。不能什么都吃,杂食也要有个限度。

首领拿出一只在逃跑过程中发现的死老鼠。老鼠已经有点腐烂变质,但是第一夫人还是一把就抢了过去。

整个部族都快被饥饿折磨疯了。

进食是首要需求。如果"他"曾经相信将注意力转移到精神境界的升华之上可以忘记饥饿的话,那么现在,胃部痛苦的痉挛让"他"放弃了之前的想法。

无法摄入蛋白质的痛苦开始撩拨起族人们的攻击性。某

第一部分 缺失的环节

些雄性成员开始攻击孩子,甚至干脆建议把他们吃掉。雌性成员们不得不聚在一起,组成一道人墙以保护下一代。

所有人都知道,如果不能尽快解决饮食问题,部落就有土崩瓦解的危险。必须想方设法防止出现这种极端局面。

前任首领喊了一嗓子,他在树下找到一些东西。其余的人跟了下去。

前任首领指着一处白蚁巢。雌性成员和强势雄性成员开始嘲笑他。大家都知道,刚一靠近白蚁,它们就会逃走。即使能够抓到,也需要大量的白蚁才能填饱肚子。老家伙宣称,只要依照条理有序行动就能成功。他抓起一根木棍,插到白蚁巢里。拔出来的时候,木棍上爬满了白蚁——为了保卫家园免遭打扰,这些小家伙咬着木棍不放。

现在,木棍看上去仿佛黑漆漆的、乱爬乱动的棒棒糖。已经到了眼下的这步田地,试一试也无妨。大家轮流把临时从树上掰下的小木棍插进白蚁巢里,等木棍上爬满白蚁后再拔出来。事实上,爬上木棍的都是亢奋的兵蚁。

白蚁嚼起来口感松脆。

不过,首领很气恼。这种捕食技巧进展太慢,况且白蚁口味不怎么样,也没有足够的营养。前任首领站在蚁丘上,信誓旦旦地保证,白蚁巢里面有只蚁后,绝不亚于肥厚多汁的白色鼻涕虫。

现任首领毫不迟疑，抓起一块大石头砸在白蚁巢上。恐慌骤起，所有的白蚁一下钻进地底。视线范围内跑得一只也不剩，吃饱化作泡影。首领还在扬扬自得，完全没有意识到自己犯下的错误。他要求族人们像他一样，用碎石猛攻白蚁的巢穴。

"他"看着首领的眼神里充满失望。做首领，能者居之。或许，他们并不是进化程度最高的生物。

首领继续用石头猛击已经被废弃的白蚁巢。他并不会因为犯过错而去承认错误，或者停止犯错。这也是首领的特权。强势雄性成员觉得有必要助他一臂之力。

"他"退到旁边，看着他们忙活，内心充满悲痛。"他"觉得自己可能投错了胎。

低能的部落，首领更是低能中的低能。

36 工程师艾吕扬的理论

"这就是牲畜屠宰技术领域最高端的机器。"

伊西多尔·卡森博格和卢克莱斯·奈姆赫德打量着在消毒水与臭氧的怪味中颤动、打转的巨型机械。他们注意到,在更远的地方,金属刀呼啸着切开柔软的肌肉组织。

穿着制服的男人们在厂房里来回巡视。他们把头发塞进帽子里,脸上戴着口罩。他们应该不是饲养区的兽医,反而更像是技术人员。这群人有点类似两位记者在含羞草诊所遇见的医务人员,不同的是,这些技术人员人手一台手提电脑,他们从电脑中获得源源不断的数据。

吕西安·艾吕扬同手下几名雇员打了招呼,雇员们在电脑屏幕上向他展示最新的盈利报表。吕西安向工程师们提出几项建议,意在减少生产的时间和成本,并进一步提高宰杀猪的数量。

"以前，没人会允许您二位参观这样的地方。"他对两位记者说道，"那时候，屠宰场在消费者心目中的形象可不太好。如果想让人们在享用热狗或者火腿的时候，良心不受到困扰，最好还是不让他们知道屠宰场里发生的事情。不过现在，在艾吕扬公司，我们能够向有需求的人展示最新式的设施，对此，我们颇感自豪。"

数以百计的生猪沿着规模宏大的滑道滚落。滑道下面连通一只直径数米的巨大漏斗，漏斗底端通路狭窄，生猪穿过这里，滑向下一层，一层接一层地滑下去，每一层的间距都是固定的。

接着，生猪被引上传送带。传送带两侧固定两条垂直的橡皮带，防止它们逃跑或者乱动。当生猪到达传送带末端时，会有一根带着3万伏高压的长柄叉贴住它们的脖颈，生猪瞬间触电而亡。生猪被电得一副魂游天外的样子，触电处的鬃毛会变得更卷曲一些，粉红色的皮肤上起满水泡，水泡多少冒着烟，散发出一股猪蹄烧焦的味道。

生猪尸骨未寒，一条腿就被挂到小钩上。工作人员会切断它们的两根颈动脉，放光颈动脉里流淌的黑色糖浆一般的猪血，然后猪血会通过排血沟流进桶里。

"为了制作猪血香肠。"吕西安解释道。

接着，死猪被扔进53度的水中，接着被扔进脱毛机。随后，

第一部分 缺失的环节

猪被送进鞭打机,机器里面的橡胶触头会不停地敲击猪的表皮。接下来,它们又被送到两个瓦斯灶台前,挂在那里,直至身上最后的鬃毛被烤焦。摘除内脏时,随着机器咔嚓一声轻响,猪肚子上就被豁开了一道口子,从脖子一直延伸到耻骨。同时,手拿环形锯条的女工绕着猪的直肠挖出一道圆环,猪肠和内脏倾落而出。仿佛是一张张口袋被解开,里面的东西哗哗散落出来。

工作人员剔下猪的指甲,以备熬胶之用。

从胸腔里掏出的猪肺、猪心和猪气管都将被制成猫狗的饲料。

几秒钟后,另外一根锯条锯下猪的脑袋。

"你们看,速度多快啊,仅仅64秒,一头活生生的猪就变成了猪肉制品。"吕西安不无骄傲地宣称。

"我想就算把这里发生的事情泄露出去,公众也不会相信的。他们会觉得我们是在夸大其词,这完全就是疯狂的作家想象中的科幻情节。"卢克莱斯被惊得花容失色。

工程师把卢克莱斯的话看作某种褒奖。

"不是夸张,你们可以检查,这是事实。很震撼人心吧,难道不是吗?"

切下来的猪头被自动插到一根根的铁刺上,铁刺随着轨道徐徐上升。

"这些猪头被送去哪里?"男记者问道。

"前几年,人们会把猪头当成熟肉菜的装饰品,但是现在这种做法已然不再流行。所以,我们现在把猪头磨碎,掺进饲养区的营养粉里。"

"您的意思是用它们喂养其他的猪?可是,这样的话,不就是……同类相食!"卢克莱斯说道。

"猪可什么也不知道。明知故犯情况下的同类相食才算罪孽……"

吕西安·艾吕扬冲着他们眨了眨眼睛。

"然后,里面还会掺杂许多其他的粉:玉米粉、骨粉、鱼粉。它们甚至尝不出味道。"

伊西多尔·卡森博格再也看不下去,也听不下去了。

"您认识阿德让米安教授吗?"他开门见山地甩出一句。

"您为什么会这样问呢?"

屠宰专家脸上闪过一丝惊慌,但是很快又恢复常态。

"哦,我懂了,因为阿德让米安教授曾经是我的姐夫吧?可那是很久以前的事情了……你们想见我姐姐,是想了解她对阿德让米安之死有什么看法吗?"

"毫无疑问,凶手身手敏捷。曾经有一个化装成猴子的人袭击过我们,他用手臂就可以在树枝间悠来荡去。您的姐姐好像以前是位空中杂技演员。"

第一部分 缺失的环节

吕西安哈哈大笑起来。

"她年轻的时候,就像您说的那样。可惜啊,两年前,我姐姐失足从高空秋千上跌落。从那以后,她开始在游泳池里接受强化恢复训练,可是您要说她出事之后还能在树枝间蹦来蹦去,请原谅,我对此表示怀疑。那可真算是奇迹。"

"她和她的前夫关系融洽吗?"伊西多尔·卡森博格问道。

吕西安回忆道,当初他们的家族企业资助阿德让米安教授早期的古生物发掘。如果没有他和他姐姐的帮助,这位学者永远都没办法迈出事业的第一步。那段时间他和死者的关系十分密切,甚至有一次死者邀请他参加"我们来自何方"俱乐部的聚会,并且让他在会上发表自己关于人类起源的观点。

"您也有一套关于人类起源的理论?"卢克莱斯·奈姆赫德吃了一惊。

"那是当然啦,"吕西安得意扬扬地说,"我们可以称之为'超级捕食理论'。事实上,我认为,食物的种类界定生物进化的等级。看看那些食草动物吧。它们多么愚蠢啊。啃食一动不动的植物或者摘取不会自我防卫的果实能有多困难呢?反过来看,为了肉食,为了鲜红滑嫩的肉食而去追逐捕猎,这可就不容易了。必须机智灵巧才行。隐藏行迹、耐心守候、突然袭击、奔跑追逐、奋力搏斗,这都是捕猎的必备技能。简而言之,大脑必须高度发达。看看那些猴子、黑猩猩、狒狒吧,它们因为吃肉,所以变成社会性程度最高、智力最发达的动物。不知道你们是否清楚,这些猴子把肉类当作能够带来迷幻效果的毒品。"

大大小小的钩子上挂满羊毛线团般的猪内脏,他指着这些内脏。

"依我看,我们种族的历史就是这样的。我们的先祖们是一种树栖的猴类,而且全是懒鬼,整天躺在树上,无精打采地摘着手边的果子吃。东非大裂谷地震引发了大干旱,改变了它们的饮食结构。没有水果,它们开始吃动物尸体。最开始的时候,人类祖先吃的应该是腐肉。它们尾随鬣狗、豺和秃鹫。后来,它们厌倦了这种毫无选择余地的随机的食物,转而开始捕猎活的小动物。狩猎让我们变得精力充沛、肌肉发达而且充满力量。追逐羚羊或者兔子这样的食草类动物会消耗大量的能量。因此,我们的身体进化出一些新的机能——更敏锐的视力、更灵敏的听力。要想杀死一只活蹦乱跳的动物,必须了解它的习性,并且据此预判它的反应。观察、思考、预测,三者缺一不可。我们可以探寻祖先们的心理世界。'瞧啊,在这个时段,我们的猎物把幼崽放到这个地方;看啊,生病的猎物藏在这里呢。'祖先的脑子里应该是这样想的。必须仔细观察,必须布下陷阱。我甚至认为社会性的生活源自这种对猎捕活动食物的需求。远古的祖先们以部落的形式共同生活,终于可以围捕动物,甚至去攻击体型越来越庞大的野兽。"

他的视线越过卢克莱斯的肩膀,瞥了一眼她的笔记本。

"超级捕食理论。"他在笔记本上读到这句话。看到这几个字,他身心备受鼓舞。

"现在这年代,唉,我们眼睁睁地看着人类走向衰落。衰落的显著标志就是素食主义重新开始流行起来。"

"您反对素食主义吗?"

"有个鲜活的实例可以证明素食会导致种群退化。熊猫。熊猫是从肉食动物重新变回素食动物的罕见的例子。正如我们所见,它们一步一步地走向没落,直到变成这个星球上面濒临灭绝的物种之一。你们还有什么替素食主义辩护的说辞吗?"

"如果今后不会再有人在我的餐盘里放上一块鲜血淋漓的肉,让我觉得猥亵污秽的话,我就没什么可说的了。"卢克莱斯答道。

"您的意思是说假如我们不饲养动物,许多物种早已经灭绝了。"她继续说道。

吕西安大手一挥,指着切割猪肉速度越来越快的机器。

"难道你们不因身为人类而自豪吗? 我们不用再惧怕任何东西。我们站上捕猎圈的顶峰:在工厂里按部就班地屠宰、处理成千上万的牲口,完全不用担心它们会逃走。我们甚至完成了一项至高无上的壮举:杀戮……零暴力。"

厂房内突然躁动起来。一个技师跑过来,在吕西安耳边低声说了几句。

"不好意思,失陪一下。"他边说边转身朝着饲养区跑去。

伊西多尔和卢克莱斯立刻跟上去。透过大门,传来一阵喧闹。近百名戴着动物面具的示威者,挥舞着抗议的横幅涌进了工厂。卢克莱斯注意到,在戴着各式各样动物面具的人中,至少有十二个人戴着猴子面具。

吕西安·艾吕扬皱起眉头,满脸不悦。

"又是动解阵线,"吕西安说,"动物解放阵线……这群解放实验室里的小猫、小狗、小兔子的疯子。最近,他们又开始袭击屠宰场。在英格兰,这帮人指定会被毫不犹豫地,以扰乱公共秩序的罪名送进监狱。可是在法国,没人觉得这是什么大不了的事情,人们只会坚持把他们看成一群有点顽固的环境保护主义者。我希望你们能以记者的身份证明他们具有攻击性,而且故意造成破坏。"

艾吕扬公司的技师们手挽手组成人墙,正面阻拦示威者。吕西安·艾吕扬赶忙加入其中,站在最前头。两伙人彼此面对着面,剑拔弩张,牛仔裤、夹克衫外加动物面具,对阵工装外加技师头盔。

"反对集中饲养!""停止虐待动物!""还动物安宁!"示威者抑扬顿挫地高呼。

一个干部模样的人递给他的老板一只电子扩音器。

第一部分　缺失的环节

"我知道是谁派你们来的，"吕西安·艾吕扬喊道，"自从1996年爆发疯牛病以后，牛肉的消费量直线下降，猪肉的消费量则增长三倍。所以，牛肉屠宰场把你们派到这里来制造混乱。"

对面人群里有个戴着小鸡面具的人，看上去似乎是这伙闹事者的头子，他手里也挥舞着一只电子扩音器。

"不是。我们绝对不会给任何人卖命。我们为动物的权益而战，全凭自觉。"

"好吧，那么为什么你们从来不去牛肉屠宰场闹事呢？"

"接下来就轮到他们了。"小鸡面具男谨慎地说道，边说边示意手下向前冲。

"都别动，否则我就报警了！"吕西安·艾吕扬大声嚷道。

"好啊，报警吧！叫警察们也看看这里发生了什么。世人对此一无所知。我倒希望人们知道这里的一切！"

"这里的一切都符合欧洲卫生法规和健康检查标准！"肉制品厂的经理大发雷霆，"现在我身边甚至还有记者，我对他们毫无隐瞒。我问心无愧。"

他指着卢克莱斯和伊西多尔说道。两个人还没来得及反驳，就被迫变成担保人。人群中传来一个尖脆明亮的声音，声音来自一位戴着兔子面具的小姑娘。

"跟卫生法没关系。这是良心的问题。当我们听说你们对这些可怜的动物犯下的斑斑劣迹时，我们就羞于与你们这样的人同为人类！我们为人类的尊严而战。"

在她身后，戴着山羊、斑马、猴子或者狮子面具的同伴们握着十字镐，用镐把敲击着地面，以示支持。

"你们是人类，那把你们人类的脸庞露出来！"吕西安·艾吕扬冲领头闹事者甩出一句，边说边试图摘下他的小鸡面具。

对方展开反击，他用塑料鸡嘴猛啄吕西安·艾吕扬的前额。这是进攻的信号。示威团潮水般涌向工厂的员工。每位示威者嘴里都模仿着自己的动物守护神的声音，战斗口号响彻云霄。"哞哞……""呱呱……""喵喵……"此外还有狮吼虎啸。吕西安开始的时候还试图控制对方的攻势，但是他和他的手下很快就淹没在进攻者的人潮之中。

卢克莱斯·奈姆赫德冲进混战的人群。她的"孤儿院拳道"大发神威。年轻的姑娘痛快地大打出手，所过之处只留下阵阵哀号和块块乌青，她尤其钟爱痛扁那些戴着猴子面具的人。远攻用脚踹，近攻用膝盖顶，右边来一拳，左边给两下，下手毫不留情，嘴里还不时发出"嘿哈"之类的助力声音，好像加拿大的伐木工人似的。

吕西安·艾吕扬被团团围住，他拼命护住脑袋，远离十字镐把的攻击范围。

那些被送上轨道准备施以电刑、注定难逃一死的猪饶有兴致地欣赏着眼前的这一幕。至少在死前，它们有幸目睹一些有

第一部分 缺失的环节

趣的东西。

伊西多尔·卡森博格绕开殴斗的人群,登上控制区,面对着控制栅栏开启的自动操作机。他同时按下所有的按钮,各种不同装置在同一时间开启:喷水、开门、倒空盛血桶、升起夹头卡。

突然间,猪们死里逃生,重获自由。可是,它们犹豫了。终其一生都在囚禁中度过,从来没有做好突然有机会逃脱升天的准备。只有那些最胆大妄为的猪挣脱围栏,义无反顾地奔向自由世界,仿佛宇航员意外登陆火星一般。生而为囚、只知为奴的思想让它们不知道无拘无束的生活意味着什么。有些猪还在纳闷,自己是不是正在做梦,因为迄今为止,逃跑对它们来说都是件不可能完成的任务。

猪们小心翼翼地观察着监牢外的世界。在它们身旁,人类还在你拉我扯。于是,在天性的驱使下,一部分猪找到了失散的亲人。它们欣喜若狂地哼唧着穿过人群。母猪们与刚断奶就被抱走的幼崽重新团聚,激动不已。

混乱愈演愈烈。

在这个批量制造死亡的地方,意外犹如一场突如其来的盛宴。猪们很容易忘记仇恨,它们热情地舔着自己的老相识——喂养它们长大的工程师——的脸。越年长的猪身体也越肥硕,它们拼尽全力想要挪动身体,可是自打出生起,这些家伙就再也没有运动过,所以它们现在只能留在原地,一动不动,卧在地上不住颤抖。

示威者开始慢慢扭转颓势。有些示威者把工厂的员工推进被有蹄类哺乳动物抛弃的笼子,然后把他们关在里面。另一些人则大喝,鼓励那些仍旧蜷缩在栅栏一角的猪逃出牢笼。可惜对这些猪来说,短时间内忘记自己的奴隶地位简直比登天还难。

吕西安出人意料地摆脱人群的纠缠,再次爬上控制平台。

"为什么打开笼子?"他恼羞成怒,高声发难道。

"我在救您的命。您应该谢谢我。"胖记者回击道。

吕西安气急败坏,一拳砸在总警报按钮上。厂区内的报警器一个接一个地全都响起来。到处都是一闪一闪的红光。所有员工全副武装,跑来帮忙驱逐示威者,抓捕逃跑的猪。

突然,索菲·艾吕扬的秘书闪到控制台前。

"太可怕了!太可怕了!"

"阿涅斯小姐,请您冷静一点。这群示威者是危险分子。"吕西安·艾吕扬对她说,"不过您不用担心,我们正在想办法。"

"不,不是这些。有只猴子!"

她看上去好像被吓坏了。

"什么,有只猴子?"

"一只猴子刚刚绑架了您的姐姐!"

第一部分　缺失的环节

伊西多尔·卡森博格和卢克莱斯·奈姆赫德第一时间冲进院子里。他们只来得及瞥见一只大猩猩的黑影，腋下夹着索菲·艾吕扬。那家伙没有戴面具，但是穿着一套皮毛道具服。索菲·艾吕扬一边尖声呼救，一边用自己的小手捶打绑架她的灵长类动物。绑架者丝毫没有慢下来的迹象，跑到一辆汽车跟前，把人质扔到后座上，打着火，一溜烟似的开车逃走。

示威者和公司员工都被这突如其来的一幕惊呆了。

"快！"

卢克莱斯·奈姆赫德已然跨上她的古兹牌摩托车，伊西多尔·卡森博格奋力跳上边斗。摩托车犹如离弦的箭一般蹿出去，全速追赶绑架肉食厂女老板的灵长类动物。

前面的汽车全然不顾危险，只想甩掉他们。汽车司机驾驶车辆在柏油马路上左突右撞，沿着左侧车道行驶，在千钧一发之际超过几辆大卡车，之后又连闯几个红灯。不过，多亏卢克莱斯心理素质极佳，加之她的边斗车反应极其灵敏，他们还能紧紧咬住对方。可是一上高速公路，由于发动机功率相差过于悬殊，劫匪的汽车立刻就把卢克莱斯的三轮摩托车甩在身后。

"如果车上的是只猴子，那它简直成精了。"伊西多尔·卡森博格迎着风，扯开嗓门嚷嚷着。他从座舱里翻出一顶软皮圆帽，随手扣在脑袋上，然后又把座舱里让他觉得不舒服的东西扔了出去。

路牌显示,汽车正在朝着布尔热机场的方向奔驰。到了机场,对方迅速停好汽车。两位记者透过跑道周围的铁丝网,远远地望见灵长类动物肩上扛着一个人,猛地扎进一架小型出租飞机——飞机已恭候多时。

卢克莱斯·奈姆赫德打算跑过停机坪,但是伊西多尔拉住她。为时已晚。事实上,飞机已经冲出跑道,飞上天空,随后消失在蓝天里。

"我很喜欢这个对手。"她的同伴用细弱的嗓音说道,"它能在树林间跳来跃去,它可以娴熟地驾驶赛车,必要的时候它还会开飞机。它不是猴子,也不是人类。它是超人!"

"爬到控制塔上,查看一下飞机去往何方。"卢克莱斯累得直喘粗气,"不管是不是猴子,必然会留下航空日志。"

"不用了,我知道它要去哪里。"伊西多尔驳回卢克莱斯的建议,语气平静而从容。他在草坪上坐下,嘴角叼着一棵小草,静静地看着飞机消失在天边。

天空中,载着索菲·艾吕扬和猴子的小飞机变成一颗微小的亮点,飞向南方,在泛红的苍穹中闪着光芒。

"您觉得会去哪里?"

胖记者笨手笨脚重新站起来,抖落沾在天鹅绒长裤上的几根稻草秆,长舒一口气。

"人类的诞生地。"

第二部分

走向人类的摇篮

1　离家出走

族人们身体蜷缩成婴儿状。

身体状况差的时候,人们会下意识地摆出这样的姿势。

他们早已饥肠辘辘。

他们可以几天不吃不喝,但是绝不能坚持一周。这么久的时间,他们真的快饿死了。

首领站起来,尖声喊叫,好像在说:"让我想想,我找到解决办法了——我们必须迁徙到别的地方去。"可是,离开熟悉的家园,他们又能去哪里呢?

首领——部落的最高层决策者,此刻正嗅着周围的空气,似乎是利用飘散在空气里的臭味定位。腥臭的气味中包含大量的信息。他闭上了眼睛,以求更好地参透大自然的指引,然后,他指出方向。

北方。

盛传那里猎物漫山遍野。

雌性成员们拥护首领的决策。她们觉得,不管怎么说,新的巢穴狭窄拥挤,不适合迎接即将降生的孩子。老家伙们则更多地持怀疑态度,他们不愿意到北方的冰天雪地里闯一闯。不过,没人会征求他们的意见。

部落下定决心离开此地。族人们站起身,心中的希望再次被点亮。病患和伤员保证不会拖大部队的后腿。于是,他们获许加入大部队。

全族老少轻装上阵,排成有序的队伍,一步一步地向北方进发。

部落必须在毫无遮挡的情况下长途跋涉,所以他们自然而然地排出迁徙的阵势。首领走在最前面,强势雄性成员护住两翼,老弱病残走在队伍最后面,必要的时候这些家伙可以延缓捕食者的进攻步伐。

他们走进一望无际的大草原。

"他"抬起头,头顶上,一大群粉红色的火烈鸟朝着同一个方向飞去。真美呀,仿佛天空中飘散起了花朵。粉红色的火烈鸟伸展开镶着黑边的巨大翅膀。

"他"边走边抬头遥望天空,脑袋扬到极限。"他"的脖子都痛了,不过,"他"还是不断地看着鸟儿。"他"想不通,这些鸟儿怎么能飞到那么高的地方。

2 翱翔

透过飞机舷窗,伊西多尔·卡森博格凝望着大地。他看着飞越过的国家:首先是法国南部地区,接下来是意大利、希腊,然后是埃及、埃塞俄比亚、肯尼亚和坦桑尼亚。

南方。

坦桑尼亚是此次旅途的终点站。还在布尔热的时候,他们就认定,载着大猩猩和被挟持的女猪肉食品商人的出租小飞机全速飞向这里。于是,他们专程赶到乞力马扎罗机场。

"我们是不是正逆着人类祖先大迁徙的线路飞行?"伊西多尔·卡森博格心里想着。他努力设想这样一幅画面:未来的人类成群结队地徒步迁徙,旅途中充满叵测的危险:变幻莫测的天气、捕食者的袭击猎杀,以及同类之间的争战打斗……

他想象着,蓝天白云之下,人类的先祖离开生活了 300 万年之久的东非某地,然后散落在世界的每一个角落。

机翼下方,飞过一群粉红色的火烈鸟,它们正朝着与飞机相反的方向翱翔。

就在这时候,空姐手忙脚乱地抽出伊西多尔·卡森博格座位前方的隔板,然后在隔板上放上一份托盘式快餐。伊西多尔掀开金属材质的盖子,盖子下面热气腾腾的饭菜露了出来。饭盒里盛着毫无血色的家禽碎肉及某种难以形容的酱料。

可惜啊,这只鸡死得毫无意义。他把碎肉埋进酱料里,插上一块胡萝卜当作墓碑,然后又把盖子重新合上。

卢克莱斯·奈姆赫德可饿坏了。她大口吞着快餐,全然不顾及形象。饱餐之后,她停止了咀嚼,开始盯着吃剩下的东西发呆。半埋在酱料里的碎骨头把她的注意力重新引回古生物学上。她从包里掏出随身携带的记事本,面向她的同伴开始列举。

"桑德森教授的理论:人类起源于某种陨石上的病毒所引起的疾病。

"康拉德教授的理论:人类起源于基因组合的突变。

"范·丽斯柏医生的理论:人类起源于对气候变化的主动性适应。

"工程师艾吕扬的理论:人类起源于超越并捕食其他物种的需求。"

她陷入沉默,各种假设在她的脑海里纠结萦绕——陨石、意外、适应、超级捕食者。

卢克莱斯·奈姆赫德对餐后甜点充满兴趣。那是一艘暗绿色的奶油布丁船,船顶上还嵌入一颗闪闪发亮的蜜饯樱桃。

"我不太清楚拉马克和达尔文之间的区别。"她承认自己这方面的知识很匮乏。

伊西多尔·卡森博格避而不谈。

"在达尔文看来,人类的诞生源自一场意外,我们是猴子错误的复制品。在拉马克看来,人类就是努力完善自我的猴子。"

坐在这一排第三个座位上的是个男人,他身型消瘦,穿着一身灰色西装,在此之前,他一直在埋头苦读一本财经杂志。他忍不住插起嘴来。

"请原谅我的冒昧,我不小心听到了你们的对话,所以我想要提醒您,您所说的拉马克启发了一群古怪的俄国科学家,例如李森科之流。为了验证拉马克主义,他干脆强迫孩子们去适应极端恶劣的生存条件,借此观察他们由此获得的后天特征是否会遗传给下一代。这套理论简直骇人听闻。谁会认为父亲习得的东西将自动遗传给儿子?完全是胡闹!"

坐在前排的另一位乘客扭过身来,他的脸蛋粉嘟嘟的,一头金发已经渐白。

"我也是,我刚才也听到了你们的对话。依我看,我想说,达尔文同样引发了一场灾难。达尔文主义奏响法西斯主义的序曲。因为这套思想体系宣称,相比其他人种来说,某些人种更有资格继续活下去。优胜劣汰的学说直接导致种族主义出现。"

卢克莱斯·奈姆赫德还没有打算从政治角度考虑康拉德教授和范·丽斯柏医生的理论,她的两位邻居便争吵起来。

敌视拉马克主义的乘客的理由是,父母会说英语,他们的孩子并不因此就天生会说这种语言。

对话的另一方耸了耸肩。

"或许吧,不过如果我在英国定居,我的孩子不仅可以说一口流利的英语,而且他们甚至会忘记自己的先祖是说法语的。这就是对环境的适应!"

坐在通道另一侧的男子离开自己的座位,加入谈话。他一袭黑衣,上装翻领别着一个金色的小十字架,白色牧师领衬衣浆洗得干干净净。

"大家好。我是马蒂亚斯神父,我是一名教士。"他先做了自我介绍,接着询问卢克莱斯,"可否借您的笔记本一阅?我也爱好研究各种关于人类起源的理论。"

她把笔记本递给神父,他迫不及待地浏览起来。

"让我们分别探讨您的这些不同的假设。"他建议道,语气随和近人,"携带病毒的陨石?这是不可能的,进入大气层会产生超高的温度,任何的生命形式都无法存在。

"达尔文主义?如果这种理论正确无误,动物园里的猴子早就变成人类了。

"拉马克主义?老实说,您相信把人放到艰难困苦的环境中就足以让他们变得聪明睿智?要是这样的话,监狱里关的可就全都是天才啦。

"超级捕食者?这意味着让沙丁鱼、金枪鱼、章鱼闻风丧胆的鲨鱼,这种食物链顶端的捕食者早应该像我们一样,开着汽车,端着猎枪,看着电视。

"先生们,还有这位小姐,让我们都严肃起来吧。说到人类起源,科学家们只是在原地踏步。因为,正是在这道鸿沟面前,科学鞭长莫及。"

"那么,您有什么建议?"卢克莱斯·奈姆赫德拿回笔记本,准备在需要的时候记下一种新的假设。

教士神色淡定从容,冲着周围的人微微一笑。

"我的理论极其简单:上帝。"这位信徒不动声色地抛出一颗重磅炸弹,他理直气壮,那样子仿佛在说,答案显而易见,只有傻子才胆敢提出质疑。

伊西多尔·卡森博格陷入沉思。他想起,伽利略为了说服宗教审判所,为了让他们相信地球是圆的,使尽浑身解数。可是,随着时间的流逝,角色斗转星移。现在,反而是宗教的信徒借着提出具有彻底革命性的理论,摆出一副颠倒乾坤的先驱者之姿态。他提出的理论远远超脱于这个时代,以至于这个蒙昧的时代根本无法理解。

"上帝,"他又重复了一遍,"上帝创造万物。而且越来越多的学者承认'上帝的假设'至少与科学家们宣称的理论具有同等的价值。"

"上帝,真是个全新的理论!"达尔文主义者讥讽道。

马蒂亚斯神父对亵渎神灵的言论毫不在意,他从黑色西服的内兜里掏出一本《圣经》,开始高声朗读其中对帮助他深入理解人类起源产生决定性作用的语句。

"起初,上帝创造天地……上帝造了地上各种走兽。上帝看这样很好……上帝说:我们要造人,按着我们的形象,照我们的样式来造;让他们管理海里的鱼、空中的飞鸟,也管理牲口,以及地上的各种爬行动物。……永恒主上帝用地上的尘土塑造了人,将生气吹进他的鼻孔里,那人就成了一个有生命的活人。"[1]

"的确是个美丽的传说,可是……这也仅仅是传说而已。"拉马克主义者补充道。

"上帝说……"

---

[1] 《创世记》译文选自吕振中译本,略有改动。

第二部分 走向人类的摇篮

警报骤然响起。小型指示牌应声闪亮:"请熄灭香烟,系紧安全带。"与此同时,喇叭里传来一个男中音,叮嘱乘客们坐回原位。飞机进入气旋涡地带。

教士还站在卢克莱斯和伊西多尔的座位旁边,空姐走过来冷冰冰地命令他遵守秩序,然后把他推回座位,替他系好安全带。

演说被打断让马蒂亚斯神父满脸不悦。突然,他的身体绷得紧紧的,紧靠着椅背,飞机撞上风眼了,飞行高度骤降数百米。小桌板上的塑料杯随着飞机上下颠簸,相互碰撞,翻倒在地。有些顽固分子迫于内急,全然不顾警报的指示,仍然固执地在厕所前排队等候,飞机速降时,这些人想要抓到扶手,以免失去平衡,可是他们失败了。他们被重重地掀翻在地,痛得满地打滚。空姐们倒在乘客的膝盖上。一名机务人员像游泳似的爬过一排排座位,直到紧紧地抓住折叠加座,这个加座对他来说仿佛就是救命浮标。

"听说上帝不太喜欢别人背后议论他。"伊西多尔·卡森博格饶有兴致地嘟囔着。"'不可妄称耶和华你神的名',我的神父,这句话难道不在您的箴言之列吗?"他冲着通道另一边的教士嚷嚷道。

不过教士并未理会,此时,他正眼睛紧闭全神贯注地祈祷。同时,拉马克主义者和达尔文主义者突然变成了虔诚的教徒,这会儿，他们正坐在不远的地方，效仿神父，他们也在祈祷。

"无论如何，这回没有刚一提到'我们来自何方'，就蹿出一只猴子来捣乱。"卢克莱斯的话引起大家的注意。

"除非是猴子之神在戏弄我们。"伊西多尔的语气里带着一丝嘲讽的意味。安全带压在他圆滚滚的肚子上，勒得有些痛，所以他解开了安全带。

舷窗外面的天空依旧昏暗。风眼一个跟着一个，飞机在风眼里来回颠簸，仿佛一件被扔进洗衣机滚筒里的内衣。乘客们叽叽喳喳地叫个不停。酒瓶子在中间的通道上滚来滚去。所有的行李格舱都被甩开，格舱里面乱七八糟的行李都掉了出来。乘客们惊慌失措，他们被眼前的场景吓得大呼小叫，行李雨点般地砸在他们的头上还有肩膀上。

飞机拉高、下降，如同跳舞一般。前排，拉马克主义者对极端环境的适应能力几乎为零，刚吃下去的鸡肉泥正在他的胃里翻江倒海。他火急火燎地在面前的网袋里翻腾着，寻找航空公司专门为晕机的乘客准备的纸袋。

通道另一边，达尔文主义者正紧紧地抓住一位站在他身旁的先生，后者绝对想抢占他的座位。一个身体向前倾斜着，另一个坐着，两个男人抱着彼此的脖子，在空气旋涡中暗暗地较着劲。最终，力量上占优者将会得到这个座位。

教士不停地念着祷文。男中音又一次在喇叭里响起来。

"请保持冷静。请保持冷静。请乘客们回到自己的座位上。我们的飞机正在穿过气旋地带。"

可是,他的声音并不冷静。卢克莱斯·奈姆赫德从中觉察到一丝恐慌的苗头,紧紧地抓住伊西多尔的胳膊。婴儿大声哭闹,被私自带上飞机的狗从背包里逃出来,场面因此变得更加混乱。

随后,死一般的沉默慢慢地吞噬整个机舱。顶灯不停地闪烁,机身跳动得越来越厉害。飞机在风眼中穿梭,仿佛一艘拖网渔船在波涛汹涌的大海中乘风破浪。

伊西多尔把自己的一身肥膘当成救命浮萍,盘坐在椅子上。似乎只有他还有心情调侃这样一场世界末日般的灾难。

"平时我就觉得,一大团废铁能飘浮在空中根本不合逻辑。"他一脸平静地对旁边的人说道。

可是,卢克莱斯根本无暇顾及他,她正忙着对付突然垂落在她面前的氧气面罩。飞机刚刚再次突然速降,每排座椅顶上的阅读灯都已经熄灭,只剩下为数不多的几个微光指示灯还在工作。

"我觉得,我们正在俯冲。"伊西多尔的脸贴到舷窗上。"万一我们在接下来的几分钟里不幸遇难,我由衷地想要告诉您,卢克莱斯,能和您一起开始侦查工作,我感到非常愉快。"他彬彬有礼地说道。

"谢谢您,我也一样。"女实习记者呼吸困难,说话也变得结巴起来,手指死命地扣着扶手,仿佛她的手已经在上面生了根,永远都不能分开。

突然间,和它突如其来地开始一样,风暴又突如其来地结束了。下坠感消失了,欢快的喧嚣声顿起。机舱重新亮如白昼。

"女士们,先生们,可以解开安全带了。"男中音温柔若水。

"哦""啊"之声此起彼伏,四下里掌声雷动。乘客们把掌声献给帮助他们脱离困境的机组人员。猴急的乘客再次匆匆忙忙地跑向洗手间,洗手间门口立时又排起长龙。卢克莱斯一根接一根地松开扣在扶手上的手指。

他们应该已经彻底摆脱了气旋地带,因为,舷窗外的乌云已然无影无踪。飞机的南面,一轮骄阳初现,慢慢地放射出万丈光芒。

教士、拉马克主义者,以及达尔文主义者僵坐在座位上,仿佛凝固一般。他们本以为自己必死无疑。现在,他们再也没有心情争论人类起源的问题。

一位空姐恳请乘客们拉下舷窗挡板的同时,另一位空姐依次给每位乘客发放耳机。乘客们可以选择看被重新灌制过八百回的《星球大战》,或者选择睡上一觉以补充体力。

卢克莱斯·奈姆赫德决定戴上眼罩休息。伊西多尔·卡森博格却辗转不能入眠。为了不影响别人看电影,他只是将舷

第二部分　走向人类的摇篮

窗挡板推开一条缝,将目光移到舷窗之外。

"上帝……"

上帝就是解开这个谜题的钥匙吗？上帝,是否仅仅是和拉马克主义或者达尔文主义相差无几的假设呢？为什么不是呢？

透过云上的孔洞,可以看到地面错综交织的道路,只不过从飞机上看下去,它们细如发丝。

上帝怎么看待我们人类呢？可能会把我们当成乱蹿乱动的蚂蚁吧。

伊西多尔·卡森博格陷入遐想,成千上万的人得益于飞机交通之便,却甚至没有意识到能从飞机上俯瞰大地是多么幸运。飞机给予人类一丝审视自我的空间——一种上帝的视角。

3　半干的湖泊

茫茫地平线,视线范围内空无一物。

族人们已经疲惫不堪。

饥饿席卷而来。

部落走到一片烂泥湖跟前,湖水日趋干涸。湖里生活着许多河马,湖底的淤泥就是它们的窝。日头又毒又辣,除了浸泡在湖水里,它们别无选择。水位不断下降,然而它们没有勇气离开这片小洼地——这里曾经是河马们的避风港。河马们为争夺最深的水坑内斗不已,甚至不惜付出生命的代价。

部落停下脚步,静观眼前这令人难忘的场面,河马们为解决住所危机而自相残杀。这些身形健硕的庞然大物亮出长牙,撕咬对方的口鼻。战败者被迫栖身于浅水洼里,阳光开始灼伤它们的皮肤。

第二部分 走向人类的摇篮

"他"心想,自己的同族可能尚未开化,但是他们至少有勇气离开家园,走上迁徙之路。然而这些河马,这些生活在日益干涸的湖泊中的可怜虫,注定咎由自取。它们宁愿待在原地同族相残,也不愿意离开安乐窝。最后的幸存者也难逃悲惨的下场。

为何世间存在的暴力如此之多?全是墨守成规惹的祸。

"他"突然明白,智慧的最高法则便是——接受改变。

首领建议族人等待地盘之争中受伤的河马死去,然后拿它的尸体果腹。

族人们坐在湖边,这样可以更好地欣赏"水栖相扑手们"的表演。每个人都在为心目中的优胜者呐喊助威。他们希望战败者体型越肥硕越好。

河马之战蔚为壮观。污泥飞溅,吼叫震天。河马跃起落地时,大地都为之一颤。欣赏如此多的野兽拼力搏击是件多么令人欢欣鼓舞的事啊!鲜血流淌出来,灰红混杂的污血流过河马肮脏的身体,流过它们身体表面的硬壳。河马们在怒吼,惊恐地尖叫着把自己的牙齿插进其他河马的耳朵里,插进它们的脖子里。

族人们耐心地等待着。这种捕猎方式妙不可言:猎物自相残杀,捕食者坐收渔翁之利。

战争结束,一头河马身受重伤,倒在湖里不能动弹,看上去可以食用。族人们慢慢靠上去，开始用碎石挖它身上的肉吃。分食的过程中，河马的身体还在微微颤抖。

眼前的场景激怒了其余的河马，它们眼睁睁地看着一群两足直立的小家伙肢解同伴，却没有勇气反抗，因为它们害怕丢失地盘。

族人们饱餐一顿。河马是愚蠢的物种，上苍分给它们更大的脑容量，它们却凭此守卫地盘。目光短浅的笨蛋。久而久之，我的族人们将会迈入进化程度最高的物种的行列，"他"心里这样想着。之所以出现这种局面，并不是因为他们具有绝对高的智力水平，而是因为其他的物种依然停留在愚蠢蒙昧的层次。

族人们从战败的河马身上挖取鲜肉，如同钻进储存食物的洞穴里。有的人爬进河马遗体的内腔，掏取内脏。孩子们也钻进河马体内，以此取乐。可是河马体内的气味太过浓烈，他们宁愿在外面等着大人们去完成挖取的工作。族人们兴奋异常，富含蛋白质的肉块在部落中间传来传去。今天，不会有人饿死了。

突然，狮吼声炸雷般惊响，把族人们吓了一跳。他们转头面向声音传来的方向。就在眼前。

一头母狮子！

肾上腺素浪潮般席卷整个部落。如果看到一头母狮子，那么就意味着周围会有一群母狮子;如果周围有一群母狮子,那么就意味着它们正在狩猎;如果它们正在狩猎,那么就意味着它们打算吃掉像他们一样的生物。大家都在寻找其他的母狮子,它们应该早就隐匿在周围,准备包围他们,然后扑倒在地。真不走运。半干涸的湖泊旁边长满芦苇,极其适合埋伏。进攻者就藏在芦苇丛中。

首领尖叫一声,命令族人们不惜一切代价撤退。钻进河马肚子里的族人犹豫不决,他们不知道应该藏进角落里,还是应该拔腿逃跑。他们决定还是爬出来跑路。

说时迟,那时快,右侧蹿出三头母狮子。部落一触即溃。对阵母狮群,部落束手无策。

放弃猎物?

放弃猎物!

三头母狮子驱赶族人们朝一个方向跑去,突然,他们面前凭空出现一道五头母狮子组成的封锁线。陷阱!它们不是为了河马而来!

族人们走投无路。

丢卒保车是唯一的办法。卒,意味着老弱病残。族人们甚至不需要特意指点这些人应该如何去做才能挽救部落于水火之中。他们跑得比较慢,因此不幸沦为爪下鬼。一个强势雄性成员发现,居然有个老家伙和他跑得一样快,于是,他伸脚把对方绊倒。

"他"撒腿就跑。"他"曾多次充当诱饵,所以对于如何绕晕追捕者轻车熟路。母狮子跑得飞快,可是它们并不会固执地追出很远的距离。它们跟鬣狗不同,后者可以连续数日追逐同一个猎物。

已经有三个族人命丧狮口,母狮子抓住他们,然后把他们撕成碎片。捕猎行动到此结束。

母狮子心满意足的时候温柔得像头食草动物。族人们知道,现在他们可以毫发无损地打狮群身边经过。

恐慌过后,所有人都为自己仍然活着欢呼雀跃。他们不仅填饱了肚子,而且经历了一场狮口逃生。

对于生活,所求何多?

4 逐猴之旅

雄浑壮阔。

美境化仙。

乞力马扎罗。

高空俯视乞力马扎罗山,钦羡敬慕之情油然而生。大山横空出世,漆黑的山体硕大无朋,山顶覆盖着皑皑白雪,直插云霄。只一下,透过舷窗,乞力马扎罗山便封堵住视线,成为目所能及的唯一景色。

白色的太阳挂在天空。阳光下,高原上荒草肆意纵生,人类足以生存。

终于抵达非洲大陆。

飞机以最佳姿势着陆,在坑坑洼洼的跑道上沿"之"字滑行,尽量避免打扰跑道上无忧无虑吃草的南非羚羊和汤姆逊羚羊。荒草刺破沥青马路，跑道两旁，无所事事的土著人四处闲逛。他们傻呵呵地咧嘴大笑，欣赏着跑道上的这堆白色铁皮，飞机正拖着笨重的身躯摇来晃去，费尽九牛二虎之力模仿飞鸟降落的姿态。

与此同时，好几只翼展宽大的鹈鹕也开始向地面降落，仿佛在给飞行员们上一堂关于如何良好着陆的表演课。有几只鹈鹕一下子就停落在小木桩尖儿上，根本用不着任何多余的迫近动作。

舷梯与飞机成功对接，乘客开始走下飞机。离开冷气开放的机舱，空气仿佛正在燃烧。太阳有气无力地吐着火，压得一切生命喘不过气来。只有鲁莽的苍蝇大军才敢上前仔细观察这架飞机，它们想要弄清楚为什么这个家伙不扇动翅膀就能飞起来。

蔓生植物在高温和潮湿的气候下肆意疯长，蔓延到水泥地上。游客们通过海关，服从当地入关规定——要想进入这个国家，必须花50美元兑换一些又皱又黏的坦桑尼亚先令。

卢克莱斯·奈姆赫德戴上太阳镜，用一块平纹细料质地的头巾包裹住脑袋，以保护红棕色的长发。

"现在，我们要做什么？"

"我们祖先的祖先正在某地等着我们呢。"伊西多尔回答说。

"这片大陆完全就是一个猎场,从何找起啊?"

机场航站楼里,他邀请她走进一家酒馆,两个人安安静静地坐下,等候行李抵港。

两位记者点了两瓶可口可乐。身材修长的年轻小伙子端上两瓶半透明的饮料,瓶底堆积着一层黑色的残渣。酒保解释说,摇摇瓶身两种化学物质便可以合二为一。说完,他用白得发亮的牙齿咬开可口可乐的瓶盖。

孩子们围住两位来自欧洲的游客,向他们兜售各种本地产的手工首饰。他们用英语报出极为诱人的价格。

"Hapana asante sana。"伊西多尔说道。

令人意想不到的事情发生了,孩子们哄笑一声,然后四散跑开。

"您刚才跟他们说什么?"

"'hapana'的意思是'不要','asante sana'的意思是'谢谢'。这是斯瓦希里语。"

"您会说斯瓦希里语?"卢克莱斯惊讶不已。

"我作弊了。"伊西多尔·卡森博格笑道。

他抬起胳膊,下面夹着一本坦桑尼亚旅游指南,摊开的那一页上写着二十句旅游必备语:"洗手间在哪里""这个太贵了""我想要见律师""请联系我的大使馆""不,我对此不感兴趣"……

闷热的空气令人窒息,他们头顶上一台台硕大的电扇扇动着,或多或少带着疟疾病毒的蚊子围着扇叶飞进飞出。成群结队的蚊子被扇叶击中,掉落在两人身边,零零星星的,如同下雨一般。

"事已至此,您对接下来的行程有什么提议?"卢克莱斯问道。

"跟着猴子走。"

"您依旧认为镜子上的'S'代表猴子?"

大块头同伴耸了耸肥厚的肩膀。

"我对此感到很诧异。在这次事件中,或许有好几个不同的像猴子的家伙。其一,在我家附近绑架您的那伙猴子面具男,他们可能和教授之死存在莫大关联;其二,那只会耍杂技的猴子。"

"还有动物解放阵线的那群环境保护主义者,他们也戴着面具。"

"要是再有戴着人类面具的猴子,那事情就完整了。"

"'S'同样也可以表示'桑德森''索菲·艾吕扬''索朗日·范·丽斯柏'。"

"或者是'魔鬼撒旦''蛇''幻象'。[1]"

---

[1] 法文里这三个词均以字母S打头。

第二部分 走向人类的摇篮

"假设'S'代表的是猴子,接下来的问题就是:它为什么会朝天文学家投掷陨石？它为什么会跟偶然论的信徒玩俄罗斯轮盘赌？它为什么会把适应论的崇拜者关进上锁的笼子？"

"您是想说,它为什么富于幽默感？"伊西多尔·卡森博格建议道。

候机大厅里人声鼎沸。身穿百慕大短裤、头戴热带雨林帽的游客正拿着黑色的木雕跟小贩讨价还价。土著艺术品的侧面清晰地刻着"新加坡制造"的字样。游客们并没有为此过多地劳神烦心。相反,他们把这些标识当作额外压低价格的砝码。

"那只会杂技的猴子会不会仅仅为了解闷呢？"虽然卢克莱斯·奈姆赫德这样说,但她并没有太大把握。

伴随着巨大的声响,头几只箱子开始滚出行李提取转盘。转盘周围,乘客们挥舞着胳膊肘,以最快速度抢过自己的行李,或是背包,或是箱子。他们一拿到自己的行李,立刻马不停蹄地跑到门外,涌上游客专用的白色小巴车。车里,已经有流动商贩开始贩售商品:印着"我爱坦桑尼亚"的T恤衫；饰以热带雨林图案的零钱包；一次性电话；具有增强性欲功效的犀牛粉；保证由水牛皮制成的小型达姆达姆手鼓；号称恒河猴皮制成的长筒铃鼓；所谓的神圣仪式上使用的面具；绘着乞力马扎罗山紫阳斜落美景的油画；汉堡包；矿泉水；配饰小鳄鱼爪子的钥匙扣；棋子是真正象牙质地的国际象棋；防晒霜；不明身份的动物牙齿项链；斑马纹泳衣；《夺宝奇兵》的录像带；《身临其境的热带雨林之音》唱片；还有本地产的劣质香烟。

如果顾客们上了钩，商贩就会毫不犹豫地向他们搭售埃菲尔铁塔的塑料模型、威尼斯贡多拉的黑色木雕，以及皂石制成的自由女神像。

节日的气氛随着购物拉开大幕，商贩的百宝箱令游客们惊奇不已，他们甚至忘记欣赏周围的景色和路过的野生动物。有时候，小猴子们会紧紧抓住小巴车的车顶，近距离观察关在金属牢笼里的游客。

卢克莱斯·奈姆赫德一直在研究摊在膝盖上的坦桑尼亚地图。这会儿，她停了下来。

"怎么找到它们？"

肉乎乎的胖手轻轻地拍了拍她的肩膀。

"沿着古生物学家确定的人类足迹溯源而上。从最近的一直追寻到最早的。"

伊西多尔香肠状的粗手指在地图上比画了一阵，然后停在一片绿色的区域上，上面标着"恩戈罗戈罗国家公园"。

伊西多尔·卡森博格欠身把标在"莱托里：古生物博物馆"上的小圆圈指给同伴看。

卢克莱斯读到下面括号里的说明文字："追寻最古老的人

类遗骸的痕迹。"伊西多尔言之有理。只要肯观察,指引无处不在,无时不在。

刚才,有只蚊子叮了卢克莱斯一口。离开之前,蚊子在她体内留下微量的抗凝血唾液。卢克莱斯开始抓痒。伊西多尔也开始抓痒。非洲,瘙痒的开始。

5　梳洗

惊险过后,应该稍事休息。还有什么比大规模的梳洗更能令整个部落得到放松呢?

族人们坐在猴面包树的树荫中。他们选择了一处视野足够开阔的地方,以便能够远远地辨认出那些可能让大家扫兴的家伙。

平淡无奇的时刻。族人们集体梳洗一番。

此刻,整个部落的凝聚力达到顶峰。在捉虱子的过程中,所有部落成员之间的关系变得更加亲密。长久以来,捉虱子已经演变成同一种仪式化的行为。梳洗者面对被梳洗者提供服务。为了完成仪式,梳洗者摆出一副特别的鬼脸,两片嘴唇相互弹击,发出声响,然后噘起嘴,充满挑逗意味地向前走,同时吐出粉红色的舌尖。

第二部分 走向人类的摇篮

即将享受服务的被梳洗者指出自己的瘙痒区域，希望梳洗者抓挠该区域以解痒。通过这种方式，双方接纳彼此。"他"注意到，享受抓痒服务的并不一定是那些身上跳蚤或者虱子最多的人，而通常会是那些最需要重建社会关系的人。比如母亲和孩子，再比如曾经打过架并且希望冰释前嫌的强势雄性成员。尚未与人交过欢的雌性成员不顾一切地盼望接收爱的信号。老人们努力证明自己还有用武之地。

最终，梳洗仪式让族人们两两成双，待在彼此身旁，相互触碰而不带任何攻击性。安抚人心的梳洗仪式。就这样，弱者能够抚摸平日里恐之不及的强者，强者也可以缓和同弱者的矛盾，不再恐吓他们。

大家挠抓最痒的部位，寻求感官上的刺激。母亲们用灵巧的手指给孩子们梳毛，用最细长的指甲温柔地抠掉他们身上的硬痂。

有的人用手挠痒，另一些人则用脚挠痒，脚趾的趾骨很长，足以伸进浓密的毛发里。有时候，甚至会出现手、脚、牙齿齐上阵的情况。

这是伟大的温情时刻。彼此赤诚相见，互相触碰，检查对方的肌肤。有时候，替人挠痒者会拨开浓密的毛发，撕掉对方皮肤上的倒刺，放到嘴里咀嚼，或者抓几个寄生虫茧，用牙咬破，任由虫茧里白色的汁液四处飞溅。

所有人的毛发都被清理完毕后,整个部落再次焕发容光。多么美好的一天啊。他们享受了一顿河马大餐,幸运地从狮口逃生,身上的虱子又被一扫而光。他们觉得,现在的部落可真是团结。

首领一声令下,现在,是时候重新上路,远徙北方了。他命令老人和病号组队断后,延缓捕食者的攻击。

前进,全新的征途!

6　脚印

地上嵌着一个巨大的脚印。他手上拿着毛刷,刮去脚印表层的灰尘,让游客们看得更清楚些。毛刷轻吻地面,仿佛正在讲述脚印的秘密。他还在清扫灰尘,脚印的形状越来越清晰。

所有人都立在旁边观看,虔诚而恭敬。

"这个脚印化石可以追溯到 300 万年前。"说话者语气坚定,"它的特点是,具有分化出来的大脚趾及双重足弓,已经具备明显的人类特征。正因为如此,我们才说它是与'缺失的环节'有关的最早的脚印。"

他又刮掉一些颗粒状的土块。

伊西多尔·卡森博格和卢克莱斯·奈姆赫德已在一辆野鸡出租车里颠簸了好几个小时,车里热得像蒸笼,挤满游客。车子沿着尘土飞扬的马路,向恩戈罗戈罗国家公园艰难地行驶。下午时分,两人终于抵达发掘现场。这里尚未对公众开放,不过,研究行动的领导人——詹姆斯·马克·菲德准许两位法国记者参观这片被称作"踪迹"的地区。

詹姆斯·马克·菲德是苏格兰人,他一头金发,身材高大,嗓音浑厚低沉,浅色胡须盖住了脖子。这个男人显然终日与大地为伍,因为他的衣服已经无法分辨出颜色,上面落满泥土和灰尘,所有露在衣服外面的部位——前臂、手掌和脸蛋也无一幸免。詹姆斯的外套上挂着十几种毛刷,腰带上还钩着好几把豁口的金属刮刀。

"多漂亮的脚印啊,难道不是吗?"

两位记者俯下身子研究脚印。卢克莱斯·奈姆赫德把这些脚印画在笔记本上。与此同时,伊西多尔·卡森博格蹲坐在自己粗壮的大腿上,举起放大镜,聚精会神地观察每一个最微小的细节。

"看你们的样子,我还以为你们是来寻找谋杀犯的踪迹呢。"詹姆斯和两人开起玩笑。

"有点这方面的原因。"卢克莱斯表示同意,"我们正在寻找杀害阿德让米安教授的真凶。"

"我和阿德让米安教授是老相识了,"他说,"这里就是他的发掘工作开始的地方,也正是凭借他的发现,莱托里第二遗址才得以呈现在世人眼前。"

他把两个人领进另一片围场,几个年轻的学生正在围场里努力工作。他们弯下身,手握刮刀和毛笔,小心翼翼地清理土层。

古生物学家解释说,化石研究工作异常艰苦。发现化石本身绝非易事,因为大部分的动物死后,尸体会被自然界中的降解者毁灭,一切都按部就班:先是猎食者、腐食者,接着是苍蝇、蛆虫,以及其他体型越来越小的昆虫,最后,在细菌的作用下,尸体彻底化为灰烬。动物骨架能够保留通常都是意外,更不用提那些犹如神迹般保存完好的动物尸体了。动物掉进流沙里,被其中的黏土杂质层封存起来;或者是掉进冰封的河流里,被冰层保护起来;对于那些体型较小的动物来说,它们的尸体可能会被包裹进液体树脂里,形成琥珀。

"很长时间以来,在这个角落里,除了我刚才向你们展示的那些脚印以外,研究人员们一无所获。后来,阿德让米安教授来了,他研究过这些脚印后,宣称:'留下脚印的,必定朝着某个方向奔跑。'于是,他顺藤摸瓜,几年以后,便发现了这些。"

苏格兰人的手指指向一处地方,在那里,可以看见一颗头骨和一堆骨头。

"这些属于什么动物?"

"一只灵长类动物及两只鬣狗。"

卢克莱斯和伊西多尔仔细地观察嵌进土里的骨头。古生物学家认为，这只灵长类动物有可能正在被两只鬣狗追杀，在被完全吞没之前，三只动物在污泥里搏斗了很长一段时间。

"地表运动和鼹鼠的活动把三副骨架搞乱了，不过，那颗头骨和其中某只动物的股骨保存得相当完整。"

詹姆斯在坚硬的地面上重新勾勒骨头的形状。

"这是灵长类动物的眉弓。那根是脊椎。这根骨头属于其中一只鬣狗，两只鬣狗或许靠得十分紧密。甚至有可能在被污泥淹没前，它张嘴咬住自己的同伴。"

他们眼前呈现的，仿佛一幅无意间摄于 300 万年前的照片。照片上，两只鬣狗正在追逐一只灵长类动物。

詹姆斯·马克·菲德教授邀请两位客人随他到家中一叙。他住在一座大木屋里，木屋建在桩排上，起到避免蝎子和蛇类轻易进入房间的作用。墙上挂着数张发掘现场的黑白照片，石灰地面被打上符合标准的记号，也就是意味着被切割成小方块，标上号码及日期。

专家向他们解释说，走运的是，这个地方距离年轻的火山群不远。研究人员借助蕴含在特定土壤层内的火山灰就可以测定骨头的年代。骨头所在的土层里含有钾结晶，经过 13 亿年的漫长岁月，一半的钾元素转化成了氩元素。因此，只需要分析骨头附近的土壤便可以获悉化石的年代。众所周知，骸骨的年代越久远，推断越有可能出错。然而在这种情况下，专家粗

第二部分　走向人类的摇篮

略估测灵长类动物和鬣狗的遗骨已有370万年的历史。

两位《当代观察家》周报的记者一边小口呷着苏格兰人倒在大玻璃杯里的冰茶，一边倾听他追忆有关"缺失的环节"的故事。

他的疑问在于，迄今为止，对于人类仍然没有正式的定义。一块骨头从何时开始可以被定性成人类？没有绝对的标志。詹姆斯把人类的定义问题看成一千年来最大的科学挑战。这些问题纷繁复杂，经常会在伦理学层面引发激烈争论。苏格兰人毫不犹豫地把人类的定义问题延展到古生物学之外的领域。

胎儿算是人类吗？如果算的话，从何时开始算起？受精卵算是人类吗？如果算的话，那些多余的卵子又算是什么状态？一个昏迷数年之久，并且永远也不可能恢复意识的人算是人类吗？具有思考能力，能够像人类一样想问题的电脑可以被看成人类吗？克隆人还能算是人类吗？

"喂，给你们讲件趣闻。'亚当'这个词在希伯来语中写作'ADM'，这三个字母对应数字'45'，然而'45'又对应字母'M'和'H'。'Mah'在希伯来语中的意思是'什么'。因此，希伯来人在'亚当'这个词中提出了具有现代性的问题：'人类是什么？''定义人类可行吗？'古时候希伯来人就明白，定性人类将会成为未来世界的巨大挑战。"

卢克莱斯·奈姆赫德把对话拉回主题上来。

"您觉得,阿德让米安教授是否确实在人类起源这个问题上有新发现?"

詹姆斯认为,考虑到阿德让米安教授死前震惊世人的癫狂行径,这种可能性非常大。这位古生物学家发表了大量的离奇理论,就连研究行动的领导人——詹姆斯·马克·菲德都承认,他并非全部了解。可是,阿德让米安教授拼尽全力替这些被某些专家斥为十足的荒诞之说的假设正名。

大块头自斟自酌了一大杯格兰威特牌的特陈纯麦芽威士忌。同时,卢克莱斯把笔记本翻到新的一页。

"反复地研究过所有理论之后,我被其中一种深深吸引了,那就是人类起源自海洋的理论。"

女记者写下:"海洋起源之说。"

"这套理论宣称,人类直接从水里走出来。因此,很久以前,我们是某种'海洋灵长类动物',或者,如果您愿意的话,也可以叫'类人鱼'。"

他很满意伊西多尔和卢克莱斯听到这两个词时的惊讶神情。他干掉满满一杯威士忌,眼睛望向窗外慢慢黯淡下去的天空。

"此外,海豚返回水里生活是种征兆。它们行动得比我们早。人类只不过是效仿它们罢了。"

"海豚返回水里生活?"卢克莱斯·奈姆赫德飞快地翻过一

页,问道。

"什么！您不知道？5000万年前,海豚离开水面,变成陆生动物。那时候,它们的外形应该类似大海豹,或者某种皮肤光滑的猴类。后来,出于某些不为人所知的原因,它们决定返回水里生活。"

伊西多尔·卡森博格点点头,表示自己对这件惊世骇俗的事情略有耳闻。

"为什么这些陆生哺乳动物选择返回水里？"

"或许是因为在水这种元素里,可以横向,同时也可以纵向移动,而在陆地上,因为存在重力作用,只能横向移动。"胖记者的话很有启发意义。他也往杯中加了一点威士忌。

"准确无误。在水里,我们无须担心天气和温度的问题。不需要衣服,不需要房子,不需要武器。水包罗万象,无边无际。它就是空气,就是房子,就是衣服,就是雨点,就是食物,就是饮料。我们以前也是鱼类。看看我们的身体吧：皮肤光滑,没有浓密的毛发,多半是因为预料到以后会在水流中滑行；我们的耳朵长在两侧,而不是像猫一样长在头顶,或许耳朵就是祖先的鱼鳃退化后的产物；我们三分之二的趾骨被皮肤连接在一起,这样的构造更有利于划水,这是祖先的蹼退化后的产物。"

詹姆斯·马克·菲德打算彻底说服两位听众,所以他拿出几张婴儿的照片。

"而且,如果我们把新生儿放进水里,离开母体的瞬间他就可以待在水里,不会出现任何问题。婴儿天生就会游泳。"

伊西多尔·卡森博格指出,只要抓住新生儿的脚,拍打他,直到他咳嗽为止,新生儿一下子就能从鱼类阶段跳到哺乳动物阶段,开始呼吸空气。

"可是,确切地说,稍微的外力影响还是必不可少的。进化并非完全出自本能。必须要经过拍打,婴儿才会留下第一滴眼泪。通过最初的暴力行为——尽管不太情愿——鱼类还是被迫进化成呼吸空气的哺乳动物。"

天空又阴暗几分,高大的苏格兰人调亮煤油灯。两位记者发现他身后摆着一套海底潜水设备。也许,这位古生物学家把对科学的信仰拓展到利用周末时光去桑给巴尔的海滨潜水了。

"我坚信我们来自海洋,我坚信我们终将返回那里。"他补充道,"请看一个很能说明问题的细节:越来越多的人开始秃顶,并且有鼻子越变越短的趋势。我们的身体变得更具流线型。我们逐步为下一阶段的变形,为返回水中的家园做准备。"

两位记者的脑子里反复思考着这套惊世骇俗的理论。

"所以《圣经》中的伊甸园有可能会是海洋?"卢克莱斯·奈姆赫德问道。

第二部分　走向人类的摇篮

"唯一的问题是,现在还没有证据,也没有化石。"伊西多尔·卡森博格提醒道。

"找不到化石可能是因为它们仍然深埋在海底。但是,随着新式深海观察船的问世,这个问题将迎刃而解。我坚信有一天,人们会发现一种长着鳍的猴子,它才是真正的'缺失的环节',外形大概有点像海牛。尤利西斯的航海家们把海牛这种奇怪的动物误看成美人鱼。况且,也许海牛就是我们真正的祖先呢。"

他翻箱倒柜一番,找出一本神话集子。

"所有古代的神话对此均有涉猎。在巴比伦人的眼中,海洋是世界的子宫,它孕育了一对天神夫妇,甜水之神阿帕苏和咸水之神提阿马特。两位天神结合之后诞下拉姆和拉哈姆,他们是最早的人类雏形;亚述人则认为,人类出现在纳穆之地,即无尽的海;在印度神话里,永生的蛇神阿南达和化作巨龟驮起世界的毗湿奴均来自乳海,他们一起搅动乳海,人类就此诞生;在日本人看来,伊邪那岐和伊邪那美(男性和女性的本源)从天上降到人间,诞下一个孩子,然后任其在大海中自生自灭。"

"或许这正是亚特兰蒂斯的传说中所影射的故事。"卢克莱斯启发大家道。

"无论对错,多半就像大洪水之灾中暗示的那样,人类从水中逃生。"

谈话的过程中,屋外骤然间下起滂沱大雨。雨滴拍打着屋檐,雷鸣响彻云霄。

"哦,这只是一场小号的热带暴雨,在这里很常见,不会持续太久的。"木屋的主人正说着,整个天空似乎被劈裂一般,暴雨奔涌而下。

伊西多尔·卡森博格改变了谈话主题,开始聊起阿德让米安教授。他想努力盖过暴雨的嘈杂,他谈到两个人调查的全部内容,一直讲到女肉制品商人艾吕扬被挟持为止。

伊西多尔的叙述似乎激起了詹姆斯·马克·菲德的极大兴趣。他同样无法想象一只真正的猴子可以完成如此复杂精细的行为。他认为,这件事极有可能是阿德让米安教授的某位徒弟所为,可能后者想要强迫这个年轻的女人目睹死者生前理论的合理性。

他从架子上找出一张地图,指给两位访客看一个地方。这个地方在南莱托里,位于奥杜威峡谷的蜿蜒深处。他猜想那里是阿德让米安教授勘探活动的最后所在。

窗外,大雨依然下个不停。雨水倒灌进木屋和屋外的走廊里。

"别担心,房子坚固得很!"就在古生物学家让他们放宽心的瞬间,脚底下传来清脆的断裂声。

雨水不断冲刷,木屋下的排桩发生断裂,刚开始仅仅轻微

第二部分　走向人类的摇篮

裂开一道小缝,随后扩张的速度极为惊人,墙壁开始下陷,松软的泥土变成滚滚泥浆,所过之处,寸草不留。詹姆斯·马克·菲德教授紧随两位访客跳出屋外,没来得及抢救出几件值钱的物件和珍贵的化石。木屋已经变成沉船,除了放弃,别无选择。

周围,教授的学生们躲在塑料帐篷里。此刻,他们正在苍天的怒号中默默坚忍。

伊西多尔·卡森博格咯咯地笑出声来。

"什么东西这么好笑?"卢克莱斯·奈姆赫德在他耳边悄声问道。

闪电照亮伊西多尔孩子般的脸,笑容堆满他的胖脸,仿佛看到一出闹剧似的。

"充满幽默细胞的家伙,不仅仅有我们追寻的那只猴子,还有机缘巧合之神,甚至可能还有上帝——如果他存在的话。坚信救赎来自水的人只能眼睁睁地看着自己的房子沉没,难道您不觉得很有趣吗?更有趣的是,这座陷入污泥中的房子将会得以保存,成为化石,于后世重见天日。把自己变成古生物学的一部分,这难道不是古生物学家们最高的追求吗?"

马克·菲德站在伊西多尔身旁。木屋的烟囱已经陷得跟他的身高相差无几,犹如一艘在泥巴的海洋中沉没的客轮。

伊西多尔即兴创作出一段墓志铭悼念这座木屋。

"或许千百年之后,我们的子孙将会让这座房子,还有房子里的家具和器皿再现于世。届时,这些物品将成为人类文明史上第二个辉煌千年的遗迹。他们必会自问:'这些东西用途何在?'"

7 狒狒

草原上,族人们义无反顾地朝北而行。强势雄性成员跟随在队伍两侧,充当保护者。他们可不想再次与母狮群不期而遇,受一回惊吓了。

突然,部落面前出现一群毛色灰暗的动物。

这些家伙是老相识了。

这是一群狒狒。

对方的队形和部落类似——延伸成长长的一排。族人心里清楚,它们摆开这种架势旨在提醒部落,它们决不离开,部落应该就此转身离开。

首领一声号令,所有的强势雄性成员聚集到队伍前方,围在首领身边。此时,雄性成员之间不再有任何的敌对和竞争,这是"团结一致,共御外敌"的时刻。

对面，狒狒首领做出同样的反应。狒狒族在数量上占优势，但是部落的族众更加高大、更加强壮一些。

双方阵营中的雌性成员开始嚎叫助阵，激励本族雄性成员的士气，鼓舞他们奋勇杀敌。

狒狒首领上前几步，亮出獠牙，发出一声怒吼。它身后的雄狒狒立刻群起响应。它们竖起后背的毛发，努力让自己看起来更高大、强壮。它们开始在原地上蹿下跳，做出大量威胁性的手势。

伴随助威团的高声配合，首领的咆哮显得力道更足。

危难关头，部落上下一心、坚不可摧的感觉令"他"如痴如醉。同其他人一道怒吼给"他"带来巨大的快感。

紧张气氛更浓了。突然，草原变得鸦雀无声。两个族群已然短兵相接。

"他"感觉身上的每一个毛孔都已经做好战斗准备：心脏加速跳动，血液开始离开消化系统，涌向全身的肌肉和大脑；呼吸越来越快，声音也越来越响亮；全身的汗毛根根竖立，这样更有利于皮肤通风；汗水已经开始渗出体外，准备在战斗过程中为表皮降温。

狒狒首领露着獠牙，跳起脚嚎叫不休。它边吼叫边用拳头捶打胸膛，然后跳起圆圈舞，以此来表示已经盛怒到无以复加。视觉冲击力无与伦比。

第二部分 走向人类的摇篮

所有族人都清楚它在耍花招。对手妄图通过恫吓夺取战斗的胜利。可惜,它低估了首领的才智。后者转过身去,放了一个响屁回应对方。狒狒首领勃然大怒,于是冲着部落的方向撒了一泡尿。

简直是奇耻大辱。首领决不肯善罢甘休。他拿起一根木棍,不停地敲打地面,仿佛打算唤醒整个星球,让它目睹这件丑事。

狒狒首领看得愣了神,可是它并没有放弃。它的毛发竖得更直了,眼珠滴溜乱转,充满怒火。它猛吸一口气,却把自己呛得咳嗽不已。它开始挠抓地面,激起的扬尘落在它的头上。狒狒首领扯着嗓子尖叫,似乎怒火已经变成它心中的痛楚,如果不杀死对手,这种痛楚就不会减弱。表演完这一切以后,它一动不动地待在原地,打算观察对手有什么企图。首领换了一种方式握紧木棍,抡圆胳膊照着自己的膝盖砸了下去,木棍应声而折,断成两截。

这是一种很讲究技巧的威胁方式。很多妄图尝试"铁膝碎木"的部落首领因此落下残疾,木棍却完好如初。

奥秘在于:能够识别出哪根木棍被虫蛀过一小段,哪根木棍则没有。

刹那间,狒狒首领迟疑了。瞬间,犹豫的情绪在狒狒群中蔓延开来。这样的情况足以打破双方的均衡态势。雄性狒狒们开始后退，起先，后退的幅度难以察觉，到后来，幅度非常明显了。狒狒首领感觉同伴们正在弃它而去，它的态度随之发生转变。獠牙依然露在外面，只不过全然没有底气。

要乘胜追击。首领后腿着地站起来，不停地敲打胸膛，同时，嘴里发出可怕的长啸。那是冲锋的号角。根本无须费力。狒狒们犹豫不决，不知道是否应该抵抗。可惜，狒狒群中绝大多数都是胆小鬼，甚至都没给少数派留下时间，来扮演献身的英雄。后退变成撤退，撤退又变成逃走，最后，逃跑蜕变成彻头彻尾的溃败。

狒狒族变成部落追逐的对象。现在，族人们是猎人。他们抓住了几只上年纪的及几只生病的狒狒，另外还有几只狒狒幼崽。这些狒狒跑得不够快，所以不幸被捕获，只能沦为美味的夜宵。族人们已经走了很久，他们知道前面的路必将更加漫长，多储存些蛋白质是个不错的选择。

敌人的尸体堆叠在一起。

战斗结束了。

"他"对自己的部落颇感自豪。团队获得胜利，首领懂得如何成功地震慑住敌人，雌性成员的尖声呐喊也帮上了忙。

首领走过来抓了两下"他"的脑袋，递给"他"一块狒狒的脾脏。强势雄性成员不会拒绝这种东西。

8 到奥杜威去

伊西多尔·卡森博格和卢克莱斯·奈姆赫德的车已经在路上开了好几个小时,疲惫和饥饿感袭来。詹姆斯·马克·菲德借给他们一辆吉普车,并且画了一份此地的草图。他们知道还有很长一段路才能抵达奥杜威峡谷。

开过道路左侧的奈巴尔达村后,他们把车停在路边的酒馆旁,这里还兼具杂货店和咖啡馆的功能。酒馆的招牌上写着"世界尽头"。

两人走进酒馆。里面空气污浊。这可能是方圆几十里之内唯一的驿站,英雄好汉们在此地歇歇脚,来个一醉方休。微型高保真音响里正播放硬摇滚乐队——范·海伦的歌曲《爆发》。

角落里,两个拍电影的正在和一位筹划动物题材纪录片的家伙讨价还价。花费5万法郎,这个人就能为他们提供一场现成的狮子猎捕羚羊秀。为了确保羚羊绝无可能逃跑,动物们被关进三角形围栏里,摄影师直接就能拍到羚羊狂奔的镜头。人们事先给羚羊打上微量的麻醉剂,以防它跑得过快。围栏内面积不大,杀戮就发生在镜头前。因此,他们只需花费很低的代价便能拍出效果极佳的慢镜头。

其中一位电影人询问同伴,是否拍摄自然环境下真正的野生动物更简单些。同伴回答他说,运气好的情况下也必须要等上数周才有可能目睹一场杀戮。

"所有的纪录片都是这样拍成的,"围栏出租者斩钉截铁地说,"否则任何人都没办法拍出慢镜头中的影像。太浪费胶片。"

更远一点的地方坐着一群偷猎者,他们倒空背包里的小鳄鱼爪子,打算把它们做成钥匙夹,然后贩卖给游客。偷猎者的左边有几个非洲土著,其中一些人正在玩传统的排石头游戏,同时另一些人忙着讨论美国对东南亚的政策。这些信息是他们从包裹死鱼的旧报纸里面读到的。

两位记者在一张积满污垢的桌子后坐下。酒馆的老板是基库尤部落的人,戴着厚厚的眼镜,围着薄布围裙,露出骨瘦如柴的小腿,脚缩进一双肥大的拖鞋里。他向二人介绍了一遍菜谱。菜肴的叫法有些可疑。两位记者怀疑,"精制热带鸡肉"多半就是用散落在路边的秃鹫尸体烹饪而成的;"面包丁配鱼里

第二部分　走向人类的摇篮

脊肉"是炸蛇肉；"野兔肉"就是流浪狗的残躯。两个人只点了两瓶贴着"城堡干啤"商标的本地啤酒，老板手脚麻利地往黏糊糊的玻璃杯子里倒上啤酒。二人用啤酒送服氯喹药片，这种药能够酸化血液，预防疟疾。卢克莱斯实在太饿了，她鼓起十二分的勇气点了一份"乌伽黎"——煮熟的粗玉米粉配上某种不明生物的肉（她把肉挑了出来）和剁碎的速冻蔬菜。伊西多尔最后决定尝试一下意式细面条配坦桑尼亚干酪和香蕉。

两位巴拉拜格部落的牧民牵着一头山羊走进酒馆，紧挨着坐下。他们身上伤痕累累。巴拉拜格人属于少数民族，生活在哈纳恩地区，他们时常会受到坦桑尼亚警察的骚扰。警察随便找个借口抓捕他们，没收他们的东西，强迫他们缴纳罚金。

基库尤族的酒馆老板不想惹祸上身。他催促他们赶快吃完，别在自己的店里久留。他们听话照做了。

伊西多尔掏出一张从肉制品厂的办公室里顺出来的索菲·艾吕扬的照片，拿给老板看，问他是否无意间看到过照片上的这位女士。得到的回答令两位记者大喜过望。

"当然见过，索菲·艾吕扬嘛。她在这一带很有名气。有时候她会陪着她的丈夫——阿德让米安教授，出现在考古现场。您要知道，除了猎人以外，很少会有白人到我们这个地方来。我们自然会对这两个人印象深刻。"

基库尤人说话的时候，会把有些单词发成弹舌爆破音，有点类似布须曼人的方言。

此外,他明确表示,恰好在两天以前,这位女士还来过"世界尽头"。

"她不是孤身一人,对吗?"伊西多尔特别强调这点,"她身边有位男士陪伴,两个人看起来仿佛多年老友。两人行色匆匆,还拖着一大堆勘探甚或是用于发掘的器材。"

酒馆老板搞不懂为何这位客人明明什么都知道,却还要问东问西。

"并不是全都知道,不。我还有一件事不清楚,那个男人叫什么名字?"

酒馆老板有所犹豫。伊西多尔·卡森博格亮出一打面值为1万坦桑尼亚先令的钞票。成交。老板拿来一把摇摇晃晃的板凳,在两位记者身旁坐下来。他坐在两个人旁边,显得身材特别矮小,如同坐在专为成人准备的桌子旁的迷路的孩子。然而,他的脸上刻满沧桑。他抬起一只手,搁在那打钞票上。

"这家伙叫昂热·伦佐里,不过他的绰号更出名——'色情泰山'。"

据这位基库尤人讲,昂热·伦佐里是位意大利演员,有一天,他突然来到这里,目的是拍摄一部法国、意大利、匈牙利、保加利亚联合制片的Z级低成本电影。事实上,这是一部翻拍自《人猿泰山——热带雨林之王》的色情电影,电影的名字叫作

《人猿泰山大战弗洛伊德》。因为外形长得像极了大猩猩——茂盛的胸毛和方头大鼻子,昂热·伦佐里得以进入剧组,参与这次历险。此外,这个男人平日里也算是位小有名气的色情电影演员。他还参演过《老妇人的两万个老伴儿》和《白花花的屁股与七只手》。

《人猿泰山大战弗洛伊德》的女主角是斯蒂芬妮娅·戴尔·杜卡。当时,她可是个名人,尤其以一对经由豪车制造商植入硅胶的乳房和两片经由坐垫设计师重塑的肥厚嘴唇闻名于世。回国以后,这位女演员就转行当上电视销售员,在荧屏上装疯卖傻,替各种毫无用处的商品吹嘘。

酒馆老板之所以对《人猿泰山大战弗洛伊德》的拍摄故事了如指掌,是因为他自己也是这部电影的演员之一。他曾经在这部电影里出演过一个小角色:俾格米国王——邦戈。对于基库尤人来说,即使他们身材矮小,饰演俾格米人都是一种莫大的耻辱。他后悔曾做过那样的选择。他原本特别想饰演弗洛伊德。对他来说,那才是这部电影里名副其实的角色,才是真正的挑战。可惜,和其他的制作人一样,这部电影的制作人选角时也是本着就地取材的原则:老酒鬼饰演弗洛伊德;基库尤人饰演俾格米国王;有直立猿人外形的家伙饰演泰山;胸部植入硅胶的意大利女人饰演简。

酒馆老板轻蔑地"呸"了一声。

"要是这部电影的导演是费里尼[1],他就会让我演弗洛伊德,甚至是简。可是,显而易见,没有想象力的人只会把事情搞糟。"

"发生了什么事情?"卢克莱斯问道。

酒馆老板痛心疾首,可是又不得不承认,事实上,这部电影的导演的目的只有一个,那就是和斯蒂芬妮娅·戴尔·杜卡睡上一觉。他刚一得手,也就是拍摄进行到第三天的时候,就丧失了对这部电影的兴趣。他抛下整个剧组,带着女明星远走高飞,两个人到肯尼亚旅行去了。至于昂热·伦佐里,传言说他正忙着飞身跃进水中,和一只橡胶制成的鳄鱼搏斗。他都没有注意到摄影师、编剧和录音师已经离他而去。等他最终从水里出来的时候,才发现自己已是孤家寡人,而且沦为穷光蛋——手表、靴子都被人拿走了,只剩下腰上那条豹纹的尼龙缠腰布。

他心灰意懒,宁愿待在热带雨林里,远离欺骗他的人类。他迷恋上了非洲大地的狂野气息。慢慢地,真的仿佛传说中的人猿泰山一样,他习惯了在动物中生活,动物们也接纳了他。他完全摒弃人类的生活举止,赢得了动物们的欢心。

"多么奇妙的演艺生涯啊!在人类世界里饰演猿人失败,却在猴子的世界里成功扮演人猿。"

---

[1] 意大利著名导演。

久而久之,这位喜剧演员的声名远播到森林以外。在乡下,所有人都在谈论这位瘦成皮包骨,灵巧犹如猴子,并且生活在树上的白种男人。一支来自法国的马戏团途经此地,雇用了他。他在马戏团跳搞笑版脱衣舞——脱掉猴子的行头,露出自己人类的身体,这为他赢得了众多的欢声笑语。他边在高空秋千上猛荡,边学着狒狒的样子高声怪叫。掌声雷动,好评如潮,他和马戏团一直表演到坦桑尼亚的首都——达累斯萨拉姆。随后,他跟着马戏团返回法国。在那里,他变成专教高空秋千的老师,可惜他所在的学校不幸破产,他再次失业。索菲·艾吕扬是他的高徒之一,她把他推荐给阿德让米安教授,教授聘用他为古生物发掘现场的勤杂工。

"林间跳跃技巧方面的专家……"卢克莱斯·奈姆赫德自言自语道。

酒馆老板是个话多的人,一旦打开话匣子,就很难停下来;一旦面对专心听讲的听众,就恨不得把自己知道的事情全部抖搂出来,不讲完决不罢休。两名记者对这位基库尤人兴趣甚浓,几位或多或少有些醉意的顾客看到此景很是惊讶。于是,他们便聚集过来,嘴角叼着香烟,手里握着酒杯,围在小桌子周围,听酒馆老板讲述昂热·伦佐里的故事。

"古生物学家认为,演员作为新的成员特别难能可贵,因为他比所有的当地人还要了解这片森林。刚开始的时候,教授和他的妻子,以及男演员定期来到此地。然而一年之后,就只剩下两个男人了,教授的妻子再也没有陪他们来过。到最后,阿德让米安教授似乎真的患上疯癫症,他坚信自己发现了一处庞大无比的宝藏。"

"阿德让米安教授刚刚在巴黎遇害了。"伊西多尔·卡森博格告诉他。

坐在伊西多尔对面的酒馆老板轻抿了一口啤酒,然后,直截了当地说道:"有句基库尤族的谚语说道:'任何宝藏都要付出代价。'"

"宝藏所指的应该不是财宝,指的应该仅仅是'我们来自何方'这个问题的答案。"

酒馆老板及聚集在桌旁的顾客们哄堂大笑。等笑声平静之后,酒馆老板十分自信地向大家宣布:"我,我十分清楚人类来自何方。"

"那么就请您讲讲吧……"

酒馆老板从吧台下面拿出一个黄色的酒瓶,瓶子里面漂浮着一只死蝎子。他给两位记者分别倒上一杯。两人不敢拒绝。但是,蝎子酒散发出一股福尔马林的气味,异常刺鼻,他们甚至不愿让酒杯靠近自己的嘴唇。

主人重新落座之后,卢克莱斯·奈姆赫德拿出笔记本。

酒馆老板认为,专家们完全颠倒了是非。并不是猴子变成了人类,而是人类变成了猴子。他称之为"退化理论"。

在这位基库尤人看来,很久很久以前,地球上到处都是人类。后来,有些人开始琢磨,两条腿走路,拿着大棒相互殴斗,把兽皮穿在身上是种非常愚蠢的行径。在这种情况下,这些人开始向着猴子的方向进化。他们的脸越变越长,并且重新开始用四足行走,走起来稳当多了。他们移居到树上,利用树的高度躲避捕猎者。总而言之,他们成功地重新拾起更加简单,也更加自然的生活状态。

"想想看,学者们研究人类祖先的骸骨,可是从来没有研究过大猩猩或者黑猩猩祖先的骸骨。基库尤人很久之前就知道了。未来,他们将会重新变成猴子。人类的脸型也可以证明。人类,甚至是成年人,和幼猴一样,都有一张扁平的脸,但是灵长类动物在成年的过程中脸型会逐渐前凸。因此,人类正在退化,而不是进化。"

每个人都在议论这套奇特的理论。杀害小鳄鱼的偷猎者拍了拍同伴的肩膀。

"我知道一则关于人类起源的笑话,很有趣。话说亚当觉得天堂的生活无聊透顶。他想要个女人。上帝跟他说将会给他创造一个女人。这女人是个尤物,长得美,温柔,优雅又聪明。为此,上帝要收回亚当的一只眼、一条臂膀、四根右手手指,以及右侧的膝盖。于是,亚当想了想,然后说道:'就剩下半边身子,我还能干吗?'"

一阵哄笑。

"退化,是个好词儿。"卢克莱斯边写边说道,注意力完全没有放在笑话上。

酒馆老板把剩下的劣等烧酒一饮而尽。

"在欧洲时,我看过一场电影,名叫《人猿星球》。我没有完全看懂,但是我很清楚地注意到,在电影里,有一天人类将会变回迷人而又灵活的聪明猴子。"

9 迷人而又灵活

"他"攀上枝头,翻了几个筋斗,腾空的感觉让"他"心情舒畅。

"他"感觉自己的脊柱像藤蔓一样弯曲,然后又舒展开,稳住重心以保持最佳的平衡状态。

孩子们在树底下张望,对"他"佩服得很。

"他"发出几声短促的尖叫,意思是说,等他们长大一些也能做出同样的动作。"他"又倒着翻了两个筋斗,然后装死般直挺挺地摔下去,最后关头抓住一根树枝。孩子们非常开心。

"他"觉得乐在其中。生活不仅有进食、杀戮或者被杀,还有玩乐。

10 "三颗石子"的游戏

基库尤族老板把昂热·伦佐里和索菲·艾吕扬离去的方向指给两位记者。可是当他们打算驾驶吉普车重新上路的时候,却发现汽车的左前轮爆胎了,备用轮胎同样未能幸免。

伊西多尔·卡森博格果断返回酒馆,问酒馆里的人讨要新轮胎,或者至少是块补胎用的胶皮。人们报之以嘲笑。大家都知道,在这种地方,完好无损的轮胎或者补胎用的胶皮极其罕见。即使给钱也没有人愿意出让。

"我非常愿意把我的备用轮胎给你们。"贩卖小鳄鱼爪钥匙夹的不法商贩表示,"不过,我不知道你们是否准备好接受我的报价。"

胖记者走到说话者身边。

"您想要什么?"

第二部分 走向人类的摇篮

他朝卢克莱斯扬了扬下巴。

"这个女人。只要这位年轻的小姐和我温存一个小时,我就把轮胎给你们。新轮胎固然稀有,年轻的姑娘同样如此。我认为这样的交易价格公道。"

听众们开始起哄。基库尤人做着手势,表示他认为这样的交易合情合理。卢克莱斯摆开架势,打算徒步上路,可是肥胖的同伴一把拉住她,然后跟那位不法商贩说:"我建议您倒不如与我对弈一局,谁赢了谁就可以得到想要的东西。"

年轻的女记者停下脚步,怀疑自己是不是听错了。

"扑克?飞镖?还是'你抓着我下巴,我抓着你下巴'的游戏?"偷猎者吃了一惊,冷笑道。

"都不是,我们玩'三颗石子'的游戏。"

对方皱起眉头。"三颗石子"的游戏?在"世界尽头",没有人玩过这种游戏。伊西多尔·卡森博格开始陈述游戏规则。

参加游戏的双方每人拿起三颗石子,把它们藏在自己背后。号令一响,两人向前伸出右拳,手里攥着一颗、两颗、三颗石子,或者一颗都没有。双方轮流猜测两个拳头里握的石子总数,范围在0到6之间。最后,游戏者张开拳头,查验谁猜对了这个数字。如果双方都没有猜对,游戏重新开始。如若其中一方猜对了,他就要扔掉一颗石子。

三次猜对数字、丢掉全部三颗石子的人就是胜利者。

偷猎者眼睛盯着重新坐下来的卢克莱斯。

"一言为定。要是您赢了,我就把轮胎给你们;要是我赢了,这位姑娘就归我了!"

"你休想!"卢克莱斯断然说道。

有几个家伙笑得很下流。不过,伊西多尔欣然应允。

"公平合理。"

"您疯了吗!"卢克莱斯声嘶力竭地喊道,"这家伙完全不是我中意的类型!"

对方探过身子,抚摸着她的秀发。

"别再叫我'这家伙',既然我们要更深入地了解彼此,那么就从我的名字开始吧,我叫乔治。"

"没有轮胎我们就得走上好几公里路。"伊西多尔·卡森博格在女旅伴耳边轻声说道。

"想都不要想!"卢克莱斯仍在气头上,"您不能把我……"

"请相信我。'倾听,理解,然后保持沉默。'"

卢克莱斯打量着偷猎者,一想到对方要亵渎她的纯真,她的目光就变得恶狠狠的,紧咬住嘴唇。她又看向窗外的热带雨林,心想,徒步走上几公里的确不怎么理智。最终,她面无表情地表示同意。

"她同意了!"伊西多尔宣布。

听到这个消息,人群里响起阵阵叫好声。所有的顾客都聚集过来,围成一个圆圈,把两位参赛者圈在中间。已经开始有人打赌下注。人们像模像样地在"世界尽头"酒馆门口捡了三块白色的石子和三块黑色的石子,交到参赛者手上。两人把各自的手背到身后,酒馆老板一声令下,他们各自伸出右拳。

两位斗士瞪着彼此的脸。男记者尝试估测对方手心里的石子数目,然后将之与自己手掌里的石子数目相加。

"嗯……4。"伊西多尔宣布结果。

"我可以也说4吗?"乔治询问道。

"那可不行,这就像停车位,第一个人估测某个数字等于占住这个车位。另一个人就必须再选一个数字。"

"好吧,那么……3。"偷猎者做出让步。

他们共同摊开手掌。乔治看得清清楚楚。他的手掌上放着一颗石子,而伊西多尔的右拳不多不少正好握着两颗白色石子。乔治趾高气扬地把一颗黑色的石子扔到桌子上。游戏继续下一盘。

伊西多尔告诉他的对手:"赢的人要先猜,因为先猜的稍微处于下风,他会暴露一点自己的底牌。"

他们目不转睛地盯着彼此好长一段时间,每个人都试图透过对方瞳孔的阻隔,从对面的人的脑子里读到那个数字。

"5!"鳄鱼幼崽杀手嚷嚷道。

"4。"胖记者驳斥道。

拳头摊开:伊西多尔手里有三颗,偷猎者手里有两颗。一共正好是五颗。整个大厅都为偷猎者的胜利欢呼雀跃。酒馆老板喜上眉梢,他心里琢磨着,是不是应该在店里着手组织几届"三颗石子"游戏的锦标赛,以此招揽客源。

"现在可是赛点咯。"偷猎者宣布。他边把第二颗石子扔到地上,边故作伤感地看着卢克莱斯:"要是我赢了的话,这个小妞儿今天可有的玩了。"

年轻的姑娘心里略微有些忐忑,凑到同伴的身旁。

"我觉得是时候使用您的'绝招'了。"她同他耳语道。

"可是……没有什么'绝招'啊。这个游戏不能作弊。"

"什么!"

她简直不敢相信。伊西多尔完全没有理会卢克莱斯吃人的眼神。

"这正是'三颗石子'游戏的乐趣所在。玩这个游戏,要找感觉,会计算,心灵感应、直觉、观察都是必不可少的。任何人都不可能是常胜将军。这个游戏甚至与智力无关。"

"那您为什么选择这个游戏?别再开玩笑了。快告诉我,您获胜的秘诀是什么?"

"或许是自信吧。"伊西多尔叹了口气,重新把精力集中到游戏上。

偷猎者眼睛闪着光。为了全身心地投入这一局游戏,伊西

第二部分 走向人类的摇篮

多尔试着忘记之前两次的失败经历。两位参赛者脑子里想着同一件事情:"他认为我认为他认为我认为他会这样玩,所以我就这样做。"

第三次,游戏双方伸出拳头。

"2。"乔治得意扬扬地宣布。

"1。"伊西多尔回应道。

两个人摊开手掌。偷猎者的手上握着一颗石子,而伊西多尔的手上空空如也。人群立刻喧闹起来。

男记者把一颗白色石子摆到卢克莱斯面前。整场游戏总共只剩下三颗石子。乔治手上有一颗,另外两颗在伊西多尔手上。偷猎者明白,手里攥着最多石子的人同时也在各种可能的组合中拥有最多的选择权。输家瞬间变身为目前最占优势的玩家。不过,他知道只要再胜一局就能赢得比赛的胜利,而对手距离这个目标还差两局。他狠狠地闭上眼睛:"他认为我认为他认为我认为他认为……"

两只拳头伸出来。每个人的脑子都在全速运转。

"0。"伊西多尔说道。

乔治出人意料地露出鬼脸。对手说一颗也没有,等于暴露了他的底牌,他在铤而走险!

"1。"他寄希望于对手在虚张声势。

两个人同时摊开拳头。空无一物……

卢克莱斯稍微松了口气。现在,每位玩家手里都只有一颗石子。他们相互打量着。伊西多尔还是一副满不在乎的表情。相反,偷猎者却完全沉浸在各种深奥的算法中,想得头都快炸了:"他认为我认为他认为我认为他认为我认为他认为我认为他会……"他的目光扎进伊西多尔的眼睛里,希望用眼神撬开对方的心锁。

偷猎者额头上渗出层层汗水。他抻起衣领草草地擦了一把,眼睛又亮了几分。两位玩家都在回忆对手在之前几局游戏中的表现,然后尝试据此推断对方在决胜局中的做法。

围观的人群中只听见呼吸声。卢克莱斯咬住嘴唇。一只黑色的小昆虫爬上伊西多尔的后背,可是他对此无动于衷。蚊子在乔治耳边嗡嗡直叫,它马上为自己的搅局行为付出了生命的代价。某人朝着地上吐了一口痰。酒馆老板提出,伊西多尔赢了刚才那一局,所以这一局还应该由他先猜。

伊西多尔依然从容不迫。别把刚刚放在手心里的石子数量搞错才是最打紧的事情。

基库尤人发出信号,两位玩家同时挥出拳头。

时间凝固,完全的沉默。所有人都一动不动,好像被定格在照片上似的。时间一秒一秒地过去。接着,一个数字仿佛从天而降。

"0。"伊西多尔再一次语调夸张地说道。

观众们开始交头接耳。伊西多尔再次铤而走险,因为他泄露了自己手里的底牌——一颗石子都没有。

偷猎者的脸唰地变得毫无血色。

"我……我……我去帮你们拿轮胎。"他没有报出数字,反而丢出这样一句话。他甚至没有费力气去尝试数字"1"便摊开空无一物的右手,紧紧地握住对方的拳头。

卢克莱斯扑上去,热情地搂住属于自己的英雄。

"啊,好险,可把我吓坏了!不过,连续两次猜一颗也没有还是太冒险了吧!"

几位顾客在伊西多尔的后背上重重地拍了几巴掌,以示热烈祝贺。另一些人已经准备好石子,打算相互较量一番。

"三个人甚至四个人也能玩这个游戏。"伊西多尔对着人群说道,"每个人拿三颗石子,规则不变。不过,当三个人玩的时候,答案的范围就变成 0 到 9 了。"

"现在,您就坦白吧,您是怎么赢得胜利的?"卢克莱斯如释重负,问道。

她的伙伴解释说,当他注意到自己处于下风的时候,便彻底改变了游戏策略。最开始的时候,他深思熟虑,而与他对弈的对手则思考得很少。为了成功夺回优势,他干脆彻底不再思考。最后一局,伊西多尔完全是在赌博。

伊西多尔认为卢克莱斯绝对不会有真正的危险。因为,随着乔治逐渐认识到这个游戏的简单性,同时也是其精妙之所在,他便会开始绞尽脑汁。然而,随着他对游戏的体系越来越精熟,他的行为必然越来越可以被预见。

卢克莱斯对这种做法的可靠性仍持怀疑态度,不过她又不得不承认,它很管用。

身边下注赌乔治赢的人正在把钱递给下注在伊西多尔身上的人。

愿赌服输,偷猎者把轮胎拿了过来。

"我早就知道您的手里什么都没有。您能赢只不过是因为您有优先报数权。"乔治仍然没有从打击中缓过劲儿来。

"如果您早就知道我会说'0',那么您为什么不事先在手里放上一颗石子呢?如果那样的话,您就是赢家。"伊西多尔驳斥道。

偷猎者不停地思考伊西多尔的最后一句话。的确,为什么他没在手里放上一颗石子呢?他的同伙推了他一把,提醒他应该重新上路去猎捕鳄鱼了。可是,莫名其妙地,他突然对猎捕鳄鱼兴趣大减。现在让他糊涂的是,为什么他没有在手里放上一颗石子。因为如果他那样做的话,当对方说"0"的时候,他就可以反驳说"1",这样,他就能抱得美人归了。

在"世界尽头"酒馆里,这一局"三颗石子"的游戏正在升华为一部史书。就这样,突然间,他们刚刚书写了一小部分的坦

第二部分 走向人类的摇篮

桑尼亚历史,或者至少也是该地区的历史。很多年以后,所有人都会颂扬他,添油加醋地讲述其中的悬念,并描述这位身材魁梧的胖记者,赞扬他拒绝一位符合世人所有幻想的绝世大美人陪伴左右。妙趣横生的细节就在每一次的口耳相传中变得面目全非。有的人甚至声称在最后一局中,一只白色的蜥蜴攀上这位记者的肩膀,悄悄地把答案告诉他。另一些人坚信两位玩家的灵魂出窍,在桌子上方显灵,展开一场自由式摔跤大赛。

不管怎么说,"三颗石子"的游戏在随后的日子里风靡一时。许多人宣称,这种游戏乍看上去特别简单,其实比国际象棋还要复杂,因为它引入大量心理学层面的因素;它比扑克游戏更加唬人,因为不需要用钱下赌注,完全凭借眼神和智力的较量;它甚至显得比日本围棋还要精妙,因为游戏双方思维上的对抗并非逐步深入,而是原始且直白的。

至于卢克莱斯和伊西多尔,早就被抛到脑后了。

11　教育下一代

"他"从树上下来,走到孩子们中间,鼓励孩子们认真观察"他"接下来要做的动作。

孩子们搞不懂为什么一个强势雄性成员愿意同自己玩。平时,大人们对他们都是爱搭不理的。孩子们习惯了对这些人保持警惕。因为在缺粮断顿的时期,强势雄性成员有时候会把他们当成食物。他们观察的不是"他"的动作,而是"他"本身。况且,他们也不明白"他"在干什么。

"他"拿起一片肥大的树叶,右手蜷成圆柱竖井的形状,把树叶盖在虎口处,然后左手猛地拍在树叶上。这样的动作制造出一声巨响!孩子们一下子就被迷住了,兴奋的欢呼声响成一片。孩子们用手掌拍打着自己的脑袋,每个人都开始寻找附近特别扁平的树叶,因为这样的树叶可以发出清脆悦耳的响声。

然后，孩子们便开始模仿这个新游戏。

首领对这些噪音不胜其烦。他想要小家伙们保持安静，可问题是他们人数众多。他需要一个替罪羊。他如愿找到了合适的对象——部落的前首领。他虽然已经是风烛残年，但仍然成功地幸存到今天。跟下一代讲道理是行不通的，算了，他决定把怒火发泄到前首领身上。

前首领是部落的宝贵财富，因为他能够分辨出哪些草可供食用，哪些草则无法食用。可惜，现任首领需要一个人来泄愤。

首领的全部情绪都是拜闪电、岩穴怪物、狮群及大战狒狒所赐，他必须把这些情绪疏导出去。他提出要和老首领单挑。老首领宁愿伸出手掌，表示屈服，也不愿意和他大战一场。孩子们被暴力所吸引，毕竟，这是大人们最高等级的竞赛。他们扔下手里噼啪作响的树叶，飞奔过来欣赏战斗表演。

首领神气活现地从忠诚的臣民面前走过。老首领仍然伸着手，可是首领把他咬得鲜血直冒。接着，他把老人推倒，毫不犹豫地挥起紧握的拳头，雨点般地砸在对方的脸上，直到把老人的头打爆为止。

"他"被这场无端的现场暴力表演惊呆了。可是，"他"发觉这种行为并非毫无效用。无端的罪行多少让族人们忘却了先前的苦恼。一种恐惧驱散了另一种恐惧。不公正冲淡了命运的打击。首领此刻正在创造"替罪羊"的概念，将暴力转移到无辜者身上,让整个部落再次团结起来。

首领用暴行重申了自己在部落里的中心地位。他是最强大的,他有权力大发雷霆,他有权力制造不公平,所有人都必须对他报以畏惧之心。比起害怕在睡着时被豹子捕杀,对自己首领的畏惧要更容易接受。

首领毫不犹豫地结果了前首领的性命。他剖开老家伙的胸腔,从里面掏出他的肝脏,贪婪地大嚼特嚼。他打算杀一儆百。

老首领们的生命都是这样结束的。在那一刻,部落所有的成员都在想:"有一天,他自己也会这样惨死,被继任者吃掉。"这样的念头解除了族人们的担忧。一物降一物,自然规律而已。

很奇怪,"他"意识到,看着眼前的表演时自己似乎还很高兴。"他"问自己是为什么,"他"找到了答案。因为,此情此景更让"他"坚信自己的想法:千万不要心存当首领的念头。

12 在马萨伊人家

下午时分,两位记者抵达马萨伊人的村落。

村子里尽是土坯房,电视天线露在屋外;在某些最富裕的人家的房顶上还插着电话天线。村外很远的地方圈起一座围场,里面关着几头母牛。母牛们对人间疾苦毫不关心。居民们四处闲逛,与世无争。

马萨伊人长相俊美,骄傲的身体挺得笔直。男人们身穿方格图案的红色长袍,同苏格兰人的长裙有几分神似;女人们佩戴饰以复杂镂空花纹的白银首饰。伊西多尔·卡森博格和卢克莱斯·奈姆赫德看见,土坯房里的村民蹲在夯得结结实实的泥土地上,正在收看美国电视连续剧《达拉斯》的大结局。他们似乎对苏·艾伦的酒后风流韵事颇感兴趣。

自称"村长兼当地旅游局局长兼巫师"的人接待了他们两

人。他解释说,他之所以能说一口标准的法语,是因为曾经为一位巴黎顶级时装设计大师做过首席模特。现在,他又重新穿起本民族的服装。他脖子上戴着一串啤酒瓶盖串成的项链,项链上挂着水龙头当作坠饰。

前模特宣称,今天是个特殊的日子,因为村子要为一个年轻的战士举行割礼。男孩子要想成为男人,就要离开村子去捕猎古曼巴鸟,然后用它们的羽毛编织一顶帽子。仪式将在他打猎回来之后开始,如果两位记者有兴趣参加的话,他们热烈欢迎。

就在说话的当口,那个年轻人突然返回村子。虽然他收集到的古曼巴鸟羽毛不够编织一顶完整的帽子,不过邻村的快餐店提供给他大量鸡毛,足够他完成任务了。他回来得正巧,《达拉斯》刚刚演完最后一幕。马萨伊人从各自的房子里涌出来,聚集到大广场的中央地带,开始进行庆祝仪式。

男人们和女人们都精心做了装扮,卢克莱斯·奈姆赫德和伊西多尔·卡森博格大开眼界。所有人都把皮肤上的划痕涂抹得五颜六色。女人们走到年轻人中间,开始唱起多声部的歌曲。

舞蹈开始了。

身材原本就已经很高大的男人们并拢双脚,越跳越高。他们想要触碰蓝天,轻戳神明的脚底。

巫师村长邀请伊西多尔和卢克莱斯坐在祭司们中间,与他们一起进餐。男人们开始传递一只装满粉红色奶油状液体的羊皮袋。羊皮袋里的气味可不太好闻。

"在我们这里,我们不屠杀动物,也不吃它们的肉。我们只喝它们的奶和血。"村长说。

羊皮袋传到伊西多尔手上,他喝了一口,脸上露出苦涩的表情,咬着牙咽了下去。他刚想把饮料递给卢克莱斯,一名战士拦住他:这种饮料专供给男人,女人们只喝纯奶。

两名记者很好奇马萨伊人是如何在不杀死动物的前提下获取它们的鲜血的。一名战士拿起一支箭,刺进一头母牛的皮肤里,直至刺破它的右侧颈动脉,鲜血喷涌而出,流进羊皮袋里。当感觉羊皮袋差不多装满的时候,他抓起一把黏土敷在母牛的伤口上。仍然带着母牛体温的饮料再次在男人中间传递开来。

马萨伊人认为狩猎和屠杀野兽的技巧是拜恶魔所赐。他们属于游牧民族。在法国的时候,前首席模特看到人们吃小牛肉,觉得非常不可思议,杀死幼崽的做法简直令人发指。当然,在缺吃少喝的日子里,村民们有时候也不得不杀死一些野兽,但是他们通常会选择那些生病的或者年老的动物,他们决不会杀害动物幼崽。每条生命都有完成自身使命的权利,至少有权利长大成年。

远处传来非洲牛羚迁徙的轰隆声。村长伸长了脖子。数量惊人的牛羚被迫不停地迁徙以寻找草场。

"它们会去哪儿?"卢克莱斯·奈姆赫德问道。

"去北方。和人类一样,它们前去寻找未知……"

"多美丽的画面啊,可问题是,现在人类遍布全球。"伊西多尔·卡森博格指出。

"是的,他们侵占每个角落,到处开采,到处毁灭。我们村子里,有的人产生了些奇怪的想法。他们不想再生孩子了,因为他们觉得人类已经走完了自身的旅程,现在应该消失,让位给其他动物。可是我们不能这样做。所以我们通过宗教仪式和舞蹈向上天请愿,乞求得到允许,停止繁衍。"

"你们希望停止自身的繁衍?"卢克莱斯简直不敢相信自己的耳朵。

村长微微一笑。

"是的。我们已经心满意足。我们出色地完成了任务,现在是时候离开了。所有的人,不仅仅是马萨伊人,而是整个人类。"

他高声诵唱:

仿佛宇宙:膨胀过后,难逃坍缩。

仿佛呼吸:吸气过后,终须呼出。

仿佛登山:登顶过后,必要下坡。

广场中央,割礼仪式进行到第二个环节,祭司们重新穿上火红色的服饰。

村长没有为此耽搁太长时间,继续把自己冥想的成果告诉他们。

"我从白人身上学到许多知识。譬如地球是圆的;譬如地球绕着太阳运动,而不是相反的情况。当我还是小孩子的时候,当我看到你们最早的飞机,我相信自己看到的是外星飞船。刚开始,我以为从飞船里走出来的外星人——你们,同我们长得不一样。可是后来我才发现,即使我们的肤色不同,身材不同,鼻子和嘴唇的形状也不同,但是,你们同我们一样,也是人类。"

"我们都是人类。我们都是一样的。"

马萨伊人伸出手指放在嘴巴前。

"不,我认为我们完全不一样。世界上再也没有比宣称人人平等更恶劣的谎言了。让我们彼此不同的,正是我们的文化。有些地方,大人教给孩子的是幽默,而另一些地方,孩子们学习到的则是憎恨宿敌;有些地方,大人教孩子宽容,而另一些地方,孩子们学习到的则是要将陌生人同化;有些地方,大人教孩子蔑视暴力,而另一些地方,孩子们学习到的则是要不择手段地强加自己的观点。例如说在这里,我们和坦桑尼亚政府积怨很深。政府特别希望废除我们延续百年的宗教,让我们皈依执政者的宗教。然而,我们并没有尝试让他们皈依我们的宗教。为什么他们不能与我们和睦共处？"

"您或许把政治游戏看得太简单了。"伊西多尔插嘴道。

"不是的，"村长提出抗议，"而是你们，西方人，总是把所有事情复杂化。你们教坏了自己的孩子。他们一出生就在谎言中成长。他们还是婴儿的时候，你们给他们假奶嘴，让他们误把这块塑料当成母亲的乳房。婴儿们以为喝的是母乳，其实你们早就替换成了人工合成的奶粉。"

"这只是些无伤大雅的谎言。"卢克莱斯说道。

"啊，是吗？"马萨伊人激动地叫嚷起来，"你们的婚姻又如何呢？你们结为夫妻，你们相互允诺'不论富裕还是贫穷，直到死亡将我们分离'。我们如何能够在将近六十年的时间内容忍同一个人呢？随着时间的推移，生命的漫长磨平婚姻的激情。在我们这里，当男人和女人结合的时候，主婚人会说：'你们结合，不论富贵还是贫穷，直到你们不再相爱为止。'这样才更合理。"

他们交谈的过程中，五只鬣狗漫不经心地溜进村子里，没有人试图驱赶它们。卢克莱斯可以从容不迫地观察它们，一个令人困惑的细节使她大为震惊：雌性鬣狗的阴蒂异常发达，甚至大到别人会误以为那是阴茎。然而，乳房明白无误地表明了它们的性别。女记者明白了为什么在西方人的眼里，鬣狗通常会被看作恐怖的不祥之物。她回过神，想到最为关心的问题，拿出笔记本。

"您如何看待万物起源？"她问道。

"对我来说，那是因为梦想。"非洲人回答道。

她写下："梦想人类起源理论。"

"石头梦见自己是植物。植物梦见自己是动物。动物梦见自己是人类。人类梦见自己是无拘无束的灵魂。"

卢克莱斯不禁联想起伊西多尔的基于数字形态的进化理论。

"我认识一个白人，他老是在人类的起源问题上纠缠不清。"村长特别强调说。

"阿德让米安教授？"胖记者提示道。

"是的，阿德让米安教授。"马萨伊人承认，带着一丝惊讶的神情，"他经常到这儿来。"

"他以后不会再来了。他死了。他被人谋杀了。"年轻的姑娘不假思索地说。

"什么！如果是这样的话，我或许知道谁是凶手。"

"谁？"

"索菲·艾吕扬，教授的前妻。这对夫妇老是争吵不休。他们一点儿也不害臊，在所有人跟前表现出分歧。他们在这一问题上相互嚷嚷。甚至有一天，就在这里，我听见索菲·艾吕扬发誓：'我宁愿把你宰了也不愿意你的理论传播出去。这不仅仅是为了维护我个人的利益，而是为了全人类的福祉。'阿德让米安教授报以轻蔑的大笑。他宣称,真相远比他的生命重要得多;人可以被杀死,真相却无法被掩盖。"

在达姆达姆手鼓的伴奏节拍声中,村民们继续围着火堆翩翩起舞。三个人看得出了神。

"索菲回到这里来了。和另一个男人一起。昂热·伦佐里。"卢克莱斯告诉村长。

这条新闻并没有触动马萨伊人。他耸了耸肩膀。

"这个女人带着她的助手,为摧毁自己丈夫的最后工作痕迹而来。"

广场上,仪式临近尾声,还剩下女人们的最后一曲合唱,以及男人们的最后一支舞蹈,然后曲终人散,各自回家。受完割礼的男孩被家人高高兴兴地照顾起来。村长把两位客人领进两间土坯房,留他们在此过夜。

尼龙睡袋下面垫着树枝、野草和树叶,卢克莱斯用手按了按,觉得很舒服。透过窗户,她看见远处有几只猴子,正挂在树上,观察着准备进入梦乡的人类。

鸟虫啁叫,树摇叶动,不计其数的嘈杂声四下响起,淹没了整座热带雨林。整个大自然为繁茂、多样的生命所包围,吐纳着呼吸。

年轻的姑娘心想,远古的祖先们曾经在这片雨林里繁衍生息,他们的生活是否比今天的后代还要惬意?

13 首领

一记老拳直飞到一个雄性成员的脸上。平白无故地谋杀掉老首领以后,首领依旧怒火中烧。他殴打族中雄性成员,警告一切可能的造反者。甚至在他的攻击范围内,女性也没能逃脱被暴打的悲惨命运。他冲着小家伙们龇牙咧嘴。最后,他抄起一根木棍,铆足全身力气砸在地上。

族人们全都蜷缩在角落里。有些族人一动不动地俯首称臣,明确表示毫无质疑其首领地位的想法;女人们四肢着地,撅起臀部,摆出一副等待他泄欲的姿势。

可是,首领对此无动于衷。他的神经亢奋到极点,无来由地发出一串歇斯底里的吼叫,意思是:"我不需要你们。我想把你们全部暴打一顿。如果你们对此不满,只管滚蛋就好。"

有的族人心里开始犯嘀咕,不过,他们太依赖部落了。离开部落,只身一人,还能做什么?他们是高度发达的动物,因为他们过的是群居生活。没有他人的帮助,族人们知道自己只能是野兽的活靶子。首领的每次即兴发作都在提醒族人们这一点。如果还有什么东西能令族人们心存畏惧,那就只能是首领。

首领在一番折腾之后累了,接着,他平静下来。他又在老首领的尸体上打了几下。最后,他终于宣布重新上路。

族人们卖力地迈着步。每个人都诚心地向首领表示——我充分吸取了教训。他们永远不会再质疑首领。

14 东非大裂谷

两位记者用井水飞快地洗了把脸。伊西多尔·卡森博格偷偷摸摸地喝了几口女人才喝的纯奶。看样子他还是无法把掺进鲜血的发酵奶当作美味的早餐。

他们早早地起了床。话别马萨伊人并且感谢过他们的盛情款待之后,两个人再次启程。他们抵达东非大裂谷的时候,太阳还没有升起来。仅仅凭借深紫色的天空上闪烁的点点星光,两人看见一道硬生生裂开的地缝。地缝百十米宽,六十几米深。

峡谷中间流淌着一条河。

两个人探下身子仔细观察。灰白色的银带泛着荧光。深紫色的天空和银光闪闪的河流相映成趣,宛若仙境跌落人间。黑漆漆的树木枝杈横亘,仿佛一出没有尽头的皮影戏,树叶在星光的抚摸下熠熠生辉。

"奥杜威可真美。看样子这条河形成的时间不长,以前只不过是谷底的涓涓细流,最近的大雨抬高了它的水位。"

一个不属于卢克莱斯也不属于伊西多尔的声音打破了这里的宁静。一位身材高大的黑人出现在他们两个人身后,他神色轻松,穿着西式的衬衫和淡灰褐色的粗布长裤,手里拿着土地测量员专用的瞄准器。早上的天气依然寒冷,所以他说话的时候嘴里还阵阵哈着气。

男人做了自我介绍,他自称梅尔基奥尔·姆巴。

"请仔细看,太阳升起来的时候,这里的景色很是壮观。"

他从车子的后备厢里拿出三把折叠椅,以便更好地欣赏美景,然后递给伊西多尔和卢克莱斯每人一个宽口杯,接着他又拿出一只保温壶,往杯子里倒上饮料,顿时,浓郁的香气扑面而来。

"香柠檬茶,"他解释道,"享受晨曦的魅力,少了它可不行。"

梅尔基奥尔似乎拥有预知未来一切的能力,他甚至预见两位游客的来访。他又递给两个人两床被子,三个人把自己裹得像木乃伊似的,蜷缩在被子里瑟瑟发抖,心怀虔诚地耐心等待。他们知道,重要的一刻即将降临。

事实上,很快太阳就缓缓地从奥杜威峡谷升起来,雄伟壮丽的画卷一点点展现在他们眼前。在冉冉升起的旭日的照耀下，万物复苏，阳光洒向大地，宛如朵朵盛开的鲜花，自然之声又一次在人间奏响。

峡谷里，动物们仿佛重获新生。大象、河马、斑马、鸵鸟，以及几头从人类制造催情药剂的毒手中幸存下来的稀有的犀牛；还有非洲牛羚、四趾猎狗、鬣狗、非洲豹、猎豹、狮子、水牛，热闹非凡。几头羚羊在山谷里蹦蹦跳跳，好像踩在弹簧上一样。

"这是片神圣的地方。"卢克莱斯突然想到，"甚至，或许是这个世界上最神圣的地方。"

"人类在这里诞生。"梅尔基奥尔掷地有声，好像在回答年轻姑娘的问题似的，尽管她并没有发问。

第一个人类，不管他是谁，不管他有什么样的秘密，似乎就是在这里诞生的。伊西多尔的脑海里闪过一个念头。这里绝对是个值得举行庆祝活动的场所——重返伊甸园。他幻想组织全世界各个国家的人回到这里，回到人类起源的熔炉，朝圣拜谒。他想象每块大陆、每个民族、每个宗教、每种肤色、每种文化的代表，轮流回到这里，宣布自己的子民，或者他自己，带着从这里、从奥杜威峡谷走出去的人类的遗赠，做过什么样的事情。是的，最唯美、最简单、最自然质朴的朝圣，重返人类生养之源，汇报自己的所作所为。他感觉自己本身就是这一如此漫长、如此复杂的旅程想要追寻的结果。他重新贪婪地欣赏起峡谷无尽的美景。这里不需要纪念碑，不需要金字塔，不需要教堂,不需要圣石,不需要千年古树,整个峡谷就是"大教堂"。他闭上眼睛,感官尽情释放,感受此时此地发生在他身上的一切。

另外两个人同样深陷于各种冥想中。在奥杜威峡谷,每个人都不由自主地在300万年的人类历史中为各自几十年的生命寻求定位。

"您自己有没有关于人类起源的理论?"

"我是地质学家,同时我也坚信万物有灵。所以,我会回答您,我是泛灵论地质学家。"梅尔基奥尔回答道,"我认为人类并非来自天空,而是来自大地母亲。这道岩间裂谷就是她巨大的外阴。人类来自她寸草不生的中心地带,猴子来自树木繁茂的边缘地带。其他的动物出现在更遥远的地方,每个物种都适应了自己出生地的环境。"

"大地之母理论。"卢克莱斯在笔记本上记录道。

他们继续欣赏奥杜威峡谷的壮阔景色。整个峡谷慢慢地展现在阳光中。

"这里的确孕育了某种母性的东西。"伊西多尔·卡森博格承认。

他们望着地球母亲的私处。

盖亚,大地的母亲,生养的母亲。

卢克莱斯把折叠椅挪到悬崖边上。她闭上眼睛,用力呼吸,吸入花朵的幽香,吸入漫山遍野的葱绿芬芳。

她呼出愉悦,呼出满心的舒畅。

"探寻人类起源至少让我们有机会重返大地母亲的生命之源。在这里,我的感觉好极了!久久追寻而不得的远古之母终于出现,我终于得偿所愿。我的地球。"

母亲开口说话了。

最初的声音浑厚低沉,泥土开始抖动,接着,整个大地不停震颤。卢克莱斯还没来得及做出自我保护的动作,身体便向前栽倒,跌进了峡谷中。

15 地震

突然,大地开始颤抖。族人们立刻停下脚步,待在原地。他们对此束手无策。对阵猎食者,族人们可以奋起反抗;对抗大火,族人们可以逃之夭夭;可是面对开始发怒的大地,只能期盼活下去。

树木歪斜倾倒。只有翱翔高空的飞鸟,能够在目睹地球表面的生物遭遇不幸的时候保持一份冷静。

"他"本应该料到可能发生地震。地震的征兆已经出现一段时间了。动物四处逃窜避难,飞鸟待在天空的时间比平时更久。从前,族人们对此了如指掌,可是他们渴求在进化上超越其他生物,一点点丧失了全部的自然感知力。

颤动更加剧烈。

越来越剧烈。

大地上有声音响起。地面错位，大地沸腾。沙土跳腾，草木震动。

突然，伴着轰鸣声，大地微微裂开一道口子。它裂开嘴巴，突然咬住部落里的两名成员。似乎这顿美餐很合胃口，大地终于停歇下来。晃动也停了下来。突然大地又震动了一次，好像享用肉食后打了个饱嗝。随后，地震彻底结束。

飞鸟落地歇脚。

周围狼藉遍野，许多大树被连根拔起，一片片土地被翻个底儿朝天。不过，他们清楚，这只是次小型地震而已。

首领没有为这场挫折浪费时间，他下达出发的口令，好像这样的场景早就令他习以为常了。面对灾难的时候，他保持着惊人的镇定。他诠释了什么叫作无所畏惧的勇士。他不想让族人们忘记，他才是最沉重的压力之源。为此，他踹了身边的小角色们几脚。

内心的恐惧驱散外来的恐惧。最终，在惶恐面前，部落的体系经受住了考验，而且表现得还不错。

大地想要展现自己的力量？这是事实。各人有各人的法子。

现在，族人们可以重新上路了。

16 跌落

震颤终于停止。伊西多尔·卡森博格小心翼翼地站在深崖边缘,探出身子,企图观察同伴跌落的位置。他在悬崖下面发现了卢克莱斯。她紧紧地抓住一截儿突出悬崖的粗壮树根。伊西多尔把手伸向她,想把她拉上来,可是他的一身肥肉让他失去平衡,他也掉了下去。千钧一发之际,他伸出一只手抓住了年轻姑娘的脚踝。

伊西多尔体重可不轻,卢克莱斯全身承受着巨大的负重。在两个人重量的拉扯下,树根开始严重弯曲。卢克莱斯苦起脸。

"我坚持不了太久。"她用尽力气握住树根。

伊西多尔空闲出来的一只手抓住从刺槐树丛中垂下来的一条藤蔓。在嘴巴的帮助下,他急忙把这条犹如天意的绳子打了一个结,把它做成一个套索,扔给卢克莱斯,让后者把圆环套上头顶上方的树干,因为树干看起来更结实一些。卢克莱斯固定好套索,可令她困惑的是,这条套索很光滑,而且凉飕飕的。她定睛一瞧,原来手里拿着的根本不是藤蔓,而是一条年幼的蟒蛇。

她全身不禁猛打寒战。蟒蛇的头部被打了活套,它对此很是恼火,于是它立刻用自己的尾巴缠绕住了年轻姑娘的脖子。

卢克莱斯迅速抓住蟒蛇,挣脱脖子上的"项链",把它甩到树干上。如果一条蛇把人类带离天堂,另一条则会协助他们逃离地狱。

17 峡谷

族人们到达一条峡谷前,他们沿着峭壁顺势而下。

谷底有条河。族人们不习水性,因此无法渡河。可是,所有人都意识到,河对岸更好一些。河对岸总是更好一些。

他们甚至觉得已经闻见河对岸猎物的气息。猎物们欢蹦乱跳的,正在等着他们。如何才能渡过这条河?

"他"发现漩涡中有条依稀可辨的通路。"他"把这条通路指给其他人看。族人们开始从这里涉水过河。突然,一条鳄鱼跃出水面,一口叼住两位在队伍侧翼负责警戒的强势雄性成员。他们中计了。鳄鱼们埋伏在通路附近,毫不费力地捕食冒险涉水渡河者。

族人们连忙半路返回,抛下两三个同族,留给这些大蜥蜴做食物。

如何才能渡过这条河?已经有几个人提议就此放弃,原路返回。

18　悬空

两个人努力想要攀爬上去,可惜最终只扯断了蟒蛇的脊柱。他们的计策为他们赢得足够的时间,地质学家梅尔基奥尔赶来施救。他用一根真正的结实的绳子把他们拉回地面。

"不要在悬崖边上探头。"黑人就事论事。

接着,他端来稻米茶为两个人压惊。

"刚才的震动究竟是什么?"红发女郎整了整衣服,问道。

他们的救命恩人观察了一会儿悬崖上的破坏情况。

"你们运气不错。你们刚刚从一场小型事故中死里逃生,它可能会揭开人类诞生的序幕。东非大裂谷。从前,对你们来说,它更多只是一个简单的概念。现在,你们有了切身体会。"

突然,伊西多尔瞥了一眼大峡谷。

"我们下到谷底怎么样?"

地质学家自告奋勇给他们做向导,他知道一条坡度较缓的路。牛羚和大象夏季进山觅食的时候都走那条道。

19　腿下留情

部落逆流而上,试图寻找没有鳄鱼埋伏的通路。可是,这条河流全部都被这种大蜥蜴霸占。族人们最终觅得一处河湾,此处没有暗绿色的眼睛露出水面。

鳄鱼为何弃守此地?族人们没有过多地纠结便开始渡河。

等他们明白过来的时候,所有人都已经下到河里。他们脚下的路正是象群常走的路。

恰巧一群大象也决定渡河,打算去对岸看看水草是否更加鲜美。它们步履轻松,四肢好像锤子般踏在地上。

一头大象奔跑起来就已经算得上气势惊人,如果上百头大象齐奔的话,那简直叫人望而生畏。尤其当族人们毫无遮拦地被困在河中央,河水漫过膝盖的时候。

惶恐袭来,部落分成两个阵营。一部分人认为活路就在前方,而另一些人则认为掉头返回才能活命。更有些天真的家伙认为沿着通路边游过去才是明智之举。那些天真汉下水的瞬间就被鳄鱼撕碎了。这些大家伙很快就收到消息,附近有一大群"活蛋白"。

转变的过程往往都是困难重重而缺乏稳定的阶段。族人们留下苦涩的经历。大象们丝毫没有把眼前蹚着水艰难前行的小生命放在眼里,奔跑中将其踩成肉饼。唯一幸存下来的是那些埋着头,一直冲到对岸的族人。一旦上了岸,他们就可以分散开,给大象让出通道。

死里逃生的族人吓坏了,他们躲进地洞里。人员折损过半,不过仍然足以组成一个小型部落。所幸孕妇们并没有因此流产,否则按照这个伤亡速度,他们早就灭绝了。

大象群也出现伤亡情况。几只离开母亲的幼象遭到鳄鱼的攻击,鳄鱼咬住小象的长鼻子,小象失去平衡跌进水里。小象的长辈以全身的重量踩踏进攻者,进攻者以小象的性命报仇。泥浆四溅,满口獠牙对阵卷曲的长鼻子外加重量级的大脚。爬行类动物和大象的眼睛里都燃起熊熊怒火。大象们挤作一团,被踩扁的鳄鱼血如泉涌。大象抬起的长鼻子上扎满异族的牙齿。

青蛙遁匿无踪,白鹭腾空而起。

小型风暴席卷河中的这条通道。一头小象不幸遇难,一只

第二部分 走向人类的摇篮

鳄鱼被甩到空中,无辜的鱼群也被卷入战争。

幸存的族人惊魂未定,水生动物和陆生动物的大战又一次震撼了他们。

这天晚上,小部落的成员全部钻进一头大象的尸体里过夜。鳄鱼们已经吃饱了,所以这头大象仍带体温的尸体得以保全。尸体的气味很难闻,但是对族人们来说,这已经是理想的栖息洞穴了。在尸体里,他们只需要伸伸手就能撕下近乎新鲜的大象肉。

20　奥杜威峡谷

汽车正好在奥杜威河的河心陷进泥潭,污泥一直淹没至大灯的位置。他们花了超过两个小时尝试把车子弄出来。鳄鱼群开始靠近。

"倒霉,只能徒步继续走了。"伊西多尔·卡森博格边说边把从座位上抢救出来的东西收集到一起。

他把手电筒、毛衣、T恤衫和圆馅饼塞进背包里。抵达对岸之后,他摊出一张地图。

"整片地区已经没有人类活动的痕迹。马萨伊村长跟我说,这里是他最后见到阿德让米安教授的地方,地质学家却告诉我,这里是唯一一块完全未经人类开发的区域。"

远处,高低不平的岩石间坐落着一片森林,他用手指着这片森林。

第二部分 走向人类的摇篮

"从逻辑上来说,索菲·艾吕扬和昂热·伦佐里现在应该在那里和那里之间的某个地方。"伊西多尔补充道。他在地图上画了一个圆圈,明确地标出一片地区,范围极其有限。

"我们还能像这样继续走上几公里,依旧一无所获。"卢克莱斯·奈姆赫德被高长的野草绊了一下,身体踉踉跄跄的,嘴里低声抱怨着。

伊西多尔·卡森博格停下脚步,把地上的几个脚印指给卢克莱斯看。

"这是一男一女两个人的脚印。这个男人至少四十岁。他走路时身体重量压在脚后跟上,上年纪的标志。人越年轻,越是会把重心放在前脚掌上。这个女人受过有关仪态举止的训练。"

"您怎么知道的?"卢克莱斯一脸茫然地问道。

"她走路过分笔直。她的两只脚完全平行。只有上过舞蹈课程或者经过训练的女人步态才会如此做作。我们正在追踪的人极有可能就是我们想要找的那两个狡猾的家伙。不管怎么说,我敢肯定,她绝不是违心地跟随。路上并没有拖拖拉拉的痕迹。她的脚步轻快而兴奋,不管是在同行者的身前还是身后,她的表现始终良好。"

两位记者重新启程,向北走去。两个人走进茂密的热带雨林深处,这里完全没有文明的痕迹。他们努力控制自己不去幻想周围的危险。然而他们还是觉得时刻处于被窥视的状态。

头顶上,在比树冠还要高得多的地方盘旋着几只秃鹫,时刻准备清理雨林中的残留物。参观过人类宰杀动物的屠宰场之后,这样的地方让两个人心情十分异样,这回轮到他们身陷险境了。从这一刻起,猎物可能就是他们自己。这种想法让卢克莱斯难以心安。她边走边回忆起小鱼问妈妈的话:是谁离开水面踏上陆地呢?焦虑不安的人。

又是谁开始用两条腿走路呢?古生物学家认为:偏执妄想狂们。他们唯恐不能发现来自远方的危险。

"您相信正是那些焦虑不安的人令世界前进这个观点吗?"卢克莱斯突然问道。

"或许吧,"伊西多尔回答道,"那些对现存生活体系心满意足的人没有任何理由发出质疑。所以也就没有任何理由去改变它……"

他步伐矫健,挥舞大砍刀辟出一条路来。

"两足行走本身就能说明问题。"他说,"一条腿支撑很容易失去平衡,因此必须在接下来的一瞬间迅速换上另一条腿。这样走路就要永远冒跌倒的风险。采取这样的姿势走路表明的唯一事实就是,人类已经准备好承担前进所带来的风险。"

"这样的运动方式的确极为不稳定。我从来也没有想到过这一点。"

事实上,卢克莱斯险些摔倒。

"您从来没想到过或许正是因为您从来没有摔倒过。"

周围的树林越来越稠密，越来越充满敌意。

"让我们回顾一下那些假设。"年轻的女记者说，"嘲弄我们的生物到底是什么？"

"或者是范·丽斯柏教授驯养的猴子。"

"或者是康拉德教授饲养的猴子。"

"或者是天文学家桑德森雇用打手为受损的听觉复仇。"

"或者是与专家们意见相左的环境保护主义者。"

"或者是索菲·艾吕扬命令昂热·伦佐里化装成灵长类动物，假装自己被绑架。"

"可如果是这样的话，为什么她要返回非洲？"

"马萨伊村长已经告诉过您了。她的目的是毁灭最后的证据，掩埋前夫的发现成果。"伊西多尔回驳道。

他建议不要继续走了。夜幕开始降临，最好不要迷路，在黑暗中赶路相当危险。趁着夜色还未彻底吞噬一切，他们支起一顶巨大的帐篷。简陋的临时居所保存着一丝温热，在汽油防风灯的光亮照射下，两个人蜷缩进睡袋里，啃食各自的那份口粮。

伊西多尔吹灭防风灯，跟同伴道了句"晚安"。

就在这时，帐篷里突然出现两只黑洞洞的枪口，瞄着他们的脸。

"举起手来！"嘶哑的声音响起。

21　像他们一样的人

敌人出现了。对方趁着族人们睡觉的时候发现并且包围了他们的临时住所。族人们跑出去观察对方。这一次,不再是大猩猩。

对方同样两条后腿着地站在那里。同样的脑袋,同样的眼神,同样的数量。

首领冲着对方的首领走去。像往常一样,他又开始摆出恐吓的姿势。可是对方的首领不为所动。奇怪,在他周围,对方部落的强势雄性成员同样安静,女人们也不吭一声。

"他"心里惴惴不安。"他"的首领毫不吝惜地露出凶相,牙齿咬得咯咯响。首领尖叫着,敲打着地面,亮出獠牙。对方看着他,近乎享受般地欣赏着眼前的喧闹。首领身后,部落里的雌性成员们吆喝着,手舞足蹈地助阵。或许这些努力可以提升恐吓的力度。

敌人的首领依旧沉默着,专心地观察。

除了另一个部落的族人显得更为冷静之外,两个部落惊人地相似。

"他"的首领知道不能再等待下去了,他选择发起进攻。他走上去拍打对手的头顶,想要对方明白,在自己面前必须低头。

对方的首领低下了头。不过他低下头并不是表示效忠臣服,而是捡起地上的一截树枝。他紧紧地把树枝握在右手。一切似乎都在通过慢镜头的方式呈现。

看到对方低下头,"他"的首领稍稍放松了警惕。对方的首领举起树枝,向前冲去。他没有把树枝在膝盖上敲碎以制造动静,而是准确地砸在对方的脑袋上,树枝应声断裂。"他"的部落首领似乎犹豫了一瞬间,仿佛是因为有人胆敢做出这样的动作而愤怒了。接着,他径直向前栽倒,身体僵直,他死了。

对方的首领看了看树枝,又看了看敌人的尸体,心里想着,今天他体验了一次有趣的经历,应该可以提升他的时代的科学和技术水平。

第一夫人猛冲上去,打算替自己的男人报仇雪恨。敌人的首领再次举起木棍,用同样的方式砸在这位悍妇的头上。

死亡。

一击致命的效果显著。

双方阵营中均开始出现退却的情况。大家似乎突然发现，对方的首领有能力置人于死地。

"他"有种预感——恐怖的感觉将会被某种更为强烈的东西超越。"他"一下子就意识到自己的部落已经落后了。

一声令下，敌方部落的族人猛冲过来，模仿本族首领的样子，举起木棍棒杀"他"的族人。"他"的族人乱作一团，抱头逃窜。对方的族人紧追不放。顷刻间，尸横遍野。

几名雌性成员被捕。敌人把她们关在一旁，准备献给首领和强势雄性成员享用。就这样，该部落的基因和外来的基因产生一定程度的融合。冥冥之中，对方首领产生一种想法——这些战利品应该可以丰富后代的基因。

除了一击致命之外，对方首领刚刚又发明了"战俘"的概念。

22 索菲·艾吕扬

两个人举起了手。

手电光束打到他们身上,光线很强,晃得两个人直眨眼睛。然后,顺着枪管,他们首先看到一位仪表秀丽端庄的女子,上身穿着裁剪得体的撒哈拉式上衣,下身穿着迷彩裤,脚上蹬着一双浅褐色的长筒皮靴。她长着一张贵族气息浓郁的脸蛋:鹰钩鼻子,下巴正中有个浅窝,碧蓝色的眼眸里透出坚毅的目光。她就是索菲·艾吕扬。

站在索菲·艾吕扬旁边的又矮又壮的男人想必就是大名鼎鼎的昂热·伦佐里。他的眉骨和颧骨高高隆起,眼睛不大,目光狡黠。

两对搭档满脸狐疑地盯着对方。

"是他们吗?"穿着撒哈拉式上衣的女子问道。

"是他们,"同伴回答道,"他们一下悬崖我就发现他们了。他们在跟踪我们,错不了。"

"他们是谁?"她向前走了几步,又问道。

"等会儿我们可以慢慢问。可是现在,为谨慎起见,我觉得还是应该把他们捆起来,以防他们逃跑。就从这位年轻小姐开始吧。"

男演员毫无戒心地靠近卢克莱斯。

可是,他是要付出代价的。等他靠得足够近的时候,卢克莱斯——这位曾经的孤儿院寄宿生出其不意地出招,膝盖猛顶他的裆部,同时前臂砸在他的锁骨上。与此同时,她已经抓住枪管,夺下了对方的手枪。然后,她铆足力气一脚蹬在男人的膝盖上,将他踹倒在地。索菲·艾吕扬见此情形,举起手中的武器,可是,卢克莱斯脚尖轻巧地一踢便挑落了她的手枪。接着,她抓住索菲的一大把头发,控制住进攻者。她并没有注意到男演员出乎意料地回到她的背后,攥住她的手腕。卢克莱斯无计可施,只得撒手。两位袭击者立刻又占据上风。伊西多尔·卡森博格对这场突如其来的暴力打斗全无兴趣,他溜出帐篷,点燃小型野营炉,开始准备茶水。

勉强躲过朝着自己下巴打来的一拳后,伊西多尔拧开瓦斯瓶,擦燃火柴。他小心翼翼地从背包里挑出大吉岭茶叶,往保温瓶里泡上一点。卢克莱斯在伊西多尔身后,境况不妙,明显处于下风,此时,她已经被防潮布捆住,动弹不得。伊西多尔耸了耸肥厚的肩膀,瞅了一眼保温瓶里液体的颜色。

"等你们玩累了,我们可以谈谈。"他说,"我已经为你们准备好了茶。"

昂热·伦佐里转身扑向他,准备把他也捆起来。伊西多尔没有反抗,可是他的体型太过硕大,以至于袭击者使尽浑身解数也没能成功,他根本没办法环抱住伊西多尔,更别提把他捆住了。

"您还是这么顽皮啊!"胖记者叹了口气。

他轻轻抖了抖手腕便挣脱了男演员的控制。

不过,昂热·伦佐里重新拿起他的手枪,他并没有就此放弃。

"如果您觉得凭您手里的小玩具就能吓唬住我……"伊西多尔嘟囔一句,递给对方一碗飘着东方香韵的茗茶。

"您知道不知道,我只要动动食指就能要了您的命?"昂热·伦佐里瓮声瓮气地说道。

胖记者直视对方的双眼,目光如炬。

"您呢,您又知不知道,我不用动一下就能要了我自己的命?"说完,他趁着茶还没有变凉,开始小口地抿着。

听到他奇怪而又不失巧妙的回答,男演员大脑一片空白,放下手枪。

卢克莱斯虽然已经被五花大绑,可是依然挣扎不休。

"你们来这儿干什么?"女肉制品商人问道。

"放了我的同伴,我愿意坦白一切。"

昂热和索菲拿不定主意。他们虽然握有武器,可是费了好大力气才收服这个悍妇,就这么轻易地给她松绑,两个人心里极不情愿。然而,眼前这位身材肥胖的老好先生一脸镇定从容之色,正安静地抿着他的茶,此情此景搅得二人心绪不宁。

对方的毫无畏惧惹火了男演员。

"我要把他……"他嘴里含糊地说着。

索菲·艾吕扬已经开始给卢克莱斯松绑了。

"别耍花招。"她厉声警告道,"如果你们不老实,我会毫不犹豫地打死你们。"

帐篷下,起初还弥漫着犹豫的气氛,然后,因为伊西多尔一再坚持向他们推荐热茶,同时还有葡萄干饼干,最后,大家接纳了彼此。他们临时凑成一次小型茶点会,大家盘腿坐在睡袋上。

"来块糖,一块还是两块?"伊西多尔漫不经心地问道。

"不用了,谢谢,不要糖。"索菲·艾吕扬回答道,即使身处热带雨林深处,她还是很注重保持苗条的身材。

"我这儿还有黄糖。"男记者继续彬彬有礼地说道。

"好吧,那就来点黄糖吧。"

两位闯入者不知道该做何反应,这种场面着实诡异。

"你们好,"伊西多尔率先开口,边说边坦率地伸出一只手,"我们的碰面太过突然,我们都忘记做自我介绍了。我是伊西多尔·卡森博格,我的朋友叫卢克莱斯·奈姆赫德。我们两个都是《当代观察家》的科学记者,我们正在调查两件事情——女士,您前夫的死和人类的起源。"

卢克莱斯刚刚获得自由便又准备好要大打出手。她无法理解自己同伴的冷静淡然。

昂热·伦佐里观察着伊西多尔,他也觉得这一切都不太正常。敌对的双方在会面时应该遵循最起码的仪式性的规则:第一,我们不和敌人一起品茶;第二,我们不和敌人谈天说地;第三,我们尝试通过威胁或者暴力的手段从敌人那里获取信息,而不是通过一杯香茶。

男演员再也无法克制自己的情绪。

"事情不应该是这样的。这不符合……传统。"

伊西多尔极力安慰他。

"什么,品茶时刻?不,您想说我们没有交战吧。哈哈……传统也会有所发展。就像一位马萨伊族的朋友说的那样,这只是一个关乎修养的问题。你们没有教养,这就是全部问题的症结。一般来说,存在暴力倾向的人不懂得用其他的方式达到相互理解的目的。相反,我认为茶道是种更有利于信息交换的形式。你们是不是觉得茶有点浓了?"他关切地问道。

卢克莱斯火冒三丈。

"我们总不能整晚上就在这里谈论喝茶吧!"

"好吧,当您被猴子劫持的时候,我们就在您的工厂里。究竟发生了什么事情?"

索菲·艾吕扬已经开口准备回答,伊西多尔打断了她。

"可是,亲爱的卢克莱斯,那可是货真价实的绑架。只不过刚一到达非洲,昂热·伦佐里就把自己行为的动机告诉了这位夫人,然后说服她心甘情愿地陪自己走完全程。"

"事实上,我……"

伊西多尔根本就没准备给女肉制品商人开口说话的机会。

"可能昂热声称自己掌握了一份地图,地图上标有阿德让米安教授的终极理论所在地。这一点就足以说服您跟他走了,难道不是吗,夫人?"

"好吧,可是阿德让米安教授的理论到底是什么?"卢克莱斯恼火地大叫道。

"天大的秘密。"昂热·伦佐里大喝一声,因为他担心同伴可能会一时没能控制自己,泄露太多不该说的东西。

帐篷里出现一阵短暂的沉默,热带雨林的嘈杂瞬间吞噬了他们脆弱不堪的窝棚。

"说得漂亮,不过你们准备拿什么来'讨论'?"卢克莱斯立刻发起火来,她本来就倾向于把所有的对话变成拳脚相加和威逼利诱。

"为什么不谈谈客人们关于人类起源的观点呢?"伊西多尔建议道,语气依旧平静。

他这样说似乎是想发动一场互讲离奇故事的大赛。除他以外,所有人的眼睛里都透着不信任。他嘴里不停地咀嚼着食物,似乎很享受目前的状况。

23　战败之后

族人们没命逃窜,一直到身后再也没有敌人跟随为止。

然后,他们停下脚步,大口地喘着粗气。

幸存者最后聚集到一片林间空地上,研究目前的处境。

战败后,所有人都被吓破了胆。不再有首领;不再有漂亮女人;不再有希望。然而,族人们试图分析战败的原因,或许试图找出一些人来承担战败的责任。

族人们认为,他们之所以会失败,是因为本族在人数上占劣势。不过,"他"知道事实并非如此。他们失败是因为时代已经改变,现在,在这个世界里,威吓已经丧失以往的重要地位。人们不再讨论,转而殴斗,甚至杀戮。

部落里响起阵阵尖叫,声音来自部落里仅存的雌性成员,她们或是太老,或是太丑,或是太臭,所以逃过一劫。雌性成员们提醒大家应该选出一位新的首领。

选举不失为一种转移注意力的绝佳方法。如果可以忘却惨败的伤痛,他们宁愿不惜一切代价。

选举按照惯例进行。所有的强势雄性成员都必须参加战斗,占据上风的人将自动被全族老少推选为首领。

"他"无法置身事外。决斗一触即发,丝毫没有时间准备。

所有的雄性成员都按捺不住跳起来,似乎打过败仗之后,除了自相残杀以外,幸存者们再也找不到更好的方式来宣泄愤懑。"他"缺乏信心,面对一个犬齿发达的年轻野心家,"他"屈服了。

正在酣战之时,三个雄性成员返回部落。大家伙儿以为他们早在之前的战斗中就牺牲了,三个人的肩膀上还各自扛着一个俘获的对方部族的雌性成员。他们是怎么做到的?

他们解释说,混战中,他们躲藏了起来。当他们看到敌人抢夺本族最貌美、最年轻的雌性成员时,他们立刻开始思考。他们不愿意部落里只剩下又老又丑的女人。人的忍耐是有限度的。于是,他们偷偷地绑架了这三个。

反应多么迅速啊!

女战俘们还没从惊恐中缓过神来,吓得一动也不敢动。她们为什么不逃跑?是因为害怕他们的部落吗?不,"他"知道答案。她们害怕孤独。她们宁愿在敌营中寄人篱下、饱受凌辱,也不愿意在大自然中形单影只地流浪。

有人提议应该立刻处死她们,然后吃掉她们的肉,庆祝新首领当选,一雪溃败之耻。可是新当选的首领觉得她们很对自己的胃口。他宣布,她们是自己的女人。尖酸刻薄的抗议声四起,他们要求吃掉敌人。有些人表示,如果别的部落击败我们,必然因为他们的智力水平更高,所以,如果想要追赶上他们的智力水平,就必须吃掉这些战俘的大脑。

大部分的尖声抗议来自部落里又老又丑的雌性成员。她们对突然而至并且来路不正的竞争对手深表忧虑。

可是新首领很清楚,如果没有繁殖能力强的年轻雌性成员,部落将难以延续。所有人都知道,老的和丑的雌性成员是留给劣等雄性成员的,而这三个美丽的外族雌性成员是属于首领的。

首领示意族人,他不想再纠缠这件事情,当务之急是开始寻找食物。

能活下去,女囚犯们就已经很满足了,她们接受了寄人篱下的地位。她们伸出爪子,如果首领愿意的话,她们愿意让他撕咬自己。首领把三个人全部检阅一遍,拍了拍她们的手掌,表示接受她们的臣服。三个雌性成员低着头,不过其中一个抬起前额,角度足以让人看清楚她的眼睛。

也就是在这一瞬间,"他"和"她"的视线第一次交错、相会。

24 又一种新理论

昂热·伦佐里的人类起源理论十分新颖独特。

"我认为,一切都是从性开始的。两足哺乳动物因为直立行走,所以生殖器官外露。其余所有动物的生殖器都被隐藏起来。看看猴子吧,母猴只有屁股是鲜红的,而不是前面的阴部。黑猩猩和犬类一样,都需要低下身子才能分辨其生殖器官。

"可是我们的祖先已经开始时不时地用两条后腿支撑身体,站起来的事实开创了一种新的局面。他们可以面对面地交流。刚开始可能有些不知所措,接着发明语言来表情达意,然后产生新的感情。"

这套假设虽来源于一位 Z 级片演员,却很有意思,值得记载于册。卢克莱斯从背包里找出笔记本,写道:"超级性行为理论。"

"立姿,"昂热·伦佐里继续说道,"让我们可以面对面地做爱,独一无二的姿势。"

"还有两种动物与我们共享此种姿势:海豚和倭黑猩猩。"伊西多尔补充道。

"无论如何,面对面地做爱时,我们可以在运动的过程中凝望彼此的眼睛。这样就诞生了一个全新的概念:色情。"

索菲·艾吕扬似乎对这套离经叛道的理论表现出浓厚的兴趣。男演员继续放言。

"心醉神迷的时候享受对方目光的洗礼,这是色情的最高境界。没有什么事情比它更美妙,况且正是如此的眼神衍生出一个概念——美丽,类似我们享受快感时看待别人的眼神。此外,采用立姿以后,乳房变成情色地带。从前,四足动物时代,没有动物会关注乳房,乳房唯一的用途就是哺育后代。可是,自从直立并且面对面以后,乳房就转变成女性元素、魅力元素,以及色情元素。乳房是否饱满关系到他人的欲望。同时,女性外阴因为被隐藏起来,已经看不到它的轮廓和颜色变化,于是失去了魅惑的重要地位。乳房裸露在外则变成色情要素,应该会在祖先们的心里催生某种情感,从而刺激他们设计衣服,用以遮盖这对诱人之物,减弱它们所包含的信息的威力。"

伊西多尔·卡森博格露出笑容。

"直立姿势导致男性的生殖器裸露,他们倒是挺不好意思的,这个理论至少算得上新颖……"

"更何况,"索菲·艾吕扬补充道,"女人们也可以远远瞧见性伴侣的生殖器官的质量和强度。毕竟站起来以后,我们再无秘密可言。"

"他们想必发明了一种语言,用以解释所发生的事情。这种新奇的两性关系,这种目光,带来的震撼可想而知。"

"礼貌的开端。"卢克莱斯·奈姆赫德提示道。

"虚伪的起点。"索菲·艾吕扬加上一句。

"诗歌的源头。"伊西多尔补充道。

"无论如何,这是廉耻之心的开始!"昂热·伦佐里加以总结,"因为同男人比起来,女人的性欲更难得到满足。"

昂热·伦佐里继续说下去。

"从正面观察别人的生殖器官引发深度混乱。远古的人类祖先突然着迷于性行为本身,不仅仅是繁殖的需要。我认为,最早接受直立姿势的哺乳动物应该会为做爱不惜一切代价。无论用何种方式,无论和谁。他们纵情交媾,群交或是乱伦。在我看来,人类是母子或者父女乱伦的产物。"

"乱伦?"卢克莱斯吓了一跳,她吐了吐舌头,说道,"可乱伦是退化的行为!"

"当然,乱伦会导致某种先天性的退化——人类。"

"您这番话的意思是说,人是只'先天弱智'的猴子,诞生于违反自然法则的交媾。"卢克莱斯如是推断,边说边飞快地记着笔记。

"绝对如此。这也就是为什么诸多古代神话都对半人半神的孩子有过描述,他们或是只有父亲,或是只有'处女'母亲。要我说,在《圣经》中,偷吃苹果的表述是种隐喻,影射被禁止的性行为。后来,人们制造百般禁忌来掩饰起源的秘密。"

帐篷里鸦雀无声,每个人都在消化这套理论的荒诞之处及其离奇结果。

"性行为,精华的奥秘所在。"昂热·伦佐里铿锵有力地说道,"所有人彼此做爱,只有这样才能更好地融合基因,丰富可能的组合数量。"

他直勾勾地盯着卢克莱斯·奈姆赫德结实而又浑圆的乳房,做出解释。

"为此,我坚决反对优生学。存在缺陷或者严重残疾的人——他们被视作人类中的搅局者、病人,甚或是人类的变种。在马戏团里,我遇到许多杰出的人才,可普通人把他们看作行走江湖的畸形怪物:侏儒、巨人、短腿畸形人、象皮病患者……然而,或许他们才是新人类的代表。随着医疗水平的进步,现在,所有的父母都希望自己的宝宝漂亮、健康、聪明……我们想要把在玉米、母牛、雏鸡上实现的成功模式移植到人类身上:选择最佳成员进行克隆。不过,所有孩子的优点趋于雷同,当疾病突然袭来的时候,他们将无一幸免。可是那些并不完美的孩子或许早就发展出一套独特的防御体系。"

此刻,男演员难以抑制自己内心的狂热。

"请相信我,"他总结的声音充满力量,"怪物和乡下的傻子们将会拯救世界。"

卢克莱斯·奈姆赫德惊讶地发现,自己对这个猴子般的男人竟然产生了好感,尽管他给人的第一印象并不讨喜。迄今为止,她记录下许多理论,性行为理论可能是其中最容易博得别人好感的一套。

大家心照不宣地恢复和平。两队旅行者商妥第二天一起上路。

索菲·艾吕扬和昂热·伦佐里把自己的帐篷搭在两位记者的帐篷旁边。

睡梦中,卢克莱斯下意识地蜷缩着身体,贴着伊西多尔柔软而舒服的肚子。几乎零距离地与少女接触,闻着她身上的焦糖的美妙芬芳,他心神荡漾。他温柔地抚摸着卢克莱斯红褐色的迷人秀发,伴着笑意进入梦乡。

25 啊,女人!

"他"想在灌木丛里找些东西吃。"他"找到一只乌龟,可是这家伙的头立刻缩回身体里。太可气了,食物的包装居然打不开!

"他"把乌龟拿在手里摇晃着。"他"打算解决眼前这个伤脑筋的家伙。一只柔软的手攀上"他"的肩膀。这只手属于其中一位女囚犯。

"她"。

"她"右手抓住乌龟,左手拿起一根木棒,然后把木棒捅进龟壳里,直到乌龟伸出头来。咔吧一声,"她"就用门牙咬掉了乌龟的脑袋。

"他"满心敬佩地观察这一动作。原来这样就能解决甲壳类动物。"他"用表情告诉"她",为感谢"她"的教诲,作为交换,

"他"准备替"她"梳理毛发,捉一回虱子。

"她"接受了。这是"他"有生以来经历过的最浪漫的一次捉虱子。因为,首先,他觉得从浓密的毛发中找出各种各样的幼虫和壁虱,放进嘴里用舌头压碎很有趣;其次,随着"他"替"她"清理毛发,"他"能够闻到这个雌性成员身上散发出的荷尔蒙气息。与此同时,"她"的屁股因为充血而变得肿胀,颜色也越变越红,诱惑"他"跟"她"狂野地交合。

可是,当"他"讨好似的想要从后面进入时,"她"躲开了,表示拒绝。"他"对此十分费解。"他"晃着生殖器,告诉这位女士,遇到自己"她"很幸运。尽管"她"的橘红色的屁股已经泄露了"她"的感觉,但"她"还是没有摆出任何交合的姿势。这种傲慢让他很是惊讶。

"她"是女囚。"她"是异族人。"她"胆敢摆臭架子!

当然,对方的态度并没有让"他"气馁,"他"只是很惊讶。"他"拉拽对方的胳膊,"她"推开"他",猩红色的屁股却紧贴着"他"的脸扭来扭去。同族雌性成员——"大乳房"的突然出现促使"他"下定决心,不管对方愿不愿意,"他"准备来硬的。"大乳房"想动手殴打更富有魅力的竞争者,可是"他"横躺在"她"的身上保护"她"。

"他"尽管连自己都保护不好,但愿意为了让"他"快乐的雌性成员大打出手。"大乳房"转身离去,她去找新任首领告状,告诉他有个强势雄性成员奸污了他相中的雌性成员。

但是首领正忙着宠幸另一位美丽的异族女囚,他拒绝停下交合行为,以跑过来惩罚如此轻微的犯罪。就连弑君篡位这样的罪行都必须等到做完爱才有时间处理。"大乳房"恼羞成怒,她跑到一个雄性成员耳边高声尖叫,如果对方不立即宠幸她,他就会有危险。

远处,"他"和"她"得以安静下来。

两个人站起来,彼此凝视着。"她"的眼睛眨也不眨,而"他",从来也没有经历过类似的感觉。"他"的眼睛不敢向下看,可是"他"知道,"她"可以欣赏自己的生殖器,就像自己也可以欣赏对方的乳房一样。

既兴奋又害怕的复杂心情令"他"不住地颤抖。

"她"靠近"他"身旁,视线依旧停留在"他"的身体上。"她"伸手摸了摸"他"的器官,似乎打算通过触觉检查这个自己只草草看过一眼的东西。"她"感觉到了,她微笑了。然后,"她"抓起"他"的手贴上自己的器官。

多么奇怪的手掌使用方法啊!总而言之,对方部落的行为很是奇特。

两人相互爱抚,似乎如此的爱抚成为性行为的一部分。

"他"清楚自己学到了东西。

"她"似乎对彼此的爱抚甚为满意。随后,"她"靠近"他",

面对面,把自己的骨盆紧紧地贴上对方的骨盆。

"他"想让"她"四肢着地,可是"她"再次坚决要求保持面对面的姿势。"他"被搞糊涂了。既然不愿让自己得逞,"她"又为何拼命挑逗自己!

一个惊人的想法划过"他"的脑海——"她"想要"从前面"。此刻,自信又回到"他"的心中:"她"渴望做爱……面对面地。

26　圣地守卫者

　　昂热·伦佐里宣布,他们现在已经抵达地图上标注的区域。他们眼前立着两座山头,不高,却很陡峭。两山环抱着盆地,盆地中密林丛生。

　　伊西多尔一行人顺势下到谷底。

　　地面坑坑洼洼,起伏的趋势有些奇怪,或许是伴随东非大裂谷的出现而形成的。他们穿过杳无人烟的峡谷、突如其来的深坑,以及令人始料未及的悬崖。盆地的中央地带有一片空地,那是个小型火山口。火山口附近寂静得不同寻常。四个人停在原地。

　　"我觉得就是那里!"索菲·艾吕扬兴高采烈地向同行者宣布。

　　她还没走两步,就有不明物体从高处向她砸来。

一只青芒果。

芒果卷着强劲的力道正中"靶心",砸得索菲·艾吕扬一个趔趄,向后栽倒。其余三人急忙赶上去帮忙,可是青芒果雨点般地落下来,硬得像石头一样,瞬间砸到他们身上。等到他们终于靠近索菲的身体时,这位女肉制品商人已经躺在地上不能动弹。

伊西多尔伸手把她的脉搏。她已然毫无知觉。

"她……死了……"

空地周围的树冠上爆发出一阵刺耳的奸笑。袭击的始作俑者正在枝头嘲笑他们。

昂热·伦佐里已经拔出手枪。他射中其中一位袭击者,后者闷吭一声从树上掉下来。可是其余的袭击者已作鸟兽散,消失在雨林里。他徒劳地朝着各个方向开枪射击,除了打光一部分子弹以外毫无建树。

他们把索菲·艾吕扬埋进疏松的土壤里。

"现在我们该怎么办?"卢克莱斯沉思了好一会儿,然后问道。

男演员害怕袭击者还在树林里,于是他拿起望远镜,认认真真地观察着四周的情况。

"是狝猴吗?"年轻姑娘眯起眼睛,她想看得更清楚一些。

"不是,是小狐猴。狐猴是人类的近亲。仅凭它们下定决心杀死入侵者这一条,就能很好地证明它们和人类的亲缘关系。"

他们透过双筒望远镜看见树林里有整整一排小狐猴,挂在最纤细的树枝上。它们的脸上长满白色的长毛,一脸奸笑的表情,和小人国的老头子倒有几分相似。

小狐猴尾巴的长度超过身体,毛色浅灰或者银棕,眼廓和口鼻处的颜色略深。每只狐猴手里都挥舞着芒果,随时准备投掷陌生人。

"显然我们闯入了它们的领地。在我所有的丛林旅行经历中,我从来没有见过像这样富有攻击性的狐猴。"昂热·伦佐里不无担心。

"它们想阻止我们进入林间空地,不想让我们看到里面的东西。"卢克莱斯扬起下巴,指了指火山口。

"不可思议,"昂热·伦佐里察觉到,"它们保护的恰恰就是阿德让米安教授的地图上标注的区域。"

"圣地守卫者……"伊西多尔喃喃自语道。

27 "她"

"他"和"她"爬到高处的枝头躲了起来。他们面对面地做爱,在树枝上摇摇晃晃,但仍旧保持着平衡。树枝嘎吱乱响,树叶不停摇曳。高潮过后,两个人彼此微笑。他们意识到自己沉浸在一种全新的体验中。

他们攀下枝头,蹦蹦跳跳,嬉笑打闹。

重新做爱。

通常来说,雄性成员的交配只能持续区区的几分钟,可是"他"一反常态,尝试延长性爱时间,极大地延长。开始的时候,"她"有所不快,到了后来,"她"便乐在其中了。他们觉得自己是这种行为的开创者。

因为"她"再三坚持站着做爱,所以"他"甚至无法看见对方是否情欲高涨。胸脯,便是"他"所能看见的全部。

从前,他心里想,生殖器官是诱惑人的部位,因为在雌性成员四肢着地的时代,人们能从她们的身后看见那块高高隆起的部位。可是当她们站起来以后,只有发硬的乳房表露她们的欲望。这是一种进化吗?

他们又开始做爱,如痴如狂。

"他"明白,所有的雌性成员都是欲望的无底洞。廉耻的概念还没有问世,还无法约束她们。

五次高潮之后,两个人略感疲惫。他们在荆棘丛中手舞足蹈,吓唬水洼里的青蛙。两个人一起攻击蜂巢,"她"教给"他"获取蜂蜜的秘诀。有种获得蜂蜜的可行的方法,那就是抓住整个蜂巢,然后立刻把它扔进水洼里。但是速度必须要快,否则就会留给蜜蜂反击的时间。

作为报答,"他"教给"她"品尝白蚁的秘密。只需把木棍插进蚁穴,拔出来的时候木棍上就会爬满工蚁,接下来只要动动嘴吸食就可以了。

在部落里,他们的幸福明显引起众怒,可是他们对此毫不在意。

第六次高潮之后,"她"摩挲着"他"的鼻子,"他"第一次感觉到和另一个生命体密切相连。"他"想和"她"玩点难以解释的新把戏。"他"把自己的嘴唇贴到对方的嘴唇上。"她"噔噔噔地后退几步,脸上露出恶心的神情,要求和"他""正常地"做爱。"他"一再坚持。蚂蚁们如此,它们嘴对嘴接触,甚至彼此反刍食物。"他"向"她"解释,自己以前看到过这样的情况。"她"同意接吻,但是拒绝反刍食物。不得已,当"他"的嘴唇靠近"她"的嘴唇的时候,"她"建议"他"替自己清理嘴唇周围的跳蚤。

就在此时,新首领突然出现。首领直勾勾地盯着"他",想让"他"明白,现在,"他"过于蔑视整个团队,族人们已经有所抱怨。每个人都有享受快乐的权利,可是绝不能到这种程度,也不能采取如此明目张胆的方式。他们纯朴的爱情已经沦为部落良好内部关系的绊脚石。"她"制造了紧张的氛围。

此外,新首领还不喜欢他们的口腔接触。看起来脏兮兮的。他也不喜欢两个人浪费时间,不喜欢他们把时间浪费在交配之前的游戏上。他不喜欢看见他们面对面地做爱。

新首领感觉地位受到威胁。

"他"噘起嘴唇,亮出门牙,挺直脖子,警告首领"他"的私生活与他无关。首领拿不定主意是否应该出手一战,后来,他突然兴致大减,摇了摇头,好像是说:"不管怎么说,他们乐意如此。"

或许这是他以新首领的身份做出的第一条睿智的决定。他下意识地体会到某种重要的东西。他知道那是什么,他有所感觉,他很自信。他没有必要当场严厉惩治。他可以等待,他有的是时间。他刚才的体会可以总结成一个想法:"通常意义上,无论如何,爱情故事的结局都不圆满。"

28　外交官

怎样接近狐猴们把守森严的区域?

卢克莱斯·奈姆赫德甩开两位同伴,果断地深入林间空地。她蹑手蹑脚地前进,紧张地警惕着投掷攻击的最初信号。狐猴们目不转睛地观察着她,它们很惊讶居然会有人类如此缓慢地在自己的地盘上移动。

它们发出刺耳的尖叫恐吓卢克莱斯,可是她依旧全神贯注,继续缓慢地前进,甚至都没有看它们一眼。

当她距离火山口仅剩三米的时候,一声尖锐的呼啸声撕破长空,突然仿佛有一颗小型陨石骤然划过天空。年轻姑娘的肚子上挨了一记飞芒果,她顿时倒在地上。狐猴们又发动了一场芒果雨。她趴在地上,勉勉强强爬回空地的边缘地带。她站起身,掸干净衣服上的灰尘。

第二部分 走向人类的摇篮

"我觉得只有一种解决办法,"她冷冰冰地说,"返回最近的村子,补足弹药,然后扫射这片树林,把它们全都打死。"

昂热·伦佐里反驳说,这一带狐猴的数量庞大,全都打死是不可能的。他猜测这里有数百只狐猴,它们或藏在密林中,或藏在树干后。

"一定会有其他解决办法,我们找找看。"伊西多尔·卡森博格说道。

他们临时收集一些树皮,做成防身的盾牌。可是,当芒果炮弹雪片般砸落下来的时候,他们的盾牌显得无济于事。

"被狐猴搞得灰头土脸,而目的地却近在咫尺,这实在是太过分了!"年轻的姑娘火冒三丈。

"狐猴在此设岗布哨,为了保护地盘,它们会坚决消灭来犯者。"男演员提醒她。

"肯定有某种温柔的方法,能说服它们放我们过去。"胖记者估计道,"我亲爱的昂热·伦佐里,您曾经在热带雨林中生活过。您知道如何做才能让灵长类动物认为别人没有挑起战争的意图吗?"

"伊西多尔说得很有道理。角色转换。与其总是试图迫使动物们理解人类的语言,不如我们人类尝试着去模仿它们的语言。"

"从前,您似乎在这方面很出色。"伊西多尔漫不经心地补充道。

男演员在心里掂量伊西多尔的话。

"我不能向你们保证任何东西,不过我可以试试。"

他屈膝下蹲,开始四肢着地,慢慢地朝着林间空地前进。他低下头表示甘愿服从,一边发出哀怨的呻吟,一边原地绕圈。

面前突然出现一只大约 50 厘米高的小狐猴。它开始观察眼前这只奇怪的四肢动物,然后亮出针般纤细的牙齿,嘴里叽叽喳喳地尖叫个不停。它挺起胸膛,昂着下巴,摆出一副开战的架势。

"您觉得这就是我们要找的东西,我们的祖先?其中某只狐猴?"卢克莱斯轻声说道。

昂热·伦佐里来到空地边缘,继续施展着伦氏驯兽术。他敲打自己的脑袋,一只手向前伸着。小狐猴谨慎地靠过来,然后把他的手放进嘴里。伦佐里没有动。于是,狐猴开始慢慢地把锋利的小牙刺进人类的皮肤里,直到刺个对穿,流出鲜血来。男人蹙起眉头,却并没有乱动。

灵长类动物慢慢地把尖利的门牙拔出人类皮肤,速度同刺入时一样缓慢。它露出满意的表情,接着,点头示意自己还想啃咬这位访客的手腕。

对高级灵长类动物来说,任由自己被低等的灵长类动物肆意侮辱是件痛苦的事情。但是,演员这个职业至少教会了昂热·伦佐里如何良好地适应屈辱。形形色色的制片人和导演可从来也不会对他宽容。

咬过手掌、手腕和一侧的大腿之后,狐猴群的首领似乎放心了,便开始尖叫起来。昂热·伦佐里感觉眼前的小克星想要继续羞辱他,以防万一,他伸出了另一只手。可是,这只狐猴想要更多。

在他们周围,出现了更多的狐猴,它们七嘴八舌地叫嚷,宣泄着愤怒。从人类的角度看来,缺乏礼仪教养。

它们想要更多,可是它们想要的是什么?

狐猴首领的姿势更为明确。伦佐里简直不敢相信自己的眼睛:面前这只猴子模仿的是交配的场景。他抬起头,看着两位记者的方向,露出一副愁眉苦脸的样子。

"考虑再三,我觉得你们的炮火清除法还是不错的……"

"不行,"伊西多尔说,"这只动物要求的仅仅是性方面的臣服。"

"可是我一点也不愿意。"昂热·伦佐里强烈抗议。

"像它那样做。模仿它。这应该就是它想要的。"

"我觉得名誉扫地。这是事关人类尊严的问题。它只不过是只小动物。"

狐猴叫得更响了,这是不耐烦的信号。高处,族众鼓励着它。

"另外,如果这件事传出去,您想过没有?我的职业生涯就全完了。"

"别激动,昂热,您很清楚,一个演员必须学会扮演任何角色。您就把这当成是在拍电影。"

"再说一次,我不是恋动物癖患者。"

狐猴的喊叫又响亮了几分。昂热·伦佐里的额头渗出层层细汗。

"这简直是……奇耻大辱。"

"加油,昂热。我确信您在职业生涯中,肯定也和长相不尽如人意的女演员搭档过。告诉自己这只年轻的雄性狐猴只不过是一位长相丑陋的小女演员。"

"的确,不过以前我是积极主动的,不是被动的。"

没完没了的唇枪舌剑和讨价还价终于让卢克莱斯感到厌烦。

"够了!"她吼道,"拿出点诚意来。告诉自己您是为一项高尚的事业牺牲自己。为了科学!为了知识!为了人类起源的真相!"

昂热·伦佐里屈服了。他趴下身子,屁股撅着,低下头,闭上眼睛。狐猴首领站在他身后,露出自己侏儒小拇指般大小的性器,用它敲打昂热。它骄傲地模仿着性交的动作。面对自己种族的胜利,周围所有的狐猴都发出胜利者的尖叫。

"没有被摄像机拍摄下来真是不幸中的万幸。"男演员站起身来,自我安慰道。

狐猴首领后退两步,攥着性器最后敲打了一下昂热·伦佐里的额头,对他的表现心满意足,然后重新爬上枝头,开始向族众讲述对这个无毛巨人所做的壮举。

伊西多尔和卢克莱斯利用对方分神的机会,勇敢地走进林间空地深处。他们趴在火山口边缘。火山口中央是一个山洞。他们扭开手电,照亮山洞内部。

这个洞太深了。

29　终结

"她"的目光深邃。

在"他"眼里,"她"是独一无二的。

"她"是不可思议的谜题。"她"是苦涩的甜蜜。"她"既调皮又机灵,既充满孩子气又具有母性光辉。"她"是全新的,是"他"个人进化的源泉。

"他"在"她"的目光里沉醉。"她"热爱生活。"她"富有活力。"她"爱玩爱闹。部落里任何雌性成员都不具备这些特质。"他"心里冒出一个想法:"他"和"她"一起,可以创造出截然不同的下一代。

他们做了今天最后一次爱。这一次有所不同,可谓相当精彩。起初,"他"以为弄痛了"她",可是人们承受痛苦的时候会露出这样的笑容吗?接着,"他"又以为"她"生病了,可是"她"

第二部分 走向人类的摇篮

要求"他"继续加重"她"的"病情"。"他"努力理解对方,最终,"他"得偿所愿。情欲高涨,再高涨,再高涨,最终归于一阵痉挛。那种感觉持续了好一阵子,深入骨髓,异常强烈。抽搐。高潮。

"他"觉得这种现象必然拜直立姿势所赐。"他"不明白,不过自然规律很好地发挥了作用。

直立行走的"新雌性成员"会因为性行为之后的快感而难以自支,这可以使得她们在交配过后不会立刻起身,精液就不会马上流出体外,减少精子向上攀升的难度。她们不得不再保持一会儿躺倒的姿势——这种姿势更有利于精子游向卵子。

女性的生理高潮是对直立姿态的适应。

快感让"她"略感疲惫,"她"躺在地上,大腿向上抬着,嘴里不停地哼哼唧唧。"他"的性器依然在"她"的体内,"他"也获得了快感。可是,如果说在女人身上,快感来得慢去得也慢,那么在"他"身上,快感通常来得很快。然而这一次,快感慢慢地袭遍"他"的身体,强度令"他"难以想象。

"他"全身上下激动不已。他的灵魂升高,升高,再升高。新的荷尔蒙涌向"他"的肾脏。这种感觉简直难以置信!整个后背毛发竖立。莫名的神经电流在"他"的脊柱里来回游走。

"男性的高潮"。"他"甚至不敢想象会存在此类东西!电流侵入"他"的骨髓。今天,他又发现一件事情:男性也可以达到高潮！不仅仅是射精而已，那是完全不同的另一种感觉，一种更激烈的感觉。在快感的顶峰，"他"的脑海里烟花闪烁，然后红色的幕布遮盖一切，然后是橙色、白色。最后世界都消失了。

最后一次释放的内啡肽立即让"他"陷入甜美的深度睡眠状态。

部落里的三个雌性成员看到"他"进入梦乡，"她"暂时无人保护，于是她们决定抓住机会结果掉这个外族女人。"她"刚刚从高潮的震撼中缓过神来，起身去排尿，三个雌性成员就把"她"团团围住。嫉妒心最强的雌性成员——"大乳房"走上前。"大乳房"一言不发，捡起一根木棍，做出一副玩耍的样子。接着，她漫不经心地，仿佛播放慢镜头似的把武器举过"她"的头顶。

"她"发出一声尖叫。

"他"立时惊醒，一跃而起，然后猛冲过去。

"她"走得太远了。

"他"扯着嗓门大喊着跑过去。"他"想说："不不不不不不不不不不！"可惜人们还没有发明这个字，所以"他"的喉咙里只是发出："哦哦哦哦哦哦哦哦哦哦！"

"他"加快脚步。

太迟了。木棒已然落下，"她"的脑袋发出敲碎核桃般的声音。"大乳房"采取的姿势完全是置老首领于死地的招数的复刻，棒子准确无误地击中"她"，仿佛在炫耀她已经学会了这个技巧。

"她"向后倒去,不过"她"并未因此毙命。"她"还能继续移动身体,鲜血从"她"的头部喷涌而出。另外两个雌性成员也走到跟前,懒洋洋地,看似不小心地在受害者头部敲打了好几次,仿佛在询问:"应该像这样使用木棍吗?"

"他"发出可怕的号叫。等"他"赶到的时候,一切都已经结束了。"她"的头部被打得稀巴烂,"他"胃里泛起阵阵恶心,依然不能相信眼前的事实,"他"后退几步,无端的暴力行径快要把"他"的脑袋撑爆了。其余的雌性成员也来到跟前,查看尸体的损坏情况。其中有些人把手指伸进"她"的脑袋里,蘸着"她"的脑浆吃。"她"善于挑逗男性,因此她们想借此机会获得这个女人的诱惑力。甚至她们或许在期盼着体验同"她"一样的浪漫而又纯朴的爱情……

"他"利用喉咙下部的声带发声,呼喊着自己的痛苦。"他"夺回伴侣受损的尸体。

为什么她们要这样做?离奇的感情在"他"的身上流转。"他"突然明白,要想生活幸福,必须有所遮掩。"他"感觉某种无边的情感在心中升腾——怒火。"他"抱起爱人的遗体,"他"要杀死凶手。可是其余所有的人都在保护她。族人们想要让"他"清醒,如此的暴力不能再发生了。再添上一条人命也无济于事,无法令"她"死而复生。阻止部落继续减员已然刻不容缓。

"他"却依然自顾自地抄起一根木棍,冲上前去。"他"一心想要打死"大乳房"。可是,新首领挺身而出。他要求"他"保持冷静。"他"咆哮着,"他"有权利报仇。首领把"他"放翻在地。"他"极其愤怒。什么!他们居然维护凶手!

首领不知道如何向"他"解释。公平的概念还未出现。或许有朝一日,我们将懂得如何解决此类事件。但是现在,部落里最重要的事情是限制死亡,他们仅仅是想继续部落的集体狩猎,丝毫没有掺杂个人因素。

但是,在"他"看来,此种行为只能代表罪犯受到体制的祖护!"他"狂怒了,继续尖叫着,不停地捶打自己的胸膛。如果部落打算保护"大乳房","他"将会杀死全族老少。

族中的强势雄性成员已经组成防御人墙,希望能够阻止"他"复仇。

"他"威胁他们,命令他们走开。"他"向天,向地,向云,向大自然控诉。他们都是"他"怒气的见证人。"他"又重复了一遍,如果族人们执意保护"大乳房","他"就把整个部落毁灭。

不达目的誓不罢休的勇气鼓动着"他","他"横抱起爱人的遗体,咆哮着心中的愤怒。"他"的吼叫声撕裂整座雨林。鸟儿叽叽喳喳地飞上天空,青蛙躲进池塘深处。"他"的吼叫越发猛烈,嘴张得老大,那种叫声已经超出了痛苦的范畴。

同时,大地又开始颤动。

30　山洞深处

借助手电的微光,他们发现洞底撒着一层沙子,沙子上面留下几个脚印。洞底最深处,靠右侧的位置摆着一个金属质地的柜子,看上去有点类似饮料自动贩售机。

三个人中体操技术最好的当属昂热·伦佐里。火山口侧边恰巧垂着一根藤蔓,他一马当先,顺着藤蔓向洞底滑落。卢克莱斯·奈姆赫德和伊西多尔·卡森博格紧随其后。

他们首先检查金属柜子。事实上这就是一台自动贩售机,不过被人略微动过手脚。有人给它加装过一套按键系统,每个按钮上都标有符号,使用这些按钮就可以得到机器里面的饼干。正确组合键盘上这些符号,诱人的食物就会掉落下来。

"原来如此,这就是狐猴的神,是一台机器!"伊西多尔惊讶得叫起来。

"阿德让米安教授为狐猴准备了数公斤巧克力棒,以此保证它们替他看守圣地。"卢克莱斯表示非常惊讶。

它们的宝藏。

伊西多尔开始操作机器。一只狐猴顺着藤蔓滑到洞底,希望监督这三个人,以防他们损毁它们的机械神灵。

"只有具有一定智慧的物种才能操作这台机器。"男记者发现,"要想得到饼干,必须按下印着符号的按钮,这些符号代表主语、动词和补语。阿德让米安教授努力想让自然选择摆脱暴力和侵略性的束缚,进而转向语言能力。它们的大脑被重新构造了。"

动物们用硬水果风暴来迎接这支小型探险队也就不足为奇了。现在,狐猴们的进化程度相当高,领地被侵犯时,它们足以制定出良好的防卫策略。

"阿德让米安教授在山洞里放置了一台'近亲物种进化提速机'。"卢克莱斯总结道。

"在起初已有圣言,"伊西多尔引用福音书中的第一句话,他感叹道,"我们在这里放置一台机器,向动物们传授言语。"

两位记者曾经在范·丽斯柏医生处见过类似的装置,由此推断这台机器是她提供给古生物学家的,也就是说这位器官移植专家曾经和他共事过。不管怎么说,这位女外科医生不可能不知道雨林深处放着一台由她自己设计的机器。

第二部分 走向人类的摇篮

昂热·伦佐里进一步确认他们的推断。索菲·艾吕扬停止资助阿德让米安教授的工作之后,范·丽斯柏医生的诊所接过接力棒。

"专门进行器官移植的机构资助关于人类起源的研究,兴趣何在?"卢克莱斯说出自己的疑虑。

在他们身边,狐猴们顺着藤蔓上上下下,把它当成垂直的高速公路。洞底,狐猴首领站在机器跟前,在键盘上组合出符合逻辑的语句,仿佛在向他们证明自己懂得如何同机械神灵交流。

"猴子想要食物。""太阳照亮天空。""香蕉很好吃。"

三个人举起手电照亮山洞其余的地方。整个山洞呈球状,大概经由雨水漫流冲刷而成。地质学上,我们称之为喀斯特地貌。山洞的岩壁很光滑,洞顶约 5 米高,有一条 1.5 米宽的狭窄通路,他们正是借这条通路下到洞底的。

山洞右侧 3 米高的地方坑洼不平,零星的水滴从岩缝里流出来;在山洞左侧,三个人发现一处存放箱子的岩洞。三个人把箱子从岩洞里拿出来,然后打开它。箱子里面保存着一封信,以及另一只箱子,比外面的这只袖珍不少。

他们开始阅读信件,信中的内容犹如晴天霹雳。

31　东非大裂谷

一场灾难。

忽然之间,大地裂开一道断层,一大片森林陷落地底。

不到一秒钟的时间,整个部落就随着移动的岩块消失了。

所有的东西都被吸进地底。族人们被大地一口吞进肚子里,如同粗心大意的人打哈欠时吞掉的小飞虫。

大地母亲吞噬了整个部落,仿佛她也无法容忍谋杀的场面,无法容忍"她"死得如此不公平。

"他"后退,后退,再后退。"他"所熟悉的那个枝繁叶茂、灌木丛生、各种生灵安居的地方,从今以后,变成了一道落差至少在20米以上的光滑的陡崖。

"他"体验到了一种异样的感受,大仇已报,愤怒也不再有意义。之后会怎样?"他"被吓呆了,一动不动。

"他"不假思索地向后退。深渊在"他"面前不断扩张。后退已经无法应付逃生的需求,大地的血盆大口仍在加速张开。"他"开始奔跑,撕裂地面的裂谷在"他"身后紧追不舍。"他"周围的一切都在倒塌,沉没。火光冲天,尘土飞扬,热气四处弥漫。幸存的动物一同逃命,躲避世界末日般的灾难。羚羊紧挨着狮子,蛇和小老鼠结伴同行,灾难消解了世代相袭的恐惧感。

　　突然,橙红色的岩浆从山坡上奔流而下,向"他"扑来。沸腾的岩浆到达地面,贪婪的本性不亚于从前追击"他"的那三只鬣狗。可是这一次,"他"的敌人是熔化的矿石,"他"知道,面对如此对手,"他"毫无还手之力。

　　"他"跳过一条地缝,后者稍微减缓了熔流奔涌的步伐。"他"在树枝间蹿来蹿去,可惜大树甚至也无法抵御岩浆的进攻,纷纷弯下身躯。"他"从树上摔落下来,滚进一个盆地,然后滑落进一个山洞里。

　　山洞深不可测。

　　洞底湿润的沙层起到良好的缓冲作用。可是岩浆也已经杀到此处,山洞里开始下起红、黄、黑色交织的岩浆雨,岩浆从洞顶落下,仿佛闪着磷光的胶水。"他"紧紧地贴着岩壁。岩浆突然改变前进路线,不再猛扑向"他",全新的更为陡峭的斜坡救了"他"的命。

　　一切都安静了。

"他"捡回一条命。

"他"静候着。

不会再有任何东西威胁"他"的生命。

"他"筋疲力尽,很快就睡着了。第二天早上,"他"来回巡视过避难所后,发现这里就是一间监狱。"他"身陷绝境,周围全是又硬又滑的岩壁,没有任何可以借力抓握的地方,根本爬不出去。难道"他"躲过沸腾的岩浆仅仅是为了孤身一人待在岩缝里,被整个世界遗弃,然后死于饥饿和口渴吗?

算了,不管怎么说,失去"她","他"的生活已经没有意义。

"他"等待死神,可惜它迟迟不肯来临。于是,"他"决定活下去。

"他"坐在地上,抬起头,透过狭窄的通道望向一角蓝天。"他"向白云乞求,乞求它们指引自己逃出生天,乞求它们告诉自己怎样才能不饿死在这座监牢里。

就在此时,天空中掉落一样不明物体。

32 阿德让米安教授的手稿

"你们已经成功了。你们来到这里。感谢你们的到来。感谢阅读我的信。现在,请做好准备大吃一惊吧。"

此时洞内的场面好像一幅宗教题材的绘画。伊西多尔·卡森博格捧着信。卢克莱斯·奈姆赫德站在他身旁,打着手电筒。昂热·伦佐里试图越过他的肩膀阅读这封信。

伊西多尔表情庄重地辨读这封信。

"我,皮埃尔·阿德让米安教授,在这个美好的五月,身体健康,精神正常。长久以来,我对人类的起源抱有一些想法。例如,我一直认为猴子起源论走进了死胡同。猴子变成人类根本没有任何道理可言。

"拼图缺失一块,而这块拼图正是我一生事业的追求,在这里,我找到了……"

33 它

一只动物从天而降。谢天谢地,它可供食用。

两位地震中的幸存者对视着,嗅着对方的气息,彼此都觉得对方闻起来好像一顿站着的肉食大餐。

饥饿让双方失去理智。

"他"没有犹豫太长时间便猛冲向对方。"他"的嘴唇向上翘起,拳头握得死死的。但是对手应战的速度极快,一拳砸在"他"的腹部。这是一场殊死搏斗。双方暂时停战,略微调整呼吸,随即再次投入战斗。

势均力敌加剧了竞争的激烈程度。他们一口气打斗了两天两夜。

第三天,缺乏睡眠和营养补充迫使战斗的主角们彼此保持一段距离。他们还是没有睡觉。双方都很清楚,对方会发现最细微的虚弱的征兆,然后借此发难。

34 另一种动物

"……在这里,在这个铁锅形状的地方,一场意外发生了。借助对痕迹的观察,我努力还原当时的场景。现在,我深信,这场意外即爱情行为。在这里,一只灵长类动物和一只隶属于不同物种的动物做爱。这就是我想说的事实:这种违背自然规律的行为诞下一种杂交的造物——人类。

"但另外这种动物是什么呢?有那么一阵子我想到灵长类动物和鬣狗的结合体。这就可以解释我们几乎独一无二的微笑的癖好。哲学家亨利·伯格森曾经说过:'微笑是人类的特性。'可是他忘记了鬣狗也会笑。

"接下来,我又想到灵长类动物和狮子的结合体。这样,我们头顶的微型狮鬣就能得到合理解释。"

35 未知生物

两只动物怒目圆瞪,紧盯对方。

与此同时,意外发生了。一只熟透的水果掉进山洞里。

一只芒果。

双方暂时停战,研究目前的局面。对他们来说,如此天外来物内涵丰富。它意味着,除了吃掉彼此之外,双方可以通过其他方式养活自己。他们可以共同食用掉进山洞的东西。

第一步,碰面。

第二步,奋力一搏,检验哪一方更强。

如果任何一方都无法占得上风,双方便开始思考。

第三步,合作。

双方都很清楚,如果不再试图消灭对方,他们就能够休息和睡觉。

这样的赌注是惊人的。

"他"率先做出姿态。"他"抓住水果,把它一分为二,然后递给对方半个水果。起初,他们啃得小心翼翼,但接着芒果就被风卷残云般地消灭干净。

一只水果就让他们脱离苦海。

一只芒果。

芒果救了两条性命……谁能预料到这样的事情呢?

接下来的几天,又有一些食物掉进洞里。植物,然后是动物:非洲羚羊、野兔、獴。通常而言,猎物们会把全部精力放在逃脱捕猎者的追捕上,因此忽略了脚下的山洞。

火山口两位最先占领者的伙食越来越好。他们甚至在岩壁的坑洼处找到一处甜水出口。这里与其说是监狱,倒不如说是个安乐窝。更好的是,他们都意识到需要对方,需要和对方一起杀死掉入山洞的猎物。更不用提猎豹或者狮子掉进山洞的危急时刻了。要战胜那些捕猎者,双方的力量加在一起也不为过。

36 碰面

"不是随便什么动物都可以和一只灵长类动物关在此地的。双方的碰面可不是简单的一刻。不过,它是符合逻辑的……"

37 "对方"

后来有一天,一条蛇掉进山洞里。它一口咬在"对方"的脸上。"他"立刻意识到,"对方"面临的威胁就是双方共同的威胁。"对方"要想活下去,需要自己的帮助。"他"必须施以援手。

"他"吸吮、舔舐"对方"的伤口,然后快速吐出毒液,以免自己中毒。老首领曾经做过类似的行为,"他"看见过别人用这样的方法救人。

"对方"很是惊讶,不过还是任"他"行事。

分享芒果、斗败毒蛇以后,他们有了身体上的接触。"对方"感激地看着"他"。

在这种情况下,"他"也不知道自己是怎么了。"他"的狱友不是灵长类,但是雌性动物。也许完全出于爱的需求,事情发展到不可思议的地步。"他"和"对方"合为一体,就像和当初的"她"那样。"他"和"对方"做爱,心里却想着"她"。

就这样,"对方"变成了"新的她"。

38 出乎意料的伴侣

"……范·丽斯柏医生的一篇文章启发了我。她在文中解释说,人类和黑猩猩拥有 99% 的相同基因,然而我们的身体无法兼容它们的器官。因此,为了进行器官移植手术,专家们不得不从其他动物身上,从更令人意想不到的、血缘关系更远的动物身上摘取肾脏、肺部和胰腺。出于某些无法解释的原因,黑猩猩虽然拥有和我们极为相近的遗传密码,却不在这一行列……"

39 "他"的伴侣

性行为结束后,两位主角都感觉自己亵渎了神灵。可是,这种"违背自然"的行为完成得非常"自然"。两人都远离自己的族群,认为各自的种族永远不会知晓他们之间有过如此"亲密接触"。

他们不再作声,望着对方。让他们颇感惊讶的是,尽管外形大相径庭,但是双方目光中流露出一样的温柔。

40 是它吗?

昂热·伦佐里和卢克莱斯·奈姆赫德开始流露出不耐烦的迹象。他们耳朵听着伊西多尔·卡森博格缓慢而又拿腔拿调的嗓音,心里却在想,这个男人是不是以考验自己的神经为乐。

"……另外这种动物,我们都知道它。它在我们身边太常见了,以至于我们根本不会去刻意关注。不过,我们本应该去……"

41 "新的她"

　　他们彼此端详了一阵子。双方的头颅外形存在差异。"新的她"的耳朵比前任"她"的耳朵更尖。她的脸部隆起得更高,牙齿露在嘴巴外面,看上去很奇怪。不过,她们长着类似的毛皮,都是粉红色的皮肤,覆盖着棕色的毛。

　　"他"伸出手,"新的她"也伸出"手",两只"手"相互触摸。

　　他们的"手"外形迥异。

42 就是它

"……奇怪的是,另外这种动物的器官和我们的器官兼容性极佳,其他的动物对此望尘莫及。范·丽斯柏医生非常明确地强调这一点。而且,这种动物与人类还有很多其他的共同点。然而,我们过于轻视它,甚至从未正眼瞧过它。但是,事实胜于雄辩!相同的肤色——粉红;相同的眼睛——蓝色或者棕色;相同的家庭习俗——母亲教导子女;相同的饮食习惯——杂食;相同的群居性;对领土相同的依赖感;这种动物可能会经历最严重的神经抑郁,遭受不幸的时候可能会选择自杀;相同的温柔体贴……"

"够了,真是该死,他最后才会告诉我们这头丑陋的牲畜的名字。"昂热·伦佐里低声地埋怨道。

伊西多尔·卡森博格也开始不耐烦,干脆跳过一些文字。

"……这种动物是……"

43 夏娃

"新的她"如此不同,却又和"他"如此亲近。

"新的她"和"他"一样局促不安。

44 它

"……这种动物是……"

伊西多尔·卡森博格浑身一震,他不敢相信自己的眼睛。他无比艰难地吐出一句话。

"……这种动物是……"

45　他们

"他"不知道是什么促使"她"和自己如此亲密,以至共同犯下大逆不道的罪行。或许因为很久以来,双方都感觉与各自的族群格格不入。他们更加开放,更具怀疑精神。

更具……

开拓意识。

更具……

预见能力。

46　干脆点！

"……这种动物是……"

悬念持续了许久,足够令人揪心。悬念必须终结,是时候说出他眼皮子底下那个令人目瞪口呆的名字了。

"猪。"

伊西多尔·卡森博格暂停朗读,仿佛自己刚刚念到一个猥亵的字眼。卢克莱斯·奈姆赫德和昂热·伦佐里似乎听傻了。他们的确准备好要接受某种巨大的震撼,可是这种震撼,仍然……随之而来的是大段的沉默。三个人都需要一些时间来消化这种说法——我们的曾曾祖母是头母猪!就是这样?阿德让米安教授著名的理论就是:夏娃是头母猪?

伊西多尔·卡森博格最先恢复理智。他继续阅读。

"至少,她的非洲祖先——野猪,也被称作疣猪。

我们祖先的祖先

"这一种族在遗传学上的学名为猪科，包括疣猪、家猪，以及野猪。某位有名的智者很久前说过：'每个人的身体里都沉睡着一头猪。'[1]为什么我们不能立即抓住这句话的精髓？为什么不能伤害猪？是否因为猪是我们远古的祖先呢？吃猪肉几乎等同于吃人肉。古代的人类拒绝解释，他们只是要求严格执行规则，而不解释缘由。

"16 世纪时，一位耶稣会的神父在某个南美印第安人部落逗留期间，被迫吃过人肉，而且他发现，人肉'不管是煮熟还是生吃，同猪肉的味道完全相同'。

"范·丽斯柏医生从另外一条途径发现二者的亲属关系——移植手术。器官移植手术中，人类对猪的器官排异反应最小。人类可以耐受猪的肾脏和心脏，却排斥黑猩猩的肾脏和心脏。此外，我们使用猪的胰岛素而不是猴子的胰岛素帮助糖尿病患者。

"然而，在这里，在奥杜威河岸边，我也险些因意外跌进这个山洞，我看到了。一只雄性灵长类动物和一头母猪被囚禁于此。他们无比绝望，同自己的种族永世隔绝，他们……做爱了。

"从纯粹的逻辑层面看，我们很难相信两个物种的基因具有相容性，因为这种不相容性目前依然存在。但是或许在那个

---

[1] 法国 19 世纪作家夏尔·蒙瑟莱（1825—1888）的名言。

时候,每种个体的染色体还没有完全稳定下来。那扇窗户依旧打开着,依旧等待外来基因来此汇合。至少在他们之间,二者应该创造出一种半猴半猪的混血品种——猪猴杂交体。灵长类亚当和母猪夏娃的后代。我们可以称之为'杂交该隐'[1]。不管怎么说,这种生物可能找到了逃离山洞的方法。"

伊西多尔·卡森博格没有再读下去,他一动不动,满脸茫然,脑子里努力回想自己身上哪些地方确实类似这种动物。这理论接受起来还真不容易。

卢克莱斯·奈姆赫德双手紧紧地按住耳朵,她想用这样的方式阻断自己的听觉。她宁愿永远不知情。这一理论永远都不为世人所知才好。

三个人你看着我,我看着你,既兴奋,又因为这一特殊的发现引发的责任而焦虑。伊西多尔无奈,重新拿起阿德让米安教授的信,开始阅读。

"……混血儿,最早的'人类雏形',外形应该十分骇人,多半长得更像猪,而不是猴子。后续的谱系又是如何出现的?我一度认为,灵长类亚当和母猪夏娃后来又生下第二个孩子,这次是个女孩。她和自己的哥哥在母体之外重聚。他们兄妹共同繁殖出下一代……"

---

[1] 该隐为亚当的长子。

"啊,你们看,乱伦。"昂热·伦佐里说,能够指出起源秘密的要点令他心满意足。

"……可是这些意外的产物很难繁殖后代。"伊西多尔纠正道,他翻开新的一页,"我觉得,我们的该隐离开出生地后,发现洞外世界的广阔,结识了一些小朋友。后来,他只和雌性灵长类动物发生过性行为,因此,人类被打上了更深的猴子烙印。这就是为什么,到今天,我们更像猴子,而不是猪。"

"尽管如此……"卢克莱斯插嘴道,她想起了克里斯蒂娜·泰纳蒂耶的嘴脸。

"……依旧是个谜。为什么我在山洞里找到混血儿的遗骨?他应该早就逃出去了。在这个问题上,我有另一种大胆的假设。我认为,他在洞外繁衍生息之后,有些怀念自己的家庭。该隐应该是位模范儿童。他很爱自己的父母,他不想遗弃他们,不想让他们在监牢中自生自灭。于是,他回到这里,帮助他们爬出山洞,向他们展示自己在洞外取得的成就。可现实总是同理想背道而驰,正当他要把父母拉出地牢的时候,他脚下打滑,再次跌进洞里。可惜他的父母已经年老,再也没有力气驮起他,也无法把他推出山洞。因此,一家三口最终命丧于此。然而,在地表之上,'人类的经历'就此开启。在遥远的地方,借助一位因他而孕的雌性灵长类动物,这种经历世代流传。

"这里是他们的墓穴。这里是世间最神奇的墓穴。智人的祖先——亚当、夏娃、该隐均葬身此地。

"从骸骨角度来看,情况并不理想。鼹鼠移动过他们的骨架,某些部位甚至被拖到很远的地方。亚当只剩下盆骨和几根肋骨;夏娃只剩下上颌骨及膝盖骨碎片。还有些我无法识别的骨头,它们可能是这家人吃剩下的美味佳肴。

"至于该隐,我找到了一只几乎完好无损的右手。这只手能够证明我所言非虚。因为这只手,看上去很像……长着五根指头的猪蹄!

"为了保护它免受恶劣天气和捕食者的侵害,等待你们到达这里,我把它存放在一只隔热箱中。这只箱子完全可以助它躲过自然力的破坏和心怀不轨之徒。如果你们看到这封信,你们也就找到这只箱子了。请打开它……"

卢克莱斯·奈姆赫德打开箱子。箱子里面的确存放着些许骨头,骨头外面包裹着一层聚苯乙烯泡沫。这些骨头完美地组成一只长着五根指头的手。不过指头的末端又跟人手有所区别,呈圆锥形,看上去好像微型尖蹄。

"你们手里拿的就是该隐的手。一只长着五根指头的手。一只半猪半人的手……"

三个人轮流轻轻抚摸箱中的骸骨。

"……我坚信,这个奇特的故事确实刻进我们体内的某个地方,铭刻在我们的基因深处,仔细思考一下,有关人类起源的全部神话,或多或少地,都以这个故事为蓝本。

"逐出天堂也就是逐出水草丰美的地表。该隐被描绘成满身长毛的人表明他长得像猴子。此外,无数隐喻中人类起源的泥塘令人想起这个先是将他囚禁,后来他又从中逃离的山洞。还有柏拉图的洞穴寓言。甚至天赐食物的传说也在提醒着人们,食物从高处掉进山洞里。诸如此类摘录自宗教和神话传说的例子,简直不胜枚举。

"因此,知道或者曾经知道真相的人们绝对没有勇气公开表露。他们或是通过寓言,或是通过象征,抑或是通过隐喻的方式谈论它。终有一天,一切都将水落石出。

"我们应该传播这一信息——人类是猴子和猪的后代。

"这就是我的秘密。这就是我的宝藏。现在,不管你们是谁,你们知道了。我衷心希望我的遗言落入善良之人的手中。

"感谢你们聆听我的故事,感谢你们的关注。

"签名:皮埃尔·阿德让米安。"

他们一动不动。他们被震住了。昂热·伦佐里的眼神彻底变得空洞无神。卢克莱斯·奈姆赫德紧咬嘴唇,直至鲜血外渗。他们沉默了许久。他们一直追寻真相,现在,终于如愿以偿。

这就是我们祖先的祖先的秘密。

47 该隐

"他"和"新的她"做爱。

九个月后,"新的她"诞下一名男婴,即"长子"。

"他"成为"父亲"。

"她"成为"母亲"。

"长子"一落地便表现出灵活又贪玩的天性。一家人齐心协力,试图逃出山洞。他们踩上彼此的肩膀,一个摞着一个。"母亲"在最下面,"父亲"爬到她身上,尽全力托起"长子"。遗憾的是,"长子"和自由依然相隔数十厘米。

接下来的几个月,"父亲"多次努力想要把"长子"扔到空中,可惜他还太小,无法成功逃出牢笼。

必须想别的办法。"母亲"建议再生一个孩子。

48　毁于一旦

卢克莱斯·奈姆赫德率先打破沉默。

"现在,我明白为什么阿德让米安教授会在镜子上写下字母'S'。弥留之际,他想的并不是指认凶手,而是让'缺失的环节'的真相大白于天下:'S'代表猪[1]。

"显然,他无法再同索菲·艾吕扬继续合作下去。女肉制品商人资助研究,到头来却发现我们和猪具有亲缘关系!"

"科学家们获悉阿德让米安教授的理论后,不仅没有支持,反而嗤之以鼻,原因就在此。"伊西多尔·卡森博格想得更远,"猪,作为人类的祖先,确实过于……荒谬可笑。"

他们又把手稿仔细阅读了一遍。两个人的注意力全部放

---

[1] 法文中"suidé"一词为猪科动物的意思。

第二部分 走向人类的摇篮

在手里的信上,都没有注意昂热·伦佐里溜掉了。同时消失的还有那只箱子,以及箱子里面珍贵的五指爪子。等两位记者反应过来,为时已晚。悄无声息,甚至没有一丝可能让他们分神的摩擦藤蔓的声响,这位男杂技演员就已经攀爬回地面。为了躲避同行者的追赶,他剪断了绳索。此刻,他怀里紧紧地抱着箱子,站在洞口边缘。

两位记者发现手枪也被男演员带走了。

"昂热,您在做什么?"年轻的姑娘惊呼道。

抬头望去,逆着光,青蓝色的天空清晰地映衬出一个消瘦的黑影。

"对不起,我的朋友们。从出生到现在,我始终都是个失败者,失败的电影演员,失败的杂技演员,失败的冒险家。报复命运之神的大好时机终于降临到我的头上。阿德让米安教授已经不在人世,我们三个掌握着他的科学遗产。三个,也就是说,有两个是多余的。因此,除了抛弃你们,我别无选择。请不要用敌视和厌恶的眼神瞪我。这是社会的错,它从未给过我快乐。这是我成就大事的唯一机会。"

他绷直了腰板,骄傲得像只公鸡。

"昂热,我再问您最后一个问题。"卢克莱斯甩出一句,"您是杀害阿德让米安教授的凶手吗?"

男演员探出前半身,用清晰可闻的大嗓门喊道:"不,我是他的朋友。他指定我作为他事业的接班人。这就是我的工作,这就是我甘愿继续的工作。"

"责难'我们来自何方'俱乐部会员的那只猴子,是您吗?"伊西多尔·卡森博格问道。

昂热·伦佐里没有否认。事已至此,再向他们隐瞒变得毫无意义。阿德让米安教授死前不久,他收到一封来自教授的信,教授在信中恳求他联系每一位俱乐部的会员,提醒他们信守承诺。教授去世之后,他重新穿上猴子的伪装,通过装神弄鬼的方式,按次序提醒每个人,带给他们的恐惧远大于痛苦。他告诉每个人:"不要再做你那套错误理论的囚徒。不要忘记真正的'缺失的环节'。不要忘记你曾经向阿德让米安教授承诺过,当他遭遇不幸的时候,你会想方设法找到他的秘密,并将它公布于世。"男杂技演员这样做,仅仅出于他和教授深厚的友谊,为了惊醒所有终日泡在实验室里,眼界无法跳出传统,受传统或错误理论束缚的科学家。

出席过多次俱乐部的聚会以后,昂热·伦佐里弄清了每个人的拿手好戏。尽管他猴子般的亮相引起巨大轰动,可是仍然没有人愿意追随阿德让米安教授的步伐。没有一个人愿意到坦桑尼亚去。看到这些人如此怯懦不堪,昂热·伦佐里失望透顶。

所有人都知道混血猴子的理论,但是每个人都拒绝做第一个揭秘者。他们按兵不动,都在等待他人先下决心。至于他,他只是一名马戏团里的前杂技演员,此外,他还曾经出演过色情电影。如果他高喊真相,同时又拿不出实证,谁会当真呢?

彻底心灰意懒以后,他抛弃了对这个小小的科学世界的全部幻想。最终,他决定绑架索菲·艾吕扬。说不定他曾经的学生要比这群不求上进的知识分子开明。

猴男没有找错人。当他在飞机上向索菲·艾吕扬和盘托出事情的真相后,她立刻表示理解。当时,她表现得很勇敢,即使不是勇敢,也至少是好奇。另外,昂热·伦佐里坚信,即便索菲·艾吕扬在科学上的声望比不上其他会员,她至少在经济方面拥有足够的力量,确保阿德让米安教授的遗作获取最大的轰动效果。

他亮出装着"五指爪子"的箱子。

"不过现在,有了'证据',一切都不一样了。"

离开之前,他最后一次探出身子。昂热·伦佐里冲着两个人眨了眨眼睛,以此当作永别。

他说道:"好啦,最后奉劝一句:死神来临之前,请抓紧时间享受。"

49 亚伯

"次子"和第一个孩子完全不同。毛发稀疏,猴类的特征弱化,反而是猪类的特征更加明显。

"父亲"和"母亲"觉得,如果他们继续产子,他们将会看见介于双方基因特征之间的新奇物种。

不管怎么说,他们还是对"次子"加以训练,一切为了伟大的使命:到达山洞顶部,最终重见天日。

50 石牢

伊西多尔·卡森博格和卢克莱斯·奈姆赫德被困洞底。他们背靠岩壁,坐在地上。

"终于达成所愿,反而被困于此,实在太遗憾了!"年轻的姑娘唏嘘不已。

"我们不会像亚当和夏娃那样,他们困在喀斯特岩洞的时候身上一无所有。而我们,有五千年的工艺史,以及从高度发达的大脑,从1600立方厘米的神经细胞里蹦出来的奇思妙想。这是我们强大的依靠。"

为了证明自己所言非虚,他把背包里面的东西全倒了出来,然后快速清点完毕。

"这位'智人'脑子里在想什么?"卢克莱斯满脸狐疑。

为什么不利用胸罩的弹性制作一张弓,用散落地上的胫骨充当箭呢？相当于祖先也参与了他们的自救行动。两个人当机立断，把绳子拴在骨头上，用肋骨制成一张弓。年轻的女记者瞄准目标，尽全力"把弓拉满"。自制箭头径直飞出，可惜，高处没有任何可供固定的地方，箭头又急速掉回洞底。

"电影里的箭头都能恰好固定住，钩子般楔进两块适当的石头中间。"

年轻的女记者转过身去，重新穿上自己的胸罩。伊西多尔欣赏着她光溜溜的后背。

"要不然我们做爱吧？"他建议道。

年轻的姑娘被他的话呛得咳嗽不止。

"不好意思，您刚才说什么？"

"要不然我们做爱吧？"他郑重地重复了一遍，"不管怎样，这是亚当和夏娃离开此地的方法。"

"我不会仅仅因为想离开洞穴就和您生儿育女。"卢克莱斯反驳道。

"好吧，既然如此，我们必死无疑。"他背靠岩壁说道。

年轻的姑娘双手叉腰。

"伊西多尔，您这是在要挟我。真的，我从来没有想过您会做这样的事情！"

他异常冷静，声音柔和。

"好吧，尽管认为我只是单纯地希望和您做爱吧。我认为，

第二部分 走向人类的摇篮

一个男人和一个女人被困在山洞里,并且面临死亡的威胁,倒不如临死享受一番。其实,这样死去也不错:在大地母亲的深处,我们做爱,直至死去。对我来说,我得承认,您在我眼中相当可爱。的确,您个头很小,但非常可爱。"

"你们男人都一样,"卢克莱斯嘴里嘟囔着,"你们的身体里确实沉睡着一头猪。"

"一头猪和一只猴子。"胖记者纠正道。

年轻的姑娘的确被自己的同伴吓了一跳。后者并未坚持己见,而是以他的方式,慢吞吞地展开睡袋,把它铺平,然后躺在上面。

"随您的便。"他说道。

年轻的姑娘赌气似的也躺了下来。

"不管怎么说,"她依然心怀不满,"即使我们打算通过养孩子来离开这个鬼地方,我们也没有足够的食物撑过怀胎的九个月。"

"亚当和夏娃撑过去了。等我们把自动售货机里的点心吃光以后,我们可以去吃那些下到洞里打算一窥究竟的猴子。"

"它们没有绳子,没有办法下来。"

"我们可以吃地里的鼹鼠、鼻涕虫和蚯蚓。虽然味道不怎么样,可是它们能够提供我们生存所必需的蛋白质。"

他搬来一块覆盖着青苔的石头,当成靠垫。

"话虽这样讲,但是九个月之后,我们的宝宝还是没办法独自爬上去。差别就在于此,我们的孩子要到周岁之后才能学会走路。我觉得一年之后,我们中会有一个人把对方吃掉。鉴于我对您满怀无比的崇敬,如果事情发展到不可收拾的地步,我宁愿立刻自杀。"

"您说得很有道理。可是在那之前,我至少可以享受一点快乐。"

她用肘部支撑起身体。

"请别再说了。"

第一天晚上,他们组合出一些符合逻辑的句子,从阿德让米安教授的自动售货机里拿到一些饼干,饱餐了一顿。两个人各占山洞一角睡下。

第二天早上,他们尝试了数种逃脱的方法,可惜全部行不通。然后他们又花了整个下午的时间争吵。

第三天,毫无变化。

第四天早上,他们又吵了起来。到了晚上,两个人讨论起人类起源,以及此次的调查经历。

第五天,他们花了一整天的时间讨论人类起源问题。入夜后,伊西多尔提议玩"三颗石子"的游戏。第五天的晚上,他们睡得近了一些。

第六天一大早,他们就开始讨论人类起源,以及逃离此地的方法。中午过后,他们玩了好几个小时"三颗石子"的游戏。晚上,他们睡得更近了。

第七天,除了玩"三颗石子"的游戏,他们什么也没有做。游戏进行到第 452 局,两个人对这个游戏的掌控能力已经到达出神入化的地步。他们知道对方想让对方相信对方想让对方相信对方手里石子的数量。

每场对决中,两人都不得不绞尽脑汁地搞乱对方的推理线索,同时摸清对方的思想脉络;必须通过近似心灵感应的方式察觉对方的思想活动,同时又不能让对方做到同样的事情。多亏了这个游戏,两个人对彼此的了解向前迈进一大步,这样做所取得的效果比花几个月的时间反反复复地描述自己的生活要强得多。自打把兴趣转移到"三颗石子"的游戏上,他们的食量减少了,甚至再也没有过争吵。

第七天晚上,伊西多尔感觉浑身发冷,他询问卢克莱斯,自己是否可以蜷缩在她的怀里,卢克莱斯同意了。可是,当他试图抚摸她的身体时,她温柔地把他推开,并且告诉他,一切为时尚早。

第八天早上,他们刚刚睁开眼睛,正准备玩"三颗石子"的游戏时,突然发现了新东西——从洞顶垂下来一根藤蔓。

51　该隐与亚伯

洞中充满敌对的气氛,"父亲""母亲""长子""次子"勉勉强强地在洞底生存。他们杀死从天上掉下来的动物,把吃剩下的残骸埋进黏土里保鲜。有一天,两只老鼠掉进洞里,"次子"提议把它们凑成一对夫妇,开始饲养它们。"次子"的确智力超群。

"长子"不甘落后,独立研究出培育霉菌的方法。霉菌看起来营养十分丰富。

全家都在期待"次子"长大,到那时他们就可以再次尝试通过叠罗汉的方式到达洞顶。他们努力试验过好几次,几乎就要成功了。他们决定再等等,等"次子"长得再高大一点。

可是,在与世隔绝的山洞里,气氛越来越沉重。"长子"和"次子"无法再容忍对方。面对"父亲"的抚慰及"母亲"的舔舐时，他们是对手。"长子"时常斥责"次子"长着猪蹄般的手与奇形怪状的拱嘴。

"次子"则指责"长子"暴力倾向严重，并且不尊重父母。两个孩子吵到最后经常大打出手，然后又经常升级成真正的搏杀。

一天，当他们再次诉诸武力的时候，"长子"杀死了"次子"。

父母没来得及介入。他们的目光落在凶手身上，然后又看了看受害者。他们的希望就此破灭。

怎么办？惩罚"长子"？把他也杀了？

考虑到怀胎的艰辛，"次子"的死让他们蒙受巨大的损失。"次子"出生以后，"母亲"又怀过几次孕，可惜每个孩子都不幸夭折。现在，他们觉得自己可能再也无法生育了。

盛怒之下，"父亲"咆哮起来，双拳狠命敲打着岩壁。"长子"不仅杀死了"他"最喜欢的孩子，还扼杀了"他"逃出山洞的希望。他们全部没了指望。甚至"母亲"都无法再让"他"冷静下来。"父亲"的愤怒陡然升到极点，愤怒赋予"他"不可思议的力量，"他"一把抓起"长子"，把他扔到空中，想要结束他的生命。

可是，"长子"的头并没有撞上洞顶。他朝着狭窄的洞口飞去，灵长类的反应能力瞬间迸发，他用力挤住岩壁，防止自己掉下去。

下面，他的"父亲"仍然不停地咆哮。

"父亲"发怒的样子让"长子"害怕极了。于是,他施展出猴类的能力,一直爬到地面上。

他的"父亲"和"母亲"停止吼叫,犹如雷击一般愣在原地。"长子"成功地逃出了山洞!

52 出人意料的同盟者

一根藤蔓。

几只焦躁不安的生物围绕在藤蔓附近,它们慢慢滑向两个人。伊西多尔·卡森博格和卢克莱斯·奈姆赫德极不情愿地停下手上的"三颗石子"的游戏。

滑下来的不是人类,而是狐猴。藤蔓的消失也给它们出了个难题。它们很清楚,鉴于山洞深不可测,若从洞口跳进洞里定会摔得骨折筋裂。于是,它们开始寻找保险的下降方式。狐猴们花了好几天的时间试图解决问题,或许多亏了自动售货机很好地训练了它们的大脑,最终它们如愿以偿地找到了办法。

它们懂得必须把藤蔓系在树干上的道理。它们甚至必须发明"打结"的概念,以便把藤蔓系得结实。考虑到数十只小狐猴一起顺藤而下,活像一串葡萄,藤蔓的结必须要打得牢靠。

狐猴们看到两个人类已经吃掉大量属于它们的饼干,立马换上一副龇牙咧嘴的表情。两只强势雄性狐猴吵了起来。它们相互指责对方相信人类。

简直是一团糟!

经过一周的苦思冥想,最终在洞底却看到两个"怪兽"吃掉了它们大部分的点心,而且在森林中,库存仅此一处!

狐猴首领走到两个人面前,抓住他们的手,示意他们应该到地面上去,然后离开这里。

卢克莱斯·奈姆赫德赶忙拾掇好他们的东西,抓住藤蔓。

"没问题,先生。"她向面前的狐猴首领致意。后者被"灾情"的程度惊呆了。

"成何体统,我们人类需要其他动物的帮助才能摆脱困境。"伊西多尔吃力地跟在卢克莱斯后面,一边往上爬,一边想着。

狐猴大叫着催促他们向上爬,然后离开这里。

等到两名入侵者离开它们的视线之后,狐猴们罢黜了本族过于仁慈的首领,并且相互起誓,再也不相信人类了,即使他们摆出适当的臣服姿势。

53 逃出洞外

"长子"抬起头,阳光很刺眼。自打出生到现在,他一直生活在阴暗中,唯有从岩石缝隙里透出的几缕漫射光线能够带来一丝光明。

他几乎无法忍受白天的阳光照射。他的手掌紧紧地贴着眼睛。阳光似乎令他头昏脑涨。

"长子"想重新回到洞里,和家人团聚。可是,在下面,"父亲"还在咒骂他。他知道自己别无选择。

阳光不停地折磨着他。那种感觉很奇怪,就好像一团漫天的火焰正在吞噬他的大脑。炽热的光线贪得无厌,他不得不压抑其他所有的感官。他蹲在地上,举起胳膊挡住自己,以免遭受光子的猛烈攻击。

不过,他的大脑渐渐地适应了这种光照强度,他重新抬起头来。他看到了天空。在山洞里的时候,天空只是狭长的一条蓝带。而在这里,天空漫无边际!

阳光导致的头晕目眩过后,第二种奇特的感觉袭来:寒冷。在洞底,气温几乎是恒定的。而在这里,温暖的微风吹过以后,寒冷的感觉接踵而至,扫过他敏感的皮肤。他全身的汗毛都竖立起来。

第三种奇怪的感觉来自嗅觉方面。洞外面,数十、成百、上千种气味相互汇聚、相互融合、相辅相成。水果的气味、汗水的气味、花粉的气味、树木的气味、尿液的气味、粪便的气味、苔藓的气味、灰尘的气味、泥土的气味……微微的芬芳中包含着成百上千种依旧无法识别的信息。

他就像一只刚刚破壳的雏鸟。他低下头,因为他害怕光明、微风,以及气味。

他的脑海里打开了第四扇门:听觉。在山洞里,声音都被弱化、减轻。而在外面,喧闹声似乎没有停止过。飞鸟叽叽喳喳,树木唰唰作响,蚱蜢摩擦自己的鞘翅。猫头鹰的叫声、野兽的尖声急叫,以及虎啸狮吼,彼此交融呼应。各色信号混作一团,冲击所有的感官,其中,他辨认出"父亲"的声音。

"父亲"还在洞底辱骂他。"长子"回想起导致他来到此地的恶劣状况——弟弟的死亡与"父亲"的怒火。在洞底,"父亲"挥舞着拳头威胁他。一位父亲如何能够责怪自己的儿子,自己的亲生骨肉到这种程度?

"长子"待在原地,一动不动地聆听着汹涌而至的刻骨仇恨。"父亲"后悔刚才没有杀死他。他喊了几句作为回应,意思是:"可是爸爸,你应该意识到——我成功了!"

他发出几句声响作为表达。他渴望表达。他渴望替自己辩护。他喉咙里从未使用过的肌肉苏醒了,开始扭曲、变形。他必须跟父亲解释清楚。他的喉咙、嘴巴、脸颊,他调动一切能调动的器官寻求方法,制造出能让父亲明白自己心意的声音。

他的声音,他重复了上千次的声音。他心中太多的事情想叫父亲知晓,特别是他想让父亲为他骄傲:"爸爸,我成功了!"他想,不管通过什么样的途径,不论情况如何,他们的家族世系都得以延续。

可是在地下,他没有找到任何鼓励及庆祝的讯号。"父亲"似乎也在搜寻着他的声音,可表现出来的是痛苦和责备。

简直不可思议。

洞里洞外,两张嘴都渴望通过尖叫表达不同的意思。他们测试自己的喉咙,检验是否能够发出新的具有细微差别的声音。一个指责非难,另一个解释辩驳。对话不可能成立。于是,"长子"自言自语道,他应该离开此地。他最后发出一句含糊的咕噜声,意思是:"既然你不能原谅我,爸爸,既然你不能以我为荣,我还是离开好了。"

他最后一次俯身看向洞底。他看到"母亲"惊异的眼神、弟弟的尸体,以及就在尸体旁边,"父亲"狂怒的目光。

"父亲"愤怒的眼神从地底射向他,他永远无法忘记。

第三部分

恼人的远亲

1 绝妙的话题

巴黎,此时此刻。

数千双眼睛从地里冒出来。刚从地铁的地下通道里走出来,太阳光晃得人有点睁不开眼睛。紧接着,他们恢复镇定,行色匆匆地奔走在人行道上,开始为日常工作而忙碌。地铁口一刻不停地把人类转移到地面上。

人们要去哪里?大部分人是要去工作的地方。他们急匆匆赶往成千上万个温暖的方形洞穴,这些洞穴为人类的摩登活动遮风挡雨。他们去打电话。读报纸。查信件。回信。打电话。跟同事谈论前一天晚上的电视节目。喝从饮料贩售机买来的咖啡。把数字填入表格。检查下属填入表格里的数字。指出下属的错误。去见上司。展示营业额上升的示意图表。再喝从饮料贩售机买来的咖啡。在合同上签字。再打电话。

和穿迷你裙的女秘书打情骂俏。去餐馆吃饭。又是打电话。叫工人来维修出现故障的电脑。叫工人来维修出现故障的电话。勾引女秘书。买新的电脑。买新的电话。雇用新的女秘书。打电话。喝从饮料贩售机买来的咖啡。跟同事讨论新近的收获。谈他的部门里或者其他的部门里谁跟谁睡觉。看手表。看记事本。还是打电话。

轰轰作响的古兹牌摩托车停在《当代观察家》杂志社楼前。卢克莱斯·奈姆赫德摘下云母眼镜和皮质软帽,三步并作两步,跑上楼。

她迟到了。她溜进记者们围成的圈子里,挨着弗兰克·高梯耶坐下。克里斯蒂娜·泰纳蒂耶甚至都没有施恩式地看她一眼。圆桌会议已经开始了,内容是讨论下一期的主题。

负责社会新闻及幽默版面的记者马克西姆·沃伊哈建议撰写一篇关于莴苣叶的丑闻,餐馆总是把号称做装饰用的枯萎的莴苣叶当炸牛排配菜。他的提议激起了所有人的兴趣,有的人甚至建议创立对抗如此灾害的协会。他的话题通过了。一冲动,他又建议撰写一篇关于老是蹭人后背的尼龙标签的文章。可是大家纷纷表示,斗争得选时机。

犯罪报道大师弗洛朗·佩尔格里尼打算调查一位母亲被亲生儿子无意间撞破奸情之后将儿子溺死的案件。这位母亲把自己的孩子塞进垃圾袋中,然后把他丢进当地的一条河里。

为了增加话题的趣味性,他特别强调这位杀人的母亲脸蛋非常上相,就连负责调查此案的法官都疯狂地坠入情网。该话题也通过了审核。

生态环境记者克洛蒂尔德·普朗考提出,世界上最广袤的森林之一——巴布亚森林正在消失,变成寿司店的一次性筷子或者西方人擤鼻子用的一次性纸巾。侵占了巴布亚岛南侧的印度尼西亚人如今迫不及待地把森林转卖给日本和美国的财团。此外,为了给那些企业家的工厂提供便利,他们毫无廉耻地屠杀巴布亚土著人。

主编噘了噘嘴。"不行。"她没有给克洛蒂尔德任何辩解的机会。于是,克洛蒂尔德又建议报道海洋中消失的鱼类。工业化的渔船把海面上的鱼捕光了,想再打到野生鱼类,不得不在深海撒网。他们从深海里捕到的是面目可憎的海怪,海怪很快被加工成"撒面包屑的无须鳕鱼里脊肉",无法辨认出原来恐怖的样子。

克里斯蒂娜·泰纳蒂耶毫无兴趣,她命令年轻的姑娘停止羞辱从事木材加工和渔业的企业家。女环境记者浑身僵硬,低下头,嘟嘟囔囔,保证下次一定做得更好。

报道国际事件的大记者让-皮埃尔·杜波斯科提示自己刚从中非回来。他亲眼看到那里的人因为没有足够的子弹来干净利索地要对方的命,只得用木棍和石块互相残杀。

"太棒了!"泰纳蒂耶赞许道,"这将会打开'新闻'栏目的局面。然而,需要注意一个细节:您总是千篇一律,每次以眼睛周围落满苍蝇的某个小女孩作为开头,因为母亲刚刚遇害,小孩在哭泣。稍微改一改吧,我亲爱的让-皮埃尔。阿尔伯特·伦敦[1]在他的报道中不停地使用雷同的桥段。最终,名誉扫地。我也不清楚,要不然尝试替换成某个小男孩,肚子胀得很大,因为父亲刚刚被抓去坐牢而哭泣……"

与会者傻笑起来,笑声中包含几分嘲讽,也有几分谄媚。

"下一位。"

弗兰克·高梯耶酝酿揭发顺势疗法、针灸疗法及其他温和疗法的黑幕。他想最终掐断所有"依靠亲人的信任过日子的江湖庸医"的经济来源。让-皮埃尔·杜波斯科示意自己也在接受顺势治疗,而且他接受的这种治疗效果显著。佩尔格里尼提醒大家,这种号称温和的地下医学在《当代观察家》杂志的读者群中非常流行。泰纳蒂耶叫大家不要再争吵了。

"老一辈的疗法是否奏效根本无关紧要。此类文章的好处恰恰就是重开论战,一切报纸的功能都是重新煽旺即将熄灭的大火,难道不是吗?如果弗兰克成功地运用必要的复仇性笔

---

[1] 阿尔伯特·伦敦(1884—1932)为法国著名记者,目前阿尔伯特·伦敦新闻奖为法国新闻界最高奖项。

调——我完全相信他有这个能力——至少一年之内,我们将会收到满满数麻袋的读者来信。无端的挑衅及道歉声明是新闻调查工作的两个源泉。"

大家的目光转向卢克莱斯·奈姆赫德。下面要轮到她发言了。她站起身来,下意识地理了理短裙上凭空臆想出来的褶皱,告诉众人自己同伊西多尔·卡森博格合作远赴非洲调查"缺失的环节",并表示,她带回了独家新闻。

女主编的目光变得冷酷起来。显而易见,"伊西多尔·卡森博格"这个名字并没有给她带来任何愉快的回忆。她鼓励年轻的姑娘继续说下去,就像饿狼鼓励羔羊到自己的嘴中一游。

"我们在坦桑尼亚的热带丛林中找到了阿德让米安教授的秘密。现在,我们弄清楚了他的理论。似乎他的确发现了人类最远古的祖先。我们祖先的祖先。这将会引发一场轩然大波。"

女主编点上一根香烟,深吸一口,吐出模糊的烟雾。

"您的论断有证据吗?"

"是的,呃……最后,应该说我们曾经见过证据,可惜被别人偷走了。不过您刚才说,无论如何,无端的挑衅及道歉声明是新闻调查工作的两个源泉。"

"那针对的是顺势疗法,而不是古生物学家,"弗兰克·高梯耶替女主编回答道,"人类起源这个话题非同小可,没有证据绝不能乱说。没有过硬的证据摆在面前,不能随随便便就抛出某种假设。"

同事的背叛令卢克莱斯·奈姆赫德大跌眼镜。

"可是,我可以讲述的故事……"

"……没有证据就没有价值,"高梯耶抢先说道,"拿出头骨、骨骼碎片,或者任何经得起真正的科学家鉴定的东西。我们不能随便刊发不合理的文章。我们杂志社会因此砸了招牌。"

卢克莱斯深吸一口气以保持冷静。

"阿德让米安教授……"她打开话匣子。

"……死了。"女主编打断她,"所以,他无法再支持你,况且,圈里的人都把他看作怪人。"

泰纳蒂耶并没有因为看见弗兰克·高梯耶生硬无情地打压他的女实习生而不高兴。可是,实习生依然没有认输。

"非常好,我会把证据带回来的!"她在女主编的烟雾包围圈中甩出一句。

泰纳蒂耶心生一计,露出一丝坏笑。

"不管怎么说,这或许的确是个不错的主题,"她突然让步,"为什么不就此探讨一下呢?亲爱的弗兰克,您对报道科学事件不感兴趣吗?那可是千真万确的大事件,同时可以回顾当前有关人类起源的认识。我认为只有您才具备足够强的专业知识,去处置如此棘手的话题。"

第三部分　恼人的远亲

弗兰克·高梯耶当即表示，自己对这个主题很感兴趣，他自愿把顺势疗法的报道延后。他在古生物学界交游广泛，他们会很乐意把人类祖先"货真价实的"故事讲给他听。马克西姆·沃伊哈强调这个主题也是他的拿手好戏，他将自愿撰写一篇趣味导言，吸引法国人对自身起源之谜的兴趣，以此补全弗兰克的调查。

"可是……"卢克莱斯颇感不快。

"大事件。甚至有可能成为封面故事！"泰纳蒂耶说得更夸张了。

克洛蒂尔德·普朗考小心翼翼地建议用加框标题的形式介绍法国在修建高速公路时偶然发现的古人类遗址。

"亲爱的克洛蒂尔德，您的主意棒极了。您看，当您想要……"

"可是……"卢克莱斯如鲠在喉，简直不敢相信自己的耳朵。

泰纳蒂耶吐出最后一个烟圈，结束会议。

"没错，绝佳的封面故事。谁从来没有提过这样玄奥的问题，这样困扰所有人的重大问题——'我们来自何方'？"

2 在高处

"苏人[1]认为,人类是由兔子创造的。这只小动物在路上发现一个血块。它开始用爪尖玩弄血块。血块转变成肠子。兔子继续摆弄它,肠子上突然长出心脏,接着是眼睛。这些器官最后变成一个小男孩,世界上第一个小男孩。"

伊西多尔·卡森博格翻阅着神话典籍。卢克莱斯找到一则。

"16世纪时,墨西哥人认为上帝用焙烧过的黏土制造人类。可是第一个人类的焙烧时间过长,拿出来的时候已经被完全烤煳了,漆黑一片。上帝对这样的结果不甚满意。他随意将这个半成品扔在地上,于是黑人直接掉落在非洲。上帝开始试验焙

---

[1] 指北美大平原上的印第安民族。

烧第二个人，可是'火候不足'。结果出炉的人类面无血色，浑身惨白，几乎就是毛坯。上帝认为自己没有调节好烤炉，导致了第二次失败。因此，他又把第二个试验品一丢，这第二个人于是落在了欧洲。上帝全神贯注，一丝不苟地监督第三次焙烤。上帝非常希望这次的作品颜色恰到好处，镀金烫铜般的赤褐色。这一次，他没有失望，如愿得到一个火候适中的人类，完美的人类：墨西哥人。上帝把他们安置在美洲中部。"

"公元前2300年，赫利奥波利斯的埃及居民认为，人类起源自阿图姆神的手淫。他的精液中孕育出孪生兄妹休和特夫纳。他们创造出最初的人类。"

卢克莱斯已经准备好接过话茬儿。

"公元前1200年，苏美尔人认为，众神厌倦了为满足自我需求而工作。因此他们决定牺牲他们中的某个神，孕育出一代奴仆，让自己无须终日劳累。"

"如此多的假设，如此多的主张。现在又多了一个荒唐的版本：'我们祖先的祖先'曾经失身给一头母猪！"

两个人都笑了起来。

他仔细看着她。她笑起来的时候，两枚酒窝攀上脸颊。就在此刻，电视机自动打开了。

"现代神话的时刻已然降临。"伊西多尔宣布。

电视屏幕上，播报员身穿腰身束紧的法兰绒条纹衫，正在播报新闻标题。节目一开始,他播送了一则关于罗马尼亚孤儿院的特别报道。记者解释说,在那里,许多孩子被遗弃在教堂前的广场上。人们把这些孩子抱回国立孤儿院。电视上的孤儿院满地污秽,孩子们正在喧闹。评论员强调,因为该国既没有足够的资金,也没有足够的人员照料这群孩子,所以人们只能把这些新生儿关进笼子般的钢丝床里。孤儿院里面,是孩子们无休止的尖叫和哭闹声。有些孩子变疯了,把自己的脸抓得伤痕累累。暴力倾向最严重的孩子打两岁起就必须穿上束缚疯子用的紧身衣。一位社会学家在麦克风前解释说,全世界遗弃儿童的数量越来越多。他宣称,现在遗弃儿童的数量已经达到一亿四千六百万之巨,并且这一数字仍在所有的国家呈几何级数增长。伊西多尔突然关掉电视。他被震动了。

"一亿四千六百万!"他惊呆了,重复着。

他把脸埋进双手中。

卢克莱斯现在终于明白他为何要如此努力寻求"减少暴力之路",为何尝试畅想更绚丽多彩的未来。现实令他惊慌失措。有那么一瞬间,她在心里追问,为什么他要像这样强迫收听新闻,不过,她知道答案。"因为他想要去了解。他不想当鸵鸟。他想要直面身在其中的世界。"

"这没什么大不了的。不好意思。"他恢复了常态,嘟囔着。

"我能理解,"她说,"我就是孤儿,与我关系才大呢。"

第三部分　恼人的远亲

"如果我们遗弃骨肉，我们完全是一种……"

"……仿佛人类不怎么关心子孙后代的未来。"她补充道。

他果断站起身。

"或许是时候告诉您我的另一个秘密了。"他说道。

船桅般的巨柱直插在房间中央，胖记者领着年轻的姑娘来到柱子跟前。他打开一扇门，露出藏在门后面的盘旋楼梯。

她跟在他的身后。他们来到一扇门前，他掏出钥匙打开门锁。他关掉楼梯间的电灯，点燃一座插着七根蜡烛的烛台。门通向一个被水环绕的小型平台。他们来到了最顶层的蓄水池。

卢克莱斯明白了为什么伊西多尔使用烛台——尽力避免发出太强的光亮。这里没有天花板，抬起头就能看见满天星星。

"这是我的'度假胜地'。"

他吹灭那七根蜡烛。冬夜星光璀璨，足以看清周围景象。

他指着连接环绕在水池周围的环形沙滩的木梯。

"在这里，我们远离人类，更亲近繁星。"

他走向隐蔽的角落，选出一张唱片，塞进高保真音响：埃里克·萨蒂的《裸体舞曲》[1]。音乐顿时充满房间，甚至在水面上

---

[1] 该钢琴曲名来源于古希腊斯巴达每年祭祀太阳神阿波罗的节目，届时男性会裸体载歌载舞庆祝。据说法国作曲家萨蒂（1866—1925）在一只希腊瓶上见过关于它的绘画，由此写了这套舞曲。

激起层层涟漪。他打开两把折叠躺椅。

"太美了……"

他用手指着星星,示意卢克莱斯保持安静。

"今夜,我们的节目,只有萨蒂和繁星。"

"我……"

他把手指按在嘴唇上。

"嘘……听吧。去悟。别说话。"

他调大钢琴曲的音量。音乐充满整个房间。

她抬头望向繁星。她越看星星越多,新的星星不断冒出来。

"我有种感觉……"

伊西多尔没有再劳神示意她安静。他朝她投去默契的微笑,她心里明白,对方和她有一样的感受,这也正是他来到此地的原因。在这里,无须多言便可心意相通。

就在此刻,她听到一阵动静。异样的啪啪声。光线不足,所以她无法看清楚水面。随着瞳孔慢慢放大,她看得更清楚一些。水面上露出三个脑袋,正盯着她看。

她被吓了一跳。但是,那三张面孔仿佛在嘲讽,在上下打量卢克莱斯的面孔,它们原来是熟悉的生物——海豚。

"它们……"

伊西多尔又一次把手指按在嘴唇上。突然,他站起来,脱掉身上的衣服，纵身跃入温热的池水里。跳水动作有点大，把水溅到了池边。几只海豚发出高亢的尖叫，和他玩作一团。

"我可以加入吗？"她问道。

"不行，现在不行。"

既然如此，她只得站在池边，看着点点繁星，听着自己的伙伴和海豚嬉闹的声音。她想到已经发生的事情。她懂了，伊西多尔来到这里是要卸下身上全部的压力。重力作用在陆地上无处不在，紧压着他身上的每一寸骨骼，然而水是一种可以让他甚至再也感受不到这种重力的元素。海豚是他的护理员。黑夜，是他的出路。

在"度假胜地"，他可以甩掉无边的压力。在这里，他没有复仇的欲望，感觉不到怒气。

伊西多尔在水中翻上潜下。海豚们似乎明白，今天，他格外需要它们。她注意到每条海豚身上都伤痕累累。它们应该是被船舶的螺旋桨所伤，伊西多尔悉心照料并收留了它们。开始拯救别人，将会获得自救。

海豚拖着伊西多尔，伊西多尔闭气潜泳，时间越来越长。它们带着自己的朋友绕着楼梯所在的巨柱转圈。伊西多尔抓着它们的背鳍，惬意地合上眼睛，脸上洋溢着心满意足的笑容。

他重新爬到岸上，身上裹着一条毛巾。

"您征求过它们的意见了吗？"

伊西多尔突然显得坚定起来。

"和它们一起,好多了,我感觉……找回了自我。"

他原地转了一圈。

"我认为这个有关'缺失的环节'的故事至关重要。如果不想'五指爪'消失的话,我们必须赶快行动起来。"

"昂热多半会设法把它卖给出价最高的人。"女记者怒嚷道。

"他需要既有钱又有信用的人。"伊西多尔提出自己的观点。

他们俩一致同意把天文学家桑德森和生物学家康拉德排除在外。因为他们两位都是公务员,没有经济实力满足那个杂技演员。

只剩下范·丽斯柏医生。

"她很有办法,找她看病的都是亿万富翁,她甚至还是最早发现人类与猪之间联系的人。"卢克莱斯倒吸了一口凉气。

"那间诊所里里外外有些奇怪的东西……"

"真该死!"

伊西多尔不再说话,抓起一盒甘草糖。他需要越来越多的糖类为大脑提供养分。

"我怎么早没想到那里!"

"想到哪里?"

"他们著名的CIRC区域。"

"是啊,他们的实验区域。我看不出来那里有什么价值……"卢克莱斯惊讶道。

"很简单,首字母。"

"CIRC?"

卢克莱斯重复了好几遍这组字母,然后,她突然停了下来,仿佛触电一般。

"喀耳刻!希腊神话中的女神!"

这回,年轻的姑娘完全理解了同伴的心烦意乱。

"您能回忆起她的特别之处吗?"

完全无须提醒,年轻的姑娘知道喀耳刻。这位希腊神话中的女巫,在《奥德赛》中把奥德修斯的随从变成了……猪。

两个人离开了水塔城堡,冲向侧三轮摩托车,消失在浓重的夜色中。

3 孑然一身

他看到远处有一群灵长类动物。

长得像是爸爸的样子。

"长子"飞奔过去,满怀希望部落能够接纳他。三名强势雄性成员立刻示意他马上离开,但他一再坚持。族人朝他扔石头,甚至孩子们也朝他丢石头。大伙儿不喜欢生人。

"长子"不知道自己长得什么模样,不过看对方敌视的样子,他猜想应该同他们有些"区别"。

他又靠近疣猪家族。它们长得像妈妈。

结果如出一辙,獠牙最长的雄性疣猪猛攻过来,示意他必须离远点儿。

他想跟它们聊聊,想告诉它们,"母亲"和"父亲"的不同特征远非缺陷,而是让他的特点更加丰满。但是,他明白了,他比不受欢迎的人还要不受欢迎:讨厌鬼。

这些动物既不认识他的面孔,也不熟悉他的体味。在它们眼里,"长子"是怪兽、异种。大伙儿都盼着他死去,别留下后代。

他缩成一团。他心想,他原本应该留在山洞里,和家人待在一起。至少他的长相不会让他们反感。

4　诊所

卢克莱斯·奈姆赫德轻松攀上含羞草诊所的围墙。但伊西多尔就要困难许多,只能怪他平时缺乏锻炼,体重超标。

几条狗突然出现。伊西多尔·卡森博格丢过去几粒浸过三氯甲烷的炸丸子,这是他来之前为应对此类情况专门准备的。

看门犬安静下来,两个人悄悄穿过花园,潜入诊所。门口依然很热闹,几位失眠症患者正在骚扰异常耐心的护士。为了尽量避免被人发现,两位记者直接穿过走廊,来到CIRC区域。

他们穿过大门,右手边,有一间会议室,里面传来喧闹的声音。他们朝那里走去。范·丽斯柏医生正亲自给十来名学生上课。他们透过小通风口,从看到的情形推断,她正在向学生们解释如何从猪身上提取胰腺,然后如何把它移植到倭黑猩猩

第三部分 恼人的远亲

身上以使它"通人性",最终再移植到人类身上。接着,她向学生们介绍手术成功率曲线图。

房间里有一头猪崽和一只猴子。女医生解释说,这头猪的基因已经做了改变,以便在可能的手术过程中产生最小的排异反应。紧接着,她又开始放录像,讲的是一位身患绝症的病人。

"在我们做手术前,甚至吗啡都已经对他无效。我们在他的脊椎管中植入数颗大号胶囊,胶囊里面包含提取自猪肾上腺的嗜铬细胞。后者天生就能生产止痛的物质,尤其是多巴胺、脑啡肽,以及生长抑制激素。效果大大超过我们的预期。有些患者身上可以停止使用吗啡——唯一不与植入物兼容的东西。"

含羞草诊所并非唯一一家进行此类实验的机构,女外科医生强调说。位于美国罗得岛州的普罗维登斯学院的生物系及洛桑医学院试图利用猪移植术治疗帕金森病。他们已经在胰腺、肾上腺甚至心脏移植术方面取得了骄人的成绩。

"你们在找什么?"

伊西多尔和卢克莱斯吓了一大跳。保安礼貌地把两个人请进会议室。

"我觉得这两个人不是您的学生。"他说。

范·丽斯柏医生认出了两位记者,她告诉保安没事,可以继续去巡视。这两位访客并不危险。不过,她还是匆忙结束授课,以最快速度把两个人带进她的办公室。

办公室里摆着一张桃花心木的办公桌,桌上整整齐齐地摆放着几支钢笔和几份文件。范·丽斯柏的扶手椅置于办公桌后面。三个人刚一坐下来,她便开始说话。

"我知道你们刚从坦桑尼亚回来。所以,你们很清楚,这或许就是你们擅自闯进来的原因。你们认为'五指爪'现在在我手上,可惜你们弄错了。昂热·伦佐里的确跟我联系过,不过只是为了通知我一声,说他即将举办一场拍卖会,届时将会把'五指爪'转让给出价最高的人。拍卖会将于下周在'冬日马戏团'举行,在他的表演之后。"

范·丽斯柏医生拿出一张卡片给两位记者看,卡片上印着"五指爪"的照片,以及举办拍卖会的确切日期和地点。接着,她交叉着两条裹着黑色丝袜的纤细大腿,舒舒服服地坐进了扶手椅里。

卢克莱斯·奈姆赫德直视着她。

"从一开始您就知道阿德让米安教授的假设是人猪混合体。为什么您从没告诉过我们?"

"这是一个很棘手的问题。猪总是给人留下极其糟糕的印象。在农场里,它们挨的打最多。"

她紧张地盯着两个人,然后暗下决心。

"请跟我来。"她说。

一行人走出大楼,范·丽斯柏领着两个人向花园中一座独

第三部分 恼人的远亲

立的小房子走去,他们俩第一次来时并没有注意到这座房子。迈进大门,屋内的一切似乎都是祭祀猪专用的:巨大的猪塑像,还有各种招贴画。

"研究猪让我困惑。一方面,我发觉有的猪智力超群,仿佛是我们的近亲;另一方面,在产业化的养殖场里,我们给它们的待遇令人类彻底蒙羞。如此对待其他动物,我们有何颜面自称高等动物? 于是,在 CIRC 做实验不能再满足我了,在'动物解放阵线'的帮助下,我开始资助法国一家保护猪权益的特殊的公司——PLF,'猪解放阵线'。我已经说服了含羞草诊所的股东,支持抗议动物恶劣生存环境的斗争对公司形象非常有利。仅仅出于今后免遭反对活体解剖联盟骚扰的目的,他们便同意让我们使用旧楼里的房间及毗邻的橘子园。"

门口处,几名年轻人正忙着整理传单和招贴画,还有颂扬猪的 T 恤衫。

"他们都是志愿者,他们懂得替猪平反昭雪的重要意义。"范·丽斯柏明确表示。

卢克莱斯和伊西多尔跟在她身后。这栋房子活脱脱就是一座为猪而建的博物馆。一尊猪的雕像端坐在主厅正中间的底座上,青铜板上镌刻着铭文:"每个人的心中都沉睡着一头猪。"

女医生动情地抚摸着雕像的曲线。

"在我认识的动物中,这种动物最温顺,最热情,并且与人类最为亲近。从前,高卢人懂得崇敬猪。他们把猪视作神圣之物,因为只有猪有本事发现块菰。古埃及神话中的天空女神和群星之母——努特有时候就会以哺乳幼崽的母猪的形象现世。在土耳其,人们对野猪顶礼膜拜。[1]"

卢克莱斯·奈姆赫德掏出满是折角的笔记本,边做笔记边仔细观察各种不同的符号、雕像、画作、涂鸦,以及房间里所有起装饰作用的颂扬猪的东西。

"……猪风光的时代已经过去了。大力神赫拉克勒斯的十二件任务之一就是击败厄律曼托斯山上的野猪,这标志着它们已经跌落神坛。在世界各地,随便哪个国家的神话中,我们都能找到这样一个时刻,猪成为战败者,进而被剥夺神之光环。墨勒阿革洛斯要了卡吕冬密林里野猪的命。忒修斯杀死了克罗米翁牝猪……"

他们走进一间摆满笼子的房间。每只笼子都被精心布置过,"房客"在其中生活得十分舒适。每只笼子里都铺着舒服的垫子,摆着实用性极强的食槽。屋内光线柔和。每个窝都贴着标签,上面印有猪房客的名字及特殊的基因特征。例如夏尔·

---

[1] 1994年在土耳其库尔德斯坦哥贝克力山丘发现了矩形巨石阵遗址,距今约有1.2万年,巨大石柱雕满动物纹饰,主要有野猪、野鸭和爬行动物,以及狩猎和娱乐的场面。

第三部分 恼人的远亲

爱德华、马克西米连、沃尔夫根·阿马多伊斯、阿喀琉斯、让·塞巴斯蒂安、路德维。两位记者心想,旁边的科学术语专业标识应该是为CIRC的移植手术服务的。

索朗日·范·丽斯柏抓住一只猪崽,请他们抚摸它。

"看看吧,它粉嫩的皮肤既柔软又光滑。这是种极易被驯服的动物。它比猫更干净,比狗更忠诚。它不需要上街散步以解决'内需'。只要我们呼唤一声它的名字,它就会过来。它喜欢舔主人的手。它能够学习技巧。它会取报纸。得益于比其他动物更敏感的拱嘴,它还可以靠嗅觉追踪线索。唯一能够找出块菰的动物绝非浪得虚名。"

伊西多尔·卡森博格从范·丽斯柏的怀中抱过猪崽。

"从各个角度看,猪都确实是种贵族动物,"女医生热情不减,继续说道,"它智慧超群、温柔多情、心思敏感而细腻。而且,它具有家庭及夫妻观念。做爱的时候,它的神经高度紧张,有时候甚至会因此丧命。可见这种动物可以热情到何种程度!它对万事万物都有好奇心,而且不停地努力改善生活条件。"

卢克莱斯·奈姆赫德也想爱抚一下这头猪崽。

"您看,您也喜欢同它玩耍,"范·丽斯柏注意到,"一般来说,只要给猪一个机会惹您开心,它就一定会有出色的表现。事实上,与其说每个人心中都沉睡着一头猪,倒不如说在那些优秀的人心中才会有猪沉睡。"

"我可怜的老朋友，"伊西多尔深情地望着猪崽，说道，"你的运气不佳，在这个星球上投错胎了。"

说完，他转身面向它的女主人发问。

"您第一次发觉猪特别值得关注是什么时候？"

范·丽斯柏医生做了一个手势，请两位访客欣赏挂在墙上的各种猪的照片。她决定给他们讲些寓言故事。

很久以前，在中国，猪是孩子们十分喜欢的家庭宠物。那时候，中国人饲养犬类作为食物，驯化猪作为伙伴。有一天，在四川，有个小男孩家里失火。他心急火燎，冲进房内救他的猪朋友。可惜它已经死在了浓烟之中，大半个尸体都被烤焦了。小男孩完全出自本能，想最后一次抱抱它，可是熔化后渗出体外的猪油烫伤了小男孩的双手。为了缓解疼痛，小男孩把手指放进嘴里，他发现……猪油的味道实在是太美了。消息流传开来。中国人开始用铁钎插进驯养的猪，烤着吃，猪在世界上作为人类伙伴的生涯就此结束了。

同一时期，在全世界各地，猪变成了理想的饲养动物。它只需要很小的生存空间。它是杂食性动物，并且不具攻击性。这就是猪的悲剧：它的适应能力、温顺的脾气，以及对人类的热情最终反而宣判了它的死刑。

整齐地挂在周围的照片展示了工业化养猪的起步阶段。电气化养猪。割肉机。研肉机。还有猪肉处理机。照片下面

第三部分 恼人的远亲

的牌子上印着人类利用猪制成的物品清单。从毛刷到画笔，再到猪油制成的蜡烛、猪蹄制成的胶水、猪膀胱制成的鞣皮制品及烟袋。

"你们知道就在我跟你们说话的当口，全世界养着多少头猪吗？大约六亿五千万头！是美国人口的三倍！"

伊西多尔·卡森博格和卢克莱斯·奈姆赫德盯着照片，照片上是堆成塔一样的猪肉罐头、成堆的玻璃纸包装的猪肉制品，有猪牛肉混合香肠、熟肉酱、白猪肉肠、黑猪肉肠、猪血肠、胡椒猪肉肠、萨拉米肉肠……

"这就是它们的临终圣事。"

墙上有张旧的广告招贴画，画上的猪眉开眼笑，边押出自己香肠状的肠子边说："猪全身都是宝。"

范·丽斯柏医生走到一张专家的合影前。

"直到三十年前，英国的一间实验室才偶然发现，我们的器官同猪的器官具有惊人的兼容性。没有人知道为什么人类的肌体能够与猪的肌体兼容。"

她向他们展示整齐地摆在柜子上的一只只大口瓶，瓶里盛着福尔马林药水，里面的组织器官完好如初。

"当各大医疗机构的人体器官告急，情形刻不容缓，当第三世界国家的人到了杀害流浪汉以便窃取他们的眼睛，杀害儿童以便窃取他们的肾脏的时刻，是猪来拯救人类。"

范·丽斯柏医生又把猪崽抱进怀里。

"它叫马克西米连,是我们饲养的最聪明的猪崽。它在智力测验中得了个 A。请跟我来,我带你们看看。"

她把他们领进一间屋子里。屋内摆放着几个带锁的笼子,类似他们在倭黑猩猩那里见到的那种。

范·丽斯柏把猪崽放进其中一个笼子里。猪崽很快便用拱嘴尖儿转动带符号的滚轮,凑成了一个符合逻辑的句子:"我走向你。"笼门应声打开,猪崽冲了出来,用舌头舔着女科学家的手掌。

"马克西米连比我这里最聪明的倭黑猩猩的速度还要快!"

卢克莱斯把笔记本向后翻了几页。

"太棒了。可是这一切都与我们第一次见面时您宣称的拉马克主义理论相左。您曾经断言,环境最终把灵长类动物变成人类。"

器官移植专家承认,上次她只不过向两个人透露了一半的理论而已。

"阿德让米安教授的发现意义更加深远。他证明隔绝物种的鸿沟绝非必然存在。有的时候,个体的意愿就足以引发变化。"

"个体?"卢克莱斯表示不解。

"是的,个体有能力改变整个族群的行为,进而改变整个物

第三部分 恼人的远亲

种的历史轨迹。"

她在小盥洗盆里洗了洗手。

"跟我们平时理解的相反,我认为微不足道的东西可以产生难以估量的影响力。可谓一滴水能让海洋泛滥!"

卢克莱斯·奈姆赫德把笔记本翻到记载范·丽斯柏理论的那一页,心想今后必须把它补充完整:"范·丽斯柏的理论(续):个体足以改变世界。"

女外科医生要两位客人做证。

"一只雄性灵长类动物和一头母猪做爱,整个物种因此变异。这场露水姻缘孕育出的杂交物种想方设法,繁衍生息,源自这对夫妻的极具偶然性的遗传特征最终孕育出一个完整的物种。该物种又会改变周围其他的物种,或许有朝一日会改变整个世界。滴水汇,汪洋成啊!"

突然,他们意识到一个事实:那时候,地球上差不多只有猴子和猪。

没有人类。

5 与豺共舞

"长子"开始饿了。

狩猎绝非易事。他从没有学习过捕猎的技巧。在家族的山洞里,猎物从天而降,被摔得七荤八素。

在那里,吃饭很容易。而在这里,在地表之上,猎物不会自己送上门来。

他追逐一只鸵鸟。可是没过多久,这只优雅的鸟轻松展开反击,用短跑冲刺的速度开始长跑。他不得不停下来,心脏仿佛着了火。

改变策略。

他试图捕猎一只小犀牛,不过当小犀牛的母亲扬起尖角威胁他的时候,他不得不再次掉转方向,夺路而逃。

他打破了先前的逃跑记录,可是他依然饥肠辘辘。奔跑耗

第三部分 恼人的远亲

费体力。

他意识到,这种方式行不通。如果大自然打算把他塑造成能奔善跑的动物,就应该赋予他更长、肌肉更发达的肢体。毫无疑问,直立姿态相当不适合奔跑,这种姿势基本不符合流线型设计,迎风奔跑的时候会受到阻力影响。

"长子"游荡在草原上。

更让他沮丧的是,他有种感觉,那就是猎物躲避他不仅仅因为他的猎食者身份,还因为他的与众不同。仿佛对方把"长子"当成怪兽,不愿意靠近"他"。

还有更出人意料的事:所有的捕猎者都不追逐他。没有一只狮子、一只豹子、一只四趾猎狗对他的肉感兴趣。甚至蛇都不咬他,蜘蛛也不蜇他。蚊子躲得远远的,苍蝇都对他敬而远之。

他怀疑是否全世界都知晓他曾犯下的罪。除非是他身上那股特殊气味惹人嫌,让其他的动物尚且不能把他当成熟悉的生物。

"长子"吞下一块树根。自打他离开山洞以后就只吃过树根,他没有更好的选择。植物,至少没长着眼睛和鼻子。树根不会对他指手画脚。

阳光的问题仍然困扰着他。所以,他决定白天在树枝上或者树洞里睡觉,晚上再尝试狩猎。他满心希望这样能够捕获些睡意蒙眬的动物。

他试着靠近一只一动不动的蜥蜴。可是刚一碰它,蜥蜴掉头便跑。这样行不通。他骚扰猫头鹰、小型啮齿类动物、鼻涕虫的时候同样没能成功。他体内的蛋白质开始流失。

"长子"寻思是不是自己有可能要吃一辈子树根。他觉得这将是一种退化。他的祖先花了很长时间才把肉类添进食谱里,他不能退化成食草动物。必须不惜一切代价找到可以吃的肉。可是,只要他一靠近,所有的野兽拔腿就跑,如何捕获它们呢?

有一天,"长子"发现了一副已被啃食过半的长颈鹿骨架,大概是因为腐食动物已经吃饱了。这便是出路。尽管长颈鹿的肉已经略微变质,可必须承认的是,这是肉,现成的肉。

于是,他拿起一块依然覆盖着几片黑色肌肉的骨头,肉已经被风吹干了,而且散发出浓重的腥味。他把骨头塞进嘴里。起初,满口都是肉香,片刻之后,极其令人作呕的腐肉味道喷薄而出。他又吃了几块。这种行为至关重要。他清楚,如若以此为食,他便退化到要与腐食动物同流合污了,不过,这样至少还待在食肉动物的行列里。他还活着,而且感觉没有那么饿了。

首先要生存,然后才能思考。

他抬起头。在山洞里,洞顶离他更近一些。自从他离开山洞之后,一切都变得遥不可及了,包括漫天的繁星。

6 天际的繁星

鼓声隆隆,锣响铿锵。在"巴黎冬日马戏团"拱形的帐篷顶上,探照灯闪闪发光,犹如注足电力的星星一般。身着镶满亮片的西服的主持人罗亚尔先生在观众稀稀拉拉的掌声中登台亮相。

电视和电影给现场表演行业以致命打击。除了与市政府签订协议受邀免费观演的小学生及追忆往昔快乐的怀旧者以外,阶梯看台上几乎没有观众。

伊西多尔·卡森博格和卢克莱斯·奈姆赫德坐在范·丽斯柏医生两侧。预计"五指爪"的拍卖会将在演出结束后立刻开始,就在昂热·伦佐里的66号大篷车上。

灯光熄灭,鼓声隆隆,锣响铿锵。铜管乐队奏响乐曲,孩子们跟着乐曲拍起手。主持人吹嘘着即将上演的节目。

几位穿着黑色围裙的男子把几只巨大的笼子摆在舞台上。驯兽师出现在舞台,他穿着鲜红色的礼服,衣服上烫着金色的肋形胸饰,他身边站着两头雄狮和三头母狮。驯兽师甩出一记响鞭,狮子们应声跳过为它们准备的圆环。驯兽师又甩出一记响鞭,野兽们在舞台一角整整齐齐地排好队。女助手穿着短裙跑上前,点燃了圆环,狮子一个接一个地跳过火圈。鼓声隆隆,鞭响不绝。最大的那头雄狮跪在驯兽师面前,张开血盆大口。驯兽师把自己的头伸进雄狮的口中,不过它并没有合拢双颌。然而,仔细观察过雄狮躁动不安的目光后,伊西多尔·卡森博格和卢克莱斯·奈姆赫德明白,这头狮子只是在等待,只要机会一露头,它便会跟这长期不尊重自己的家伙算算总账。驯兽师从狮口中抽身而出。掌声响起。

灯光亮起,又暗下。罗亚尔先生重新登上舞台,开始介绍接下来的节目:"女士们,先生们,站在你们面前的是,催眠大师!"主持人提到的大师是位穿着黑色无尾礼服的矮个儿男人。他需要三名观众作为志愿者。在一片窃窃私语声中,三名年轻男子自告奋勇。

这位催眠大师目不转睛地盯着他们的眼睛,认为三个人已经做好进入下一阶段的准备了。于是,他要第一位志愿者体会骄阳似火的苦楚。小伙子迅速脱掉衣服,灯光这时直照在他渗出大颗汗珠的脸上和胸口上。掌声响起。第二位志愿者被要

第三部分 恼人的远亲

求变成猴子,他毫不做作地蹲在地上,蜷着身子蹦来蹦去,嘴里不时地发出黑猩猩般的咯咯叫声。催眠师递给他一只香蕉,催眠的试验品眼中闪烁出喜悦的光芒,把香蕉吞进肚子。掌声响起。大师拿起话筒解释道,他只是用暗示的手法唤醒了藏在每位观众内心深处的自然意识。到第三位志愿者了,大师要他返老还童,要他直观地表现青少年、孩童,接着是新生儿的样子。对方百依百顺地四肢伏地,嘴里模仿着婴儿的牙牙儿语。他把大拇指塞进嘴里,同时把衬衫的下摆当成婴儿盖毯。催眠师试着抽出衣角,可是他的试验品大哭大闹,他又把衣角还给对方。"男婴"犹如中了魔法一般,又开始牙牙儿语。掌声响起。

灯光亮起,又暗下。罗亚尔先生介绍演出的最后一部分:空中飞人。场务人员把器械归置到位。飞人三人组意气风发地登台亮相。

昂热·伦佐里饰演"泰山"。他身后跟着"金刚"和"简","金刚"披着已经有些破旧的人工合成皮毛,"简"身材犹如雕刻出一般,衣服上饰满闪闪发光的亮片。主持人请求观众为演员们鼓掌。三名勇敢的杂技演员将不系绳索进行表演。

"我有种预感。"伊西多尔·卡森博格低声说道。

"不会的,生活不是小说。没人有兴趣杀死昂热。"卢克莱斯·奈姆赫德耸了耸肩膀,说道。

铜管乐队开始奏乐。音乐声中,三名演员纵身跃入空中,从一个秋千跳至另一个秋千,伴随观众们惊恐和赞叹的尖叫,总是在最后关头才抓住彼此。

"惊魂一刻!"主持人用话筒高喊道。昂热·伦佐里现在即将表演"萨尔托后空翻两周跳",人们为了向这个动作的行家致敬,又把它称作"昂热跳",只有他才能完成这个极其危险的动作。

"我有种预感。"伊西多尔·卡森博格面无表情地重复道。

铜管乐队中的鼓手独自敲起鼓点。

"别担心,"范·丽斯柏医生说道,"昂热是职业演员。这个节目我看过很多次了。他的表现棒极了。"

高高的拱形顶棚上,昂热·伦佐里飞身跃下,两条腿舒展开来,胳膊在胸前交叉。就在观众们以为他会像石头那样直挺挺地跌落到地上时,他优雅地完成了"萨尔托后空翻两周跳","金刚"准确无误地抓住了他。

掌声弱了下来。

"您看,您的悲观情绪是错误的。"

"越来越厉害了!"主持人大声叫道,"现在,三人组即将为大家呈现'向前屈体三周半空翻'。人称'死亡之跳'。"

观众们屏息凝神。鼓声隆隆。昂热爬上秋千,脸上挂着微笑,但是给人一种全神贯注的感觉。像报幕中说的那样,他旋转着身体,伸开手臂,"金刚"也做着相同的动作。四手交合,紧

第三部分 恼人的远亲

紧地握在一起。

掌声愈发热烈。

为了表明此刻紧张的气氛已经烟消云散,铜管乐队奏响一首欢快的乐曲。高空中,三名演员彼此挽着手谢幕。昂热·伦佐里或许感觉身体状态出奇地好,因此示意主持人,他打算完成自己最惊人的动作:垂直滚翻。

鼓声再次响起,透出一股危险的气息。观众席上,许多人已经厌倦虚构的悬念,伸着脖子令他们疲惫不堪,他们对脑袋上方发生的事情不感兴趣了。孩子们向家长索要点心。妈妈们整理着围巾。昂热在空中翱翔、旋转,双手远远地伸向前方。同前一次跳跃时相比,他的伙伴离他更远。"金刚"铆足劲儿伸直身体来接住"泰山"。

两只手即将紧握住另外两只手。人类的手对上猴子的手。这一幕类似米开朗琪罗在西斯廷教堂所绘的壁画。上帝通过指端把理性之光传递给人类。这一次,人类把手指伸向猴子。这一幕颇具寓意,即使这是只披着尼龙毛皮的假猴子。

四只手马上就要碰到一起。它们几乎已经接触上了。然而在最后的关头,就在要接住的一刹那,猴子避开了。这个动作细微得几乎难以察觉。观众席中一片哗然。

昂热·伦佐里惊恐地瞪大双眼,追寻着猴子面具后的目光,以便弄清楚个中缘由。透过猴子面具的孔洞,他隐约发现某种令他震惊的东西。

"泰山"从空中坠落。

昂热不会飞翔。伴随着骨头断裂的闷响,他摔落在地。

伊西多尔·卡森博格和卢克莱斯·奈姆赫德向舞台中央跑去。

昂热认出了他们,朝他们笑了笑。

"很高兴……你们,你们……从那里……逃了出来。"

他笑得好像临终喘息一般,然后吐出一口鲜血。他把手举到嘴边,用手捂住粉红色的血沫,他显得很恐慌,接着,又发出奇怪的笑声。

"秘密……依然成谜……不允许任何人解开……爪子。"

他又开始咯咯地笑起来,咳嗽,吐血。随后,他闭上了眼睛。卢克莱斯·奈姆赫德拼命摇他。

"'五指爪'在哪里?"

昂热的眼皮重新睁开,眼神黯淡无光。

"大树……"

"什么?大树?"

"大树把根藏在土下。"

伊西多尔和卢克莱斯脑子飞速运转,拼命理解这条信息。

"或许他想要说的是,人类的根基必须秘而不宣。"年轻的姑娘猜测道。

第三部分　恼人的远亲

急救人员已经赶到现场,他们要把这个不幸的杂技演员转移到急救中心。急救人员把他放到担架上,急匆匆地抬向门口,艰难地从总是对别人的死亡兴趣浓厚的人群中辟出一条路来。尽管人群拥挤不堪,两位记者还是成功跟上急救人员的脚步。卢克莱斯一把抓住担架。

"快点,快点,我求您了,'五指爪'到底在哪里?告诉我吧,您再也没有什么可以失去的了。"

似乎昂热·伦佐里最终确信今后不会再有任何东西阻碍事情发展的进程,他指着马戏团帐篷后面的幕布。

"在我的……大篷车里。在……盆栽的根部。"他悄悄地说道。

接着,他全身的肌肉开始剧烈痉挛。

两位记者冲向停放在停车场上的大篷车。"66号大篷车"。"昂热·伦佐里——空中飞人"。车门已经被人强行打开。车内的家具被推翻在地,所有东西都被翻腾得乱七八糟。盆栽散落在花盆碎片旁边。

他们走下车。罪犯不可能走得太远。事实上,他们已经看见一个逃窜的背影,盒子就夹在黑影的腋下。卢克莱斯·奈姆赫德奔向自己的摩托车。令她无比错愕的是,在追捕逃跑者的过程中,她认出逃跑者是马蒂亚斯神父,巴黎飞往达累斯萨拉姆的航班上的那位教士。卢克莱斯从仍在行驶中的摩托车上跳下,扑倒马蒂亚斯神父。教士在卢克莱斯的臂弯中拼命挣扎,眼神恍惚。

伊西多尔·卡森博格步行赶上二人,神色平静。他查看了现场的情况。

"说到拍卖,可怜的伦佐里并没有预见到顾客更喜欢空手套白狼。"

无奈之下,教士松开怀里那只透明的盒子。

"必须毁掉这只爪子!必须把它毁掉。必须把它毁掉。这是恶魔之爪。必须把它毁掉!"教士嘴里犹如念祷文般重复着。

"不行,"伊西多尔平静地说道,"死的人已经够多了,破坏也已经够大了。"

"神父,他说得对,"卢克莱斯随声附和,"您真的不理智。"

"这可是上帝的愿望。我求你们了,必须销毁这只盒子。它是恶魔之爪。这只分叉的爪子属于恶魔。"

伊西多尔·卡森博格捡起透明的盒子,以便检查是否一切都安然无恙。这块化石明显给他们添了很多麻烦。他刚要打开盒子,一辆汽车伴着轮胎摩擦声突然出现。一只手臂从车窗中伸出来,夺走了盛着珍贵骸骨的盒子。

7 最初的孤独

为了成为一名合格的腐食者,他必须跟在秃鹫身后。

它们知道哪里有碎肉。可是,这需要耐心等待。

通常,最先进食的是狮子,接下来依次为:鬣狗、秃鹫、豺、乌鸦、老鼠。最后,才能轮到他。

他,被流放的"长子",一个彻头彻尾的异类,完全处于生态系统的最底层。

一般来说,轮流进食的进程也会被稍稍打乱。有时候,狮子会用杀戮的方式警告鬣狗,它们必须再等等。鬣狗们把怨气宣泄在秃鹫身上,秃鹫把它转嫁到豺身上,以此类推……压力由此产生。

他不得不跟老鼠争肉吃。一群微不足道的对手。

有几次,他试图在捕食者的金字塔形序列中插在老鼠前面,可是他被咬得出了血。老鼠虽小,但是非常团结,足以战胜像他这样的家伙。继续坚持毫无意义。他学到了第一课。在自然界中,每种动物都有明确的位置,而且只能待在这个位置上。胆大妄为的家伙不受待见。

天空中,恰好有几只秃鹫开始降落。他赶快去给自己占位子,以便在死尸大餐中分得一杯羹。

8 飞车追逐

他们跟随劫匪的汽车。

卢克莱斯·奈姆赫德没有时间戴上飞行员皮帽,微卷的红色长发随风飘扬,遮住了身边人的脸。在他们前面,汽车高速奔驰,闯过红灯,吓坏了路上的行人。

卢克莱斯·奈姆赫德加大油门,他们赶上了汽车。开车的男人戴着猴子面具。伊西多尔·卡森博格友好地跟他打了个招呼。对方显得焦躁不安,他在接下来的第一个路口转弯,但是侧三轮摩托车仍然贴着汽车的轮子。

猎豹追逐犀牛。

猴子面具男目不转睛地盯着后视镜,甚至为了看得更清楚追逐者身处何方,不时地回过头来。

猴子面具男义无反顾地将车子开进一处泥潭,以便拖缓摩托车的速度。不过,卢克莱斯·奈姆赫德成功地避开了这片湿滑的泥泞地。

伊西多尔在侧面的座舱里翻腾出各式各样的杂乱物件。最终,他掏出一杆或许可以追溯到第一次世界大战时期的老毛瑟枪。他端起枪,瞄准劫匪座驾的右侧车轮开了一枪。轮胎瞬间被撕开一道口子,劫匪的汽车瞬间失去控制,车子偏离道路,扎进一堆垃圾里,垃圾吸收了撞击的力量。

卢克莱斯·奈姆赫德已然跃下摩托车,扑过去抓住劫匪的衣领,一把扯下对方脸上的面具。眼前的脸庞惊得卢克莱斯倒退几步。

"是您?"她不由得喊出声来。

9　摘掉面具

"长子"在水塘边弯下腰,看着水面上自己的倒影。"我是谁?"

他的眼睛是灵长类动物的眼睛。可是他的皮肤又过于粉嫩、光滑。他的颧骨与众不同,耳郭更加尖,同时毛发更加稀疏。他的口鼻部位更加扁平。他的牙齿……

"长子"盯着自己的牙齿。他不觉得美,也不觉得丑。他只是觉得另类。

是的,他长得丑。他知道,对于大伙儿来说,他长相丑陋,因为他长得跟谁都不一样。唯有他的弟弟与他长相类似,但他把弟弟杀了。弟弟比他英俊,比他聪明,比他温柔,比他优雅。

"父亲"更喜欢弟弟。他任由最原始的冲动支配自己。他不仅外表丑陋,他的思想也是丑陋的。

"长子"盯着倒映在水塘上的身影。一个念头冒了出来："没有人爱我。"

第二个念头，一个更加可怕的念头接踵而至："甚至包括我自己，我都不爱我自己。"

他不仅仅是丑陋而已，他算得上是面目可憎。他的存在羞辱了自然界创造的一切和谐与互补之物。他没有任何参照标准，他不与任何物种互补。甚至他的家庭都排斥他。他是多余的。

"死亡。"

他想要了结自己，可是他清楚自己太笨了，笨到无法完成这件事。况且，他也没有那种勇气。

"我为什么会活着？"这是令他心烦意乱的第四个念头。

"我为什么会活着，而不是死去？"

泪珠滑过他的脸颊，跌落进水塘里，弄皱了他的倒影。无尽的焦躁将他吞噬。在这个星球上，他孑然独行。夜幕低垂，他琢磨着是否从未降生到这个世界上会更好些。

他哭了。直觉告诉他，他没有任何未来。泪珠落入水塘，化作无物，涟漪皱起，层层扩散开去。

10 更加复杂的理论

猴子面具后的脸上写满羞愧,是天文学家博努瓦·桑德森!天文学家交出了盛着骸骨的盒子。伊西多尔·卡森博格确认盒子里面的"五指爪"安然无恙。

"必须把它毁掉!"博努瓦·桑德森有气无力地说道。

他想猛挥拳头打碎盒子,可是伊西多尔拿着盒子,身处他的攻击范围之外,让他的企图落了空。卢克莱斯·奈姆赫德使劲拧天文学家的手腕,以平息他的情绪。桑德森靠着车门,身子软了下去。

"你们不明白自己冒着什么样的风险,"他痛心疾首,"你们不知道自己正在做什么。对我们所有人来说,对生活在地球上的人来说,赌注下得太大了。同它比起来,我的生命一钱不值。"

他盯着他们,突然,小声笑了起来。

"不管怎么说,这个东西必然是错误的。我知道人类真正的起源。"

"陨石?"

"之前,我对你们有所保留。"

"说吧,"年轻的姑娘甩了甩棕红色的长发,说道,"您的新理论是什么?"

她放松手上的力道,桑德森稍微恢复了一丝尊严。

"倒也不真的是全新的理论。只不过是先前告诉过你们的那套理论的延续罢了。"

伊西多尔·卡森博格建议双方把车辆停好,然后找家最近的咖啡馆,在那里聊天可比露天的马路安静得多。

他们随意坐在酒吧深处的几张裂开的塑料椅子上,点了活络血管的酒。天文学家戴好助听器,和盘托出自己奇特的理论。

"唯有人类不适应地球上的生活。其他所有的动物都可以适应。温度、阳光、彼此之间的交流,其他所有的动物都把自己的生存环境经营得井井有条。鲸鱼相隔数公里就可以相互交流,而人类呢,仅仅相隔数米,行动便会变得困难起来。在野外,动物在低于10度的环境下越冬毫无问题,但是赤身裸体的人类在这样的环境之下则难逃一死。人们之所以把动物称作'野兽',是因为它们不懂发展技术。但是,事实上,它们完全没

第三部分 恼人的远亲

这个必要,因为它们天生就能够适应这颗星球。现在,重大问题是:为什么人类是唯一无法适应这颗星球的动物?"

"我在问你们。"

桑德森抿了一口酒,脸上依旧挂着诡异的微笑,接着说下去。

"因为我们不是地球上的生物。"

天文学家解释说,人类的鼻祖并非被陨石上携带的病毒感染的灵长类动物。他认为,人类直接从太空登陆地球,登陆时便已是现在这副样貌。

"或许人类的母星遭遇飞来横祸,混乱得一塌糊涂,已经不再适宜人类居住。许多人类因此丧生。幸存者离开母星,登陆地球。他们遗忘了悲剧的历史,正如他们心甘情愿地遗忘足以毁灭天地的科技一样。因此,他们白手起家,从零开始。史前人类应该是某种具有环保精神的嬉皮士,他们自愿决心放弃祖先的工艺技术。"

"这类似我们的一位基库尤族的朋友提出的理论。"卢克莱斯想起坦桑尼亚的酒馆老板,特意说道。

她在博努瓦的陨石理论后面写道:"地外类人生物登陆地球——博努瓦的理论。"

伊西多尔·卡森博格喝干杯中的科尼亚克白兰地。

"照您这么说,我们来到地球是为了实现救赎,"他总结道,

"对此,您提出了一种接近佛家理论的假说:人类轮回再世,直至寻找到良好的行为方式。我们从一颗星球迁徙到另一颗星球,目的是最终找到一处地方,在那里,我们知道会'像动物一样活着'。"

天文学家表示赞同。

"在地球上,人类是身负赎罪使命的物种。他们来这里是为了认罪悔过。他们在别的地方犯下滔天罪行。所以,他们登陆地球的目的在于证明自己是'优良'动物,有能力同这颗富饶的星球和谐相处。刚开始的时候,他们表现得很完美,后来,慢慢地,几个世纪过去,他们的本性重新占据上风。仿佛弹簧长期被压抑后的释放一般,人类的恶习再次浮现。人类重新发现了火、轮子、铁……以及成千上万种滥用科技的方法。"

"这些知识被埋藏在人类大脑深处。"

"但是他们踏上地球之时,遗忘的不仅仅是在其他星球犯下的罪行,还包括那些被人类自愿压制起来的知识中蕴含的风险。"

"'不要触碰知识之树,不要品尝智慧之果。'《圣经》如是告诫。"

"可惜人类的确已经咀嚼了这颗果实,现在,麻烦就要压得人类喘不过气来了。现代人正在犯着祖先们曾经犯过的错误。他们没有从过去中吸取教训,所以历史将会重演。有朝一日,

第三部分 恼人的远亲

人类将会毁灭这颗星球,不得不离开这里,殖民其他的星球,再次开启人类的未来之路。人类究竟还要再犯多少次这种错误?究竟还要毁灭多少颗星球才能幡然醒悟?究竟我们,宇宙中的寄生虫,已经毁灭过多少颗星球了?"

天文学家博努瓦·桑德森失望地扭动双手,两位记者注视着他,心里惴惴不安。除了那只盛着"五指爪"的盒子之外,桌上空无一物,他们又回忆起寻找它时经历过的种种艰辛。现在,他们不愿意放弃阿德让米安教授的发现。

"'五指爪'可以帮助人类觉醒。"伊西多尔一边把盒子摆放在小酒馆的灯光下,一边断言道。

话音刚落,一只猴子旋风般地钻进酒馆里,再次卷走这件珍贵的物品。卢克莱斯和伊西多尔急匆匆地冲向大门口。酒保拦下两个人,要求他们支付账单。透过酒馆的玻璃窗,两个人看见那只猴子钻进停在路边的一辆汽车里,打着火,开着它消失在滚滚车流中。

11 学习时间

"长子"走在原野上。他知道自己要担当重要角色。"父亲"被囚禁在山洞中。

从今往后,他就是"他"。"他"隐约觉得自己需要学些东西。

"父亲"经常让"他"看飘过洞口的云。或许可以从观察云朵中受教育……

"他"花了很长时间观察蒸汽呈螺旋状慢腾腾地扭曲,化身成不可思议的造型。"他"观察着。

细细凝望,那些造型对"他"而言并非毫无意义。某些云朵看上去好像动物。是的,"他"深信不疑,那些云朵用符号与"他"交谈。"他"闭上眼睛,在脑海中重新勾勒云朵的画面,揣测其中的信息。"他"头脑里浮现出一个念头。"我必须发现那些我已经知道的东西。"

"他"重新睁开双眼。这并不说明什么。就好像当"他"睡着的时候,那些有时一闪而过的古怪离奇的思绪。

"我必须发现那些我已经知道的东西。"

既然已经知道,为什么还要努力寻找?

"因为,我已经忘记了。"心中立刻有声音回应道。

"他"还年轻。苦思冥想之后,"他"获得的仅有的两条重要经验便是:洞外的世界阳光明媚;"他"只能指望自己。

没错,这个,"他"清楚。

"他"又继续凝望云朵。在"他"的头脑中是否埋藏着宝藏?"他"必须继续依靠云朵的帮助。"他"努力联想,试图搞清楚眼前的小片云朵令"他"联想到了什么造型。小小的,中间圆滚滚的,前后两头尖尖的。

它像一只……老鼠。

12　一种更复杂的理论

卢克莱斯·奈姆赫德和伊西多尔·卡森博格冲向古兹牌摩托车,追赶新的猴子盗贼的汽车。首都的交通状况堪忧,拥堵全天不休,所以他们轻而易举地就追上了目标。但是这次,他们没有展开攻势。为了查清楚穿猴子装的司机会把他们带到哪里去,他们宁愿跟在汽车的后面。

就这样,他们重返艾吕扬的工厂。

两位记者把侧三轮摩托车停在距离工厂大门数百米的地方,跟踪这只野兽。男子大步流星穿过会客厅、走廊,走进一间办公室。一进入办公室,他立刻抓起电话听筒。卢克莱斯和伊西多尔紧跟着他的脚步,动作谨小慎微,以防被别人发现。

"搞定,东西到手了。"他们听见男子在电话听筒里简练地说道。

第三部分 恼人的远亲

说完,男子摘下脸上的面具。氖气灯下映衬出工程师吕西安·艾吕扬的脸。就在此时,伊西多尔·卡森博格不小心挪动身体,将一把沉重的尺子碰落到桌子上。两个人还没来得及有所反应,吕西安·艾吕扬的枪口便指向他们。

"不错嘛,两位记者。你们成功地找到了我!"

他没有放下手枪,一个接一个地搜两个人的身,从卢克莱斯的口袋里翻出瑞士军刀,把它放进从前属于姐姐的办公桌抽屉里。

"是您杀了昂热·伦佐里。"年轻的姑娘说道。

"那是当然,"他承认了,"我不能容许一个微不足道的小演员背着我们发财,然后转过头来再敲诈我们。阿德让米安教授的荒唐理论,越少人知道越好。"

"您是杀人凶手。"

吕西安·艾吕扬噘起嘴。

"更确切地说,我是思想家。我有奋斗的理由——食品产业。"

"是钱!更多的钱。"卢克莱斯说。

"您错了。我的眼界更加广阔。我的奋斗目标更加宏伟,味蕾上的幸福。我自认为是敏锐的美食家。猪肉,味道不错。你们品尝过撒了面包屑再配上小扁豆的猪蹄吗?啧啧啧……人间美味。你们品味过酸辣汁猪脸肉带来的飘飘欲仙的感觉吗？一点醋、小洋葱、刺山柑花蕾、香芹。你们体验过土豆加安的列斯纯白猪血肠配朗姆酒带来的那种心醉神迷吗？"

"白色猪血肠是猪的血浆做成的。"伊西多尔指出。

"猪头肉冻，"吕西安·艾吕扬跟着说道，"刮去鼻涕的猪拱嘴。此外，我们有时还会在拱嘴里面找到一点，我们称作黄色肉冻的东西。我并不反感这种东西，因为它的味道不错。"

看到两位记者露出恶心的神色，他一脸的开心。

"简简单单的大蒜香肠配黑麦面包外加一小杯都兰酒怎么样？或者意式猪牛肉混合香肠配上开心果和番茄切片，再来上一杯白葡萄酒？为什么不来上一份焦糖猪排呢？就像中餐师傅烹调的美味佳肴。不，我不是掉进钱眼里的企业家。我是热爱本职的专业人士，所以我会跟诋毁它的人做斗争。"

"这些就抵得上一条人命？"卢克莱斯质问道。

"所有的激情都难逃牺牲与痛苦。你们想过这件事情一旦被泄露出去会发生什么吗？已经……"

"已经怎么了？"伊西多尔鼓励他继续说下去。

吕西安·艾吕扬冲着饲养与屠宰区做了一个含糊的手势。

"这里已经有麻烦了。最近，我也不知道为什么，猪们开始变得疯狂起来。你们知道它们做出什么行为吗？它们摆脱滑道，扑向高压长柄叉。"

"主动？"

"是的,它们自杀了。这种行为丝毫没有改变猪肉的口味,不过,有些工人被搅得心神不宁。"

他用枪管推着两个人,迫使他们向前走。三个人朝着切割区走去。

"试图在阿德让米安教授的公寓里纵火的人是您吗?"

手枪的枪管轻柔地拂过卢克莱斯棕红色的长发。

"那是我们第一次见面,奈姆赫德小姐。"

"那三个戴着猴子面具绑架我,想从我口中套话的人之一,也是您?"

"我和两个肉厂的学徒。找到您可不容易。幸运的是,我在'阿尔萨斯人'啤酒馆认出了您。我跟在您身后。我已经见识过您空手道的厉害,我必须小心点。于是我找来了帮手。"

"那可不是空手道,那是'孤儿院拳道'。"伊西多尔向来在意用词的准确。

"我叫他们戴上面具。那可是反对活体解剖联盟用过的把戏。这样一来,嫌疑就转移到他们身上了。一箭双雕。我想弄清楚您发现了什么,然后吓唬吓唬您,让您不再深究此事。"

"您会杀了我?"

"当然。我后悔自己没那么做,不过我会补救自己的愚蠢。"

"所以是您杀了阿德让米安教授?"伊西多尔带着责备的口吻问道。

"啊,我没有!我必须承认,这件事不是我做的。况且,阿德让米安之死令我有些惊讶地意识到,还有其他人也在追寻着与我相同的目标。"

尽管百般不情愿,他们还是走进了屠宰大厅。吕西安·艾吕扬推动操纵杆。碾压机、筛拣机、切割机开始震颤、轰鸣。

"你们如此器重那些动物,现在轮到你们与它们同甘共苦了!"吕西安说道。

"我简直不能理解您居然会为了香肠和熟肉酱铤而走险!"伊西多尔惊呼起来。

吕西安·艾吕扬命令两个人爬上通往控制台的楼梯。

"还有一个更加至关重要的目的。我把它命名为'物种的舒适'。"

"对您来说,这比'真相'更加重要吗?"卢克莱斯·奈姆赫德表示异议。

"显而易见。世人都蔑视真相。就像世人都蔑视公平正义一般。重要的是他们能够安宁。"

"您不会要告诉我们您还有一套新的理论,这套理论是先前那套理论的延续吧?"卢克莱斯嘴里嘟囔着,有些遗憾不能拿到自己的记事本。

"没错。我不怕泄露给你们。现代人决定了自身的过去与起源。他们定义了自己的祖先。现代人如此选择的标准不是

第三部分 恼人的远亲

真相,而是'精神上的愉悦感'。我们这些强势群体,监视者,引导平民百姓的走向,我们要对大众负责。既然我们是工厂主、科学家、记者(尤其是记者),我们揭示的不应该是'真正的'真相,而是那些使平民百姓安稳的真相。"

"您真是恬不知耻。"卢克莱斯说道。

"不,这叫现实。而且我向你们保证,绝对没有人会指责我。普罗大众的舒适,便是数个世纪以来人们常说的'以国家为由'或者'高等级利益'。事实上,可以说我们要求'不在人类的社会群体中制造苦恼'。罗马人有句谚语是'quieta non movere',可以翻译成'勿扰人宁静'。"

他继续把两个人领上一条狭窄的小路,通向轰鸣声越来越大的机器群。

"我想起一件与我的小表弟共同经历的事情。他九个月大,还不会说话也不会走路。我曾向他演示过一个游戏,把球放在轨道上,推动这颗球的时候,它就向前滚动,撞向第二颗球,撞击的同时,第二颗球也向前滚动。我如此反复做了十来次。小表弟明白了,当我们把第一颗球推向第二颗球的时候,后者也会随之向前滚动。接下来,出于单纯的研究目的,我在轨道上涂抹了一点强力胶水,因而当第一颗球撞击第二颗球的时候,后者不再随之滚动。第一次当第一颗球撞击第二颗球,但后者不再移动的时候,小宝宝露出惊讶的表情。第二次,他的脸上出现不悦的神色。第三次,他满脸悲伤,好像承受着痛苦似的。第四次的时候,他突然抽泣起来,哭声持续了一整夜,谁也安抚不了他。"

两位记者摆出一副侧耳倾听的模样,以此博取他的信任。

"这件事引发了我的思考,我希望你们也有所思考。人类,无论年长还是年幼,都需要坚定不移的基准。一旦某种现象出现过,这种现象就必须延续下去,否则,人们便会因此心绪不宁。所有的社会都差不多,一旦常规被打破,人们便会感受到某种共同的威胁。那就是基准的缺失。然而,猪便是这些基准中的一项。人们清楚猪为人类贡献香肠,并且口味尚佳。如果你们宣扬猪是我们的远古祖先,我们应该像这样子尊敬它,你们就不仅会摧毁猪制品工业,还会打乱普罗大众的逻辑。你们将会惹哭藏在我们内心深处那位'不喜欢不再移动的第二颗球的小宝宝'。"

"你所说的'逻辑',我把它称作'过时',"伊西多尔开口反驳,"打着相同的'过时'逻辑的幌子,我们长期经受战争摧残。那曾是某种逻辑,某种基准。在法国,自1945年之后,战火便从未蔓延到本土,所有法国人都心满意足,即使有时候,军火商会因此痛哭流涕……"

吕西安·艾吕扬没有被驳斥到哑口无言。

"战火没有燃到法国,但是整个世界时常硝烟弥漫。因为

第三部分　恼人的远亲

杀戮是人的特性。任何政客、任何意识形态家、任何空想家都无法撼动它。我们是肉食者，甚至，更进一步：我们是食肉客！我们遗传了祖先们为生存而战的基因。我们保留了对猎物热血的嗜好，咬合双颌时猎物喷溅出的淋漓鲜血。这就是为什么猪肉得腌着吃：重新找回腥咸鲜血的口感。猪肉的味道唤醒了我们身上沉睡的猎手本能。"

很明显，吕西安·艾吕扬乐于阐述这些对他而言意义非凡的激进观点。他继续说下去。

"为了迎合这股萦绕在我心头的自然冲动，我要杀了你们。但是，我不会随意处死你们。你们想站在猪的立场上？很好。你们很快就可以分享它们的苦难了。"

"您打算怎么处置我们？"卢克莱斯问道。周遭轰鸣的恐怖机器令她焦躁不安。

吕西安·艾吕扬没有回答，而是径直把他们推向中央那台大机器的顶部。机器的上部是一个巨大的透明漏斗，漏斗里面堆聚着数百头猪，远远看上去好像一堆粉红色的灰尘。漏斗的底部有一条传送带，一头接一头地输送这些猪。在传送带上，猪们被自动运向高压长柄叉。

"您该不会把我们扔进漏斗里面吧？"卢克莱斯火冒三丈。

吕西安·艾吕扬笑了起来。

"你们是不是想跟我说这样做太过……'不人道'？"

"您这样做有可能会让您爱吃的香肠带上某种奇怪的味道。"伊西多尔补充道,"我无意影响您,但是香肠中掺杂微量的人肉有可能会被美食家们察觉。"

工程师依然端着武器。

"你们错了。据说,人肉的口感相当接近猪肉。相反,你们身上的衣服倒是有可能会破坏我们猪肉制品的声誉。'艾吕扬牌'香肠中没有纺织纤维。把你们的衣服脱下来!"

卢克莱斯·奈姆赫德脱下羊毛衫。可是,企业主做了个手势,示意她继续脱。

"脱光?"她问道,幻想就此破灭。

"脱光。"

然后,他把他们的手腕和脚踝捆了起来。他先把胖记者推下跳板,后者重重地摔在猪肥厚的背上,猪背略微缓解了下坠的冲击力。

接着,吕西安·艾吕扬打量着羞怯地遮掩胸部及下腹部的卢克莱斯·奈姆赫德。他发觉她裸露的身体极其动人。她觉得对方打算放了自己。可是,对方从沉醉中清醒过来,把她也推进了下面的猪群中。

"不好意思,我不能目送你们归西,我还有很多工作要做,还要彻底埋葬这段可悲的历史。永别了。我还在想着你们是否会破坏香肠的口感……明天尝一尝就知道了。"

"您可以杀死我们，"伊西多尔说道，"但是真相终将大白于天下。"

"嗯……或许您说得有道理。虽然这应该就是真相。正是出于这样的原因，我才没有立刻毁掉'五指爪'。首先我要去鉴定它的真伪。如此一来，就只有我一个人知道我们是否真的是猪的后代。不论结果如何，鉴定过之后，我都会把它毁掉。"

吕西安·艾吕扬跟两人告过别，然后带着装有"五指爪"的盒子离开了。

13　我们像老鼠吗？

"他"在一截空心树桩里发现了一窝老鼠，"他"花了好几个小时来观察它们。

"他"看见一只尖声叫着寻求帮助的受伤的老鼠，可惜没有同伴赶来帮忙。等到受伤的老鼠筋疲力尽，再也叫不出声的时候，一只强壮的雄鼠上前结束了它的生命。接着，雄鼠把它吃掉了。

这次及其他许多次的观察令"他"受教颇丰。老鼠的社会是一个残酷的社会。伤者、老者、病患稍有示弱便会惨遭吞噬。所有不再强大、无法再给族群以回馈的家伙都会被抛弃或者杀害。甚至新生的幼鼠也只有当盛怒的母亲把它们从父亲的口中夺下时才能活下去。

这是一个残酷的社会，但这也是一个繁荣的社会。老鼠适

第三部分 恼人的远亲

应一切。它们的食谱丰富：种子、小型哺乳动物、腐尸、脱水的蔬菜、腐烂的水果。群体行动时，它们不惧怕攻击中等体型的捕食者。它们锋利的牙齿甚至令幼豹胆寒。不过，在这个社会中，冲突是永恒的话题。族群里，所有人都对自身的地位心怀不满，强势雄鼠间的打斗从未停止过。因此，伴随首领地位上升的是累累的伤痕。"他"甚至见过有只老鼠在击败所有对手后的几分钟内便一命呜呼了。

"他"明白，"母亲"和"父亲"的族人的生活方式与此有些类似。

决斗决定了谁最强大。

"他"继续看着云朵。"他"感谢它们给自己提示。可是，云朵已然变幻成另一种动物的形状，"他"必须继续观察。

14　漏斗历险

　　漏斗内壁滑溜溜的。卢克莱斯·奈姆赫德和伊西多尔·卡森博格没有办法爬出去,他们在巨大的漏斗中,在拥挤的猪群里艰难行进。猪,猪,到处都是猪。数不清的触感滑腻、粉红、乱哄哄的猪。他们和它们一起慢慢地滚向漏斗底部。

　　"这回我们完蛋了。"卢克莱斯说。

　　"人终有一死。"她的同伴答道,语气冷静而沉稳。

　　粉红色的肉团嚎叫、呻吟,肢体扭来动去,两个人被挤在中间动弹不得。透过透明的漏斗壁,他们看见到达漏斗底部的猪摔在传送带上。

　　电击过后,它们一动不动,准备好被钳子突然抓住,然后被锋利的刀刃开膛破肚。

　　"多么丑陋的结局啊!"

第三部分 恼人的远亲

年轻的姑娘全身打战。

"这种气味,我恨这种气味。不是烧焦的猪蹄的气味。它们的气味很特别,它们独有的气味。那是什么?"

伊西多尔·卡森博格用鼻子闻了闻。

"恐惧的气味。它们害怕了。它们知道自己快死了,它们被吓破了胆。"

事实上,有些猪浑身发抖,另外一些猪痉挛性地小便失禁。所有的猪都用哀求与悲伤的眼神望着两个人类。

"为什么它们不尖叫?"卢克莱斯·奈姆赫德问道。

"它们知道那样无济于事。况且我们也没喊叫。"

她继续看着它们。

"为什么它们任由自己像这样滑行,却没有尝试稳住自己,甚或后退。"

"它们知道这仅仅是拖延死亡到来的时间而已。它们意识到难逃一死。此外,或许它们也厌倦了猪圈中的生活。没有阳光照耀,没有移动的空间,一头挤着一头,没有任何未来可言,随便哪种未来。甚至,它们可能把死亡降临看作一种解脱。"

突然,两个人感觉如同被推到浪尖上一般。周围的猪竭尽全力超过他们,赶在两个人之前滑向漏斗底部。紧紧围绕在他们身边的动物很有规律地运动着。仿佛它们在携手阻止伊西多尔和卢克莱斯滑进漏斗底部。

"简直不可思议！简直就像是它们试图把我们留在漏斗上面！"年轻的姑娘惊讶不已。

伊西多尔·卡森博格也发现了同样的问题。六头猪用拱嘴托起他，然后慢慢陷进不幸的同伴中，如同被流沙吞噬。

"我觉得我明白了。直觉让这些猪明白，如果两个人类和它们一起被判处死刑，那么这两个人类便是它们的盟友了。它们知道，它们永远无法像人类那样捍卫自己的利益。相反，我们，我们可以做到这些。于是，它们试图拯救……我们。"

"伊西多尔，您说得太对了！"卢克莱斯喊出声来，"我周围的猪用牙齿啃断了我身上的绳索。"

伊西多尔身边的猪想得同样周到，也咬断了他身上的绳子。尽管正在径直滑落，它们咬得依旧小心谨慎，生怕咬到他的肉。他身边聚集了大量的猪，似乎所有的猪都希望有幸参与到营救人类的行动中来。

"它们怎么懂得让我们离开这里符合所有猪的利益？它们不可能有集体意识！"年轻的姑娘双手刚刚被解放出来，说道。

现在，在死亡漏斗中，猪一头叠着另一头，努力用自己的肉身搭成一座金字塔，高高地托起两个人类。两位记者做梦也没想到会出现如此的情况。他们在猪肉塔上，尽管摇摇晃晃，但是还算稳当。不过，每当卢克莱斯即将抓住漏斗边缘的时候，她身下的猪肉堆便下陷一寸，每次都无功而返。问题在于，在

第三部分 恼人的远亲

漏斗底部，即使速度缓慢，传送仍在继续进行。

猪们意识到问题之所在，新的志愿者赶来增援，加固这座"活梯子"，直到最终卢克莱斯纵身跃出陷阱。接着，她协助伊西多尔赶在猪肉金字塔重新下沉之前爬出漏斗。

赤身裸体，气喘吁吁，两个人重返金属台。他们做的第一件事就是找些衣服遮住自己裸露的身体。附近的更衣室里有工人们留下来的工作服。年轻的姑娘抓起一件工作服，尽管有点肥大，她还是飞快地穿在身上。伊西多尔效仿之，尽管对他来说，找到一件合体的衣服要困难许多。

两个人远远地望着装满骚动的粉红色肉球的漏斗。

"它们救了我们的命。可它们要死了。"卢克莱斯深感悲痛。

"我们什么也做不了。即使我们把它们从这里放出来，在城市里面把它们放掉，它们也活不了几天。它们无法适应外界的一切。"

"如果我们把它们放归自然呢？"

"它们不知道如何养活自己。它们甚至没有抵御冬日严寒的皮毛。很久以前，它们是野猪，可是现在……"

"我们不能就此放弃它们！它们救了我们的命！"

"我们没办法回报它们，我们救不了它们。离开我们，它们甚至不知道如何生存；它们不会搭建窝棚；它们甚至不懂如何挑选自己需要的食物。这是群最终难逃一死的动物。"

卢克莱斯又把身上的工作服裹紧了一些。

"您有可能错了。"

她向育婴区走去,那里竖着一块牌子,上面写着:"刚断奶。"她寻找了一阵,然后抓起一只猪崽抱在怀里。

"看,这是新的一代。它们还没有变得逆来顺受。我们可以尝试拯救它们。它们还没形成奴隶心理。"

事实上,小家伙似乎把这位头发棕红的年轻姑娘的怀抱当作了安乐窝。

"给它起个名字吧。这样一来,它就不再是无名氏了!"

"不如就叫'阿多尼斯'吧!希腊神话中唯一命丧野猪之口的神。"

"抚养它可不是明智之举,"伊西多尔的语气突然冷淡下来,"可能每天都需要操心受累。"

"我会请求范·丽斯柏医生为它注射所有必需的疫苗,让她教我如何训练它。猪救了我们的命。这是我们欠它们的。救下一头已经不算什么了。难道不是吗……阿多尼斯?"

小猪崽卖力地舔年轻女记者的脖子和脸颊作为回应。

伊西多尔·卡森博格没有她的那份热情,但是他尊重对方的选择。

"返回含羞草诊所以前,我还想核实一件小事……"他想得出了神。

"关于什么事情?"

胖记者又恢复了往日的神采,"科学神探夏洛克·福尔摩斯"发现新线索时的神采。

"我觉得我知道'五指爪'现在何处。"

15 我们像蚂蚁吗？

"他"花了很长时间来观察蚁巢。

"他"尝试观察如果"他"拔掉一只探路蚁的爪子会发生什么事情。"他"的"样品"被其他的蚂蚁救下，然后带回蚁巢。两只爪子呢？"样品"被带回蚁巢。六只爪子呢？"样品"依旧被带回蚁巢。于是，"他"扯掉蚂蚁的腹部。这一次，它没有被带回蚁巢。所以，"他"得出结论，只要还有一线生机，族群就会拯救个体。

蚂蚁社会的运行模式和老鼠社会的运行模式存在巨大的差异。它们不会加害弱者、病患，以及老者。

"他"围绕着蚁巢做了许多种实验，直到最后一种实验——摧毁蚁巢。"他"待在原地观察每只蚂蚁的行为。所有蚂蚁分工协作，最大限度地控制灾难。工蚁们跑去隐藏虫卵，与此同时,兵蚁们冲过来撕咬"他"。

观察过蚂蚁之后,"他"又远远地观察鬣狗的社会行为。"他"尝试理解鬣狗们狩猎、划定地盘,以及处理彼此关系的方法。

同样,"他"也仔细观察了狮子、水牛、河马,以及长颈鹿的族群。

对于"如何在群体中更好地生活"这个意义重大的问题,每个群体都找到了不同的答案。

然而,显而易见,有些动物拒绝寻找解决办法,它们更愿意独自打猎。例如豹子、乌龟和蛇。另外一些动物则离不开群体生活。例如非洲牛羚、大象和斑马。"他"花掉一整天的时间来观察野兽们的行为,学习别人的生活方式,为"他"自己的生活指点迷津。

现在,"他"已经适应了阳光。从被别的动物抛弃的腐尸上觅食足以满足"他"的需求。向地表的居民学习的间隙,"他"花大把的时间观察云朵。今夜,"他"觉得自己已经领悟到了某些东西,便朝着云朵吼起来。

最好的群居方式介于"他"观察到的两种极端之间:杀死弱者的老鼠与拯救所有伤者的蚂蚁。

是的,"他"深信,"他"的族群应该建立自有的模式,一种介于"老鼠"和"蚂蚁"行为之间的模式。

16 怀才不遇的朋友的理论

伊西多尔·卡森博格带领卢克莱斯·奈姆赫德走进进化史大长廊。年轻姑娘在小猪崽的脖子上拴了条狗绳,狗绳一头的猪崽高兴得活蹦乱跳。

他们迅速穿过空旷的博物馆。长廊里只有一扇门微微敞开着,门缝里透出氖气灯苍白的光线。两位记者推开门。

"教授您好。"伊西多尔·卡森博格说道。

康拉德教授正聚精会神地盯着显微镜,伊西多尔的问候吓了他一跳。教授认出他们的一刹那,眼中闪过一丝慌张,接着,他的双手动了一下,好像在隐藏什么东西似的。胖记者上前几步。康拉德教授很快恢复镇定。

"你们来这儿做什么?谁允许你们进来的?这里不对公众开放,而且现在这个时间……"

"我们来收回这个东西。"伊西多尔·卡森博格指着一个盒子表明来意,"五指爪"赫然躺在里面。

"它不属于你们。"

"也不属于您。"

教授威胁说要报警。

"没问题。到那时候,'五指爪'就安全了,这样再好不过了。"伊西多尔平静地回击道。

卢克莱斯放开阿多尼斯。

"伊西多尔,您怎么知道爪子会在这里?"

"吕西安·艾吕扬谈到鉴定。鉴定'缺失的环节'的骸骨,谁是全国最好的专家呢?是您,我亲爱的康拉德教授。然后,我又想到,在'我们来自何方'俱乐部中,阿德让米安教授的理论最容易给谁造成困扰,谁最盼望阿德让米安教授死去呢?是您。谁最有动力去指责他呢?是您。"

年轻姑娘上前一把揪住教授大褂的翻领,后者几乎没有挣扎。

"我向你们保证,我没有杀害阿德让米安教授。"古生物学家抗议道。

卢克莱斯再也控制不住自己的情绪,开始扼住教授的脖子,想把对方掐死。同伴拼命让她冷静下来。

"我求求您,卢克莱斯,不要孩子气。"

"可是我想让他开口交代。"

小猪阿多尼斯在实验室中转起圈子。它觉得这里很有趣，用鼻子四处嗅着各式器材，然后，又跑到进化大长廊里去玩。

"我全都告诉你们，但是先放开我，我要喘不过气了。"

卢克莱斯·奈姆赫德松了手上的劲道。康拉德教授伸直脖子，重新直起腰来。

"当阿德让米安教授把他那套关于'缺失的环节'的奇特理论讲给我听的时候，也就是猪和灵长类动物的混血儿理论，我吓坏了。我告诉自己，必须不惜一切代价阻止他。我把这件事情告诉了索菲·艾吕扬，她当即切断他的经费来源。支持如此荒谬的假设是不可能的。过了一段时间，两个人便离了婚。吕西安·艾吕扬比他的姐姐更不安。于是，他开始监视阿德让米安教授，以便了解他的工作进展。"

"天才是在周围弱智们的阴谋中自发成长起来的。"伊西多尔·卡森博格改编了乔纳森·斯威夫特[1]的名言。

"接着，吕西安·艾吕扬对我说，如有必要，他将让阿德让米安教授彻底闭嘴。当时，我觉得他的话很过分，但是，我意识到此事的风险。你们设想一下，如果我们向世人宣布，我们和

---

[1] 乔纳森·斯威夫特(Jonathan Swift, 1667—1745)，讽刺文学大师，著有《格列佛游记》《一只桶的故事》等。

猪有亲缘关系,会发生什么!"

远处传来阿多尼斯哼哼唧唧的声音,它兴奋地发现了博物馆,周围纹丝不动的动物让它大吃一惊。

"你们,至少你们不可能会有什么苦衷。你们是达尔文主义者,不论现实是何种面目,你们都不会有丝毫变故。"

"醒醒吧。"声音从他们身后响起。

那是吕西安·艾吕扬的声音。

"康拉德有苦难言,当他得知'爪子'在我手上的时候,他对我说:'如果我们把它毁掉,总会有人把这件事散布出去,公众的疑惑会对这种论调起到推波助澜的作用。'他告诉我说,摧毁这套愚蠢理论的最好方法就是证明这件所谓的证据纯属赝品。你们来到此地证明他的话很有道理。谬论的生命力十分顽强。"

他再次端起手枪,指着两位记者的脸颊。

"老实点!我不知道你们如何逃出我的屠宰场,不过我们可以重新开始。手放到背后,坐在椅子上。不许动。"

他把两个人捆起来,双手反剪在背后,绳子缠了好几圈,勒得紧紧的。

"这次,我保证你们插翅难飞。"

"吕西安,请不要在知识的殿堂使用暴力。"康拉德教授抱怨道。

"您在和谁谈论暴力?如果您证明这是件赝品,我就放了他们,让他们把这场骗局昭告天下。"

"如果他证明这确实是猴猪杂交的后代的爪子呢?"卢克莱斯问道。

"那样的话,我就弄死你们。康拉德教授跟我提过,他缺少模特来制作一对像样的南方古猿夫妇。把大猩猩的遗骨掺到你们的骨架上便可以成功组装出最漂亮的南方古猿动物标本,冠绝全球所有的博物馆。谁会想到去自然历史博物馆里寻找你们的尸体呢?"

康拉德教授感到很不安。

"吕西安,别再讲那些恐怖的事情了。让我好好工作。真相是最具威力的武器。"

他拿起爪子,用解剖刀切下一小片骨头,然后把薄薄的骨片放在玻璃板上。

"我马上要用碳 14 进行年代推定。"

他稍做调整,仔细地盯着电脑屏幕,屏幕上出现数条曲线。他摩挲着下巴,神情严肃认真地宣布:"年代推定显示,这块骨头的历史超过 5 万年。"

"5 万年!可是,阿德让米安教授认为'缺失的环节'生活在 370 万年前。"

"我知道,我知道。可是目前为止,5 万年是碳 14 计算过去

第三部分 恼人的远亲

年代的极限。我做这样的实验,只不过是想验证这只爪子并非取自某只新近死亡的动物。在这之后,我们便知道这是块货真价实的骸骨化石。现在还得等待从骨头表面空隙中找到的泥土碎块的分析结论。"

"您在这里进行分析?"伊西多尔·卡森博格兴趣浓厚,问道。

"不。我把它送到了吉夫舒尔伊维特的中心,那里有推定泥土年代的专门设备。我马上给他们打电话,现在必须知道结果。"

他在电话上按了一通。交谈,倾听。然后,他挂断电话,脸色瞬间变得惨白。

"从骸骨表面刮下的泥土距今的确已有370万年的历史。"他语气苍白地说道。

"也就是说,阿德让米安说对了!"卢克莱斯欢呼起来。说话间,吕西安·艾吕扬开始检查手枪的弹巢。

康拉德教授已经恢复平静。

"等等,对方只是告诉我周围的泥土已有370万年的历史,但是人们可以操纵古代骨骼。'辟尔唐人'头骨事件就是这种情况。骗子把两种不同动物的骨骼化石混合到一起,制造出一件赝品。"

"如何检验它呢?"卢克莱斯·奈姆赫德问道。

"非常简单,通过观察。现在,我要用这台电子扫描显微镜检查这块骸骨。"

他抽出一个长长的机械目镜,上面密密麻麻地嵌着许多按钮、导线和仪表盘。他打开显微镜底部的挡板,小心翼翼地把"五指爪"放进去。接着,在自动调节机的帮助下,他运用各种测定方法获取质量最好的图像。观察了很长一段时间之后,他转过身来,脸上挂着笑容。

"吕西安,过来看看。"

工程师吕西安低头看着目镜。

"我只看到了骸骨的表面。"

"再仔细看看。"

"上面似乎有闪光的痕迹。"

"事实上,那就是闪光的痕迹。其实那是微量的金属沉垢。是合金。是钢。300万年前可没有这种金属,肯定是最近才加上去的。此外,请看,金属沉垢完全没有腐蚀的迹象,这是种不锈金属。现在,我把焦距拉到我刚才注意到金属痕迹的部位,可以很清楚地看到骸骨表面有刨平的迹象。"

"刨平,您的意思是说这些指骨经过人为改造!"工程师失声惊叫。

"确切地说,这块'化石'的骨头和泥土均有370万年的历史。但是,骸骨的造型并非天然形成。有人重新切割过这些指

第三部分 恼人的远亲

骨,把它们嵌进爪子里,变成某种类似人类手掌的东西。无疑,这是只年代久远的爪子,但是这只爪子属于四指疣猪,有人在上面增加了一根指头,或许是从另外一只爪子上取下来的。"

这一回,吕西安·艾吕扬无法掩饰内心的满足。

"您的意思是说,这的确是件赝品?"

教授露出胜利者的微笑。

"千真万确。这是件赝品。我向您保证。骸骨确属古物,但是它分属两只不同的爪子!"

吕西安·艾吕扬突然大笑起来。康拉德教授也受到感染。两个人彼此道喜。

"我了解他。阿德让米安教授爱开些低级的玩笑。这是他开的最后一个玩笑了。类似'辟尔唐人'的头骨。一件组装物品,一件骗取天真者钱财、赚取无知记者笔墨的胶粘作品。"

吕西安·艾吕扬心满意足,给两名"囚徒"松了绑。

"你们自由了,"他说,"我们建议你们向全世界公布这则故事。你们的读者肯定会感兴趣的!过程悬念丛生!结局出人意料!"

康拉德和艾吕扬笑得更开心了。

就在此时,小猪阿多尼斯似乎感觉到有人正在谈论与它有关的事情,于是它又出现了。两个男人的欢呼声把它吓坏了,它跑过来躲进卢克莱斯的怀抱里。卢克莱斯温柔地爱抚着小猪，尽其所能安抚它。可是，在内心深处，她很清楚，自己今后无法为它和它的种族做些什么了。

吕西安·艾吕扬一下子就明白了女记者于何处收养的这头小猪，不过，他正陶醉在爪子系赝品的消息里，完全不在意养殖场里多一头或者少一头猪崽。如果怀抱一头小猪能够让这位小美人儿开心，能够让她倍感安慰，那么，他愿意大发慈悲地把它送给她。

卢克莱斯·奈姆赫德抚摸小猪的力道开始变得越来越重。

两位记者又坐上侧三轮摩托车，仿佛刚刚打输了一场志在必得的比赛。

"我想搞清楚事情的来龙去脉……"伊西多尔·卡森博格说。

"我们现在去哪里？"卢克莱斯·奈姆赫德发动摩托车，问道。

17 母神之死

从那儿走。

然后再从那儿过。

"他"认识路。"他"开始奔跑。"他"想回到父母身边,告诉他们自己已经变了,告诉他们,现在可以因"他"而感到骄傲了。"他"学会了猎捕小型哺乳动物。"他"能够在丛林中应付自如。"他"不再惧怕黑夜,也不再惧怕阳光。

"他"学会了从云朵中获取信息,有时候,"他"甚至读懂了它们。

"他"又回忆起弟弟。有朝一日,"父亲"会原谅自己害死了弟弟吗?

"他"脑海里又浮现出"父亲"从洞底死盯着自己的愤怒眼神,"他"放慢了脚步。"他"心想,不能再这样出现在父母面前。

"他"抬起头,祈求云朵能给"他"些建议。云朵杂乱无章,"他"没看出任何端倪。于是,"他"开始仰着头走路。

猛然间,"他"听到一个声音。痛苦的呼救。"他"急忙跑过去,看见一只被族群遗弃的灵长类动物,她受了伤。她的一条后腿卡在树桩里拔不出来。"他"靠近几步,发现对方是雌性。她的族群之所以放弃她,是因为他们没有耐心救她,他们不愿意被她拖累前进的步伐。

"真没良心!""他"心想。树丛中传来阵阵充满敌意的声音,清道夫们已经跃跃欲试了。

"他"嘴里低声咕噜了几句,询问年轻的雌性灵长类动物发生了什么事。她抬头看了看"他",当注意到"他"脸上那些承袭自"母亲"谱系的特征时,她厌恶地挪动着身子,吓得开始尖叫起来。仿佛爪子深陷进树桩里,被族人遗弃,被不怀好意的捕食者重重围困,这一切都远远不及眼前这只生物令她感到恐怖。

"他"强压自尊心,继续靠近她。

她心想,果然祸不单行,刚刚被卡住一条腿,现在又跳出一只怪兽攻击自己。她嚎叫起来。

"他"放慢脚步,生怕让她感到更加害怕。

她已经吓得愣了神。她加快动作想要逃出去,可惜动作还是不够快,于是她开始啃咬自己的后腿,打算断臂求生。

"他"的手触碰到她的身体。

第三部分 恼人的远亲

她惊慌失措,撕咬得更加卖力。

"他"赶忙施以援手,砸碎树桩,解放了她的后腿。她闭上眼睛,等待"他"攻击自己。可是,"他"一动不动地盯着她。

她想逃走。可是,某种东西留住了她。这种东西不再是那截树桩,而是一种想法。感恩。

"他"捡起一段树叶繁茂的树枝,在四周到处挥舞,示意腐食者们演出到此结束,今夜,它们必须放弃吃掉这只灵长类动物的打算。豺打了声响鼻。"他"照着豺的鼻子给了一爪,制服了对方。当"他"跑回来的时候,她却不见了踪影。"他"四下张望,发现她已经爬上了一棵大树。"他"也爬到树上同她会合。她还是很害怕,继续向上爬去,树顶纤细柔弱的枝丫根本无法支撑她的重量。"他"停了下来,尖声警告她不要再向高处爬。可惜,她并没有理解尖叫声的含义,继续向高处爬去。树枝应声折断,她一头从树上栽下。"他"的反应速度简直不可思议,纵身一跃便把她抱在怀中。她双目紧闭,全身的肌肉紧紧地绷在一起。

"他"的嘴碰到她的嘴。这一回,她似乎明白了,对方并没有加害自己的打算。

"他"傻乎乎地笑着,牙床都露了出来。当别人把自己看成怪物的时候,诱惑异性绝非易事。

他抓起一根树枝递给她,树枝上的树叶可以食用。她稍做犹豫,然后欣然接受了头类似疣猪的陌生者赠予的树枝。

18 阿德让米安教授的秘密

他们返回阿德让米安教授的公寓。伊西多尔·卡森博格仔仔细细地检查每一个最微小的细节,力求不错过任何东西。

胖记者时而四下观察,时而用鼻子嗅,时而用嘴巴呼吸,时而又陷入沉思,竭尽所能地思考问题的根源所在。卢克莱斯·奈姆赫德觉得不应该打扰他。她只是跟在他身后,小心翼翼地牵着阿多尼斯。突然,灵感似乎从天而降,伊西多尔·卡森博格命令她:"放开阿多尼斯。"

年轻的姑娘照办了。小猪径直冲进厨房,抵着冰箱门蹦起高来,一次比一次跳得高,仿佛是要开启门把手。

"看样子它有主意了。"伊西多尔·卡森博格注意到。

"猪被存放食物的地方吸引又不是什么稀罕事。"卢克莱斯·奈姆赫德指出。

第三部分 恼人的远亲

但是,"科学神探福尔摩斯"好像并不赞同她的观点,相反,他非常重视猪崽的行为。首先,他打开冰箱门,让阿多尼斯可以在里面随意翻找,接着,又打开了上层冷冻室的门。冰箱里什么都没有。空无一物。

"白忙活了吧?"卢克莱斯说道。

"有了!"伊西多尔回应道。

他从蔬菜篮里拿出几片腐烂的卷心菜叶,这些菜叶孤零零地烂在篮子里。他把菜叶递给阿多尼斯,后者立刻狼吞虎咽起来,嘴里发出巨大的声响。

"我怎么这么愚蠢,怎么没早点想到这儿?"他嘟囔着。

"不给我解释一下吗?"

可是,伊西多尔·卡森博格已然快步奔向浴室。他打开药柜,从里面掏出所有的药筒和小药瓶,逐一阅读上面的注意事项和使用方法。突然,一个药瓶吸引了他的全部注意力。

"上面有什么?"卢克莱斯激动起来。

她的同伴仿佛如释重负。

"啊!谢谢你,阿多尼斯,"他高呼道,"我以前没想到过检查冰箱和药柜呢!您收养这只猪崽的决定太英明了。这是个不可多得的助手。"

他把卢克莱斯领回客厅,自己坐在扶手椅上,让她坐在靠垫上。阿多尼斯在公寓里嬉戏玩耍。

"请赶快告诉我!"卢克莱斯急切地请求道。

"我试着按照我的思路为您重构整件事情的来龙去脉。阿德让米安教授身患疾病,已经病入膏肓。这是种强效镇痛剂。当人需要食用这种药的时候,那就意味着这个人必死无疑了。

"刚开始的时候,他希望在范·丽斯柏医生的资金帮助下证明'缺失的环节'的本质。可是他只找到了几块无关紧要的骸骨。病魔已经占据上风,他明白自己的时间不多了。于是,他便产生了'导演一出戏'的念头。可以说,这是他开的最后一个玩笑。"

卢克莱斯·奈姆赫德坐到扶手椅上。

"他写信给'我们来自何方'俱乐部的每名成员,告诉他们自己终于找到证据支持人类起源自猪的理论。他这样做是为了催促他们,为了把他们刺激得好像追寻新线索的狗一般。为了让他们惶恐不安,他同昂热·伦佐里取得联系,让他充当自己的开路先锋。

"昂热·伦佐里打扮成猴子,本该在教授死后袭击俱乐部的每一位成员,提醒他们应该投身到'缺失的环节'的研究中去。可惜,这群人的胆子实在太小,什么也没有做。伦佐里便出手绑架了索菲·艾吕扬,在逃亡过程中,他说服了索菲继续完成她前夫未竟的事业。"

"所有这些小伎俩都是为了吸引人们注意坦桑尼亚保

第三部分 恼人的远亲

护区?"

"正是如此!他在那里准备好了一个天大的玩笑。他希望,这件事情可以成为世纪大新闻。比'辟尔唐人'头骨事件更具轰动效应。伦佐里对阿德让米安教授情真意切,因为他觉得教授是个好人。多么棒的捍卫者啊!即使这项事业如此古怪,古怪到女肉制品商人都坦言自己毫无兴趣。"

"如果一切按照计划进行,阿德让米安教授便可以得偿所愿,在死后声名显赫,获得'新达尔文'的头衔。"

"是的,阿德让米安教授最终为'我们来自何方'这个问题找到了一种独特的答案。"

"来自一只猴子和一头猪。"

卢克莱斯在房间里来回踱步。

"我还是不明白。阿德让米安教授的学识举世无双,为什么还要招摇撞骗呢?"

"因为有时候弄虚作假可以加速科学的进步。科学家们时常产生某些预感,但是他们没有能力,也没有时间证明它们。为了抢先一步,他们会做些小手脚。"

"您是认真的?"

"当然。比如说,格雷戈·门德尔,遗传学之父。他伪造豌豆杂交的成果,用以证实其理论。当其他的研究人员重做他的实验时,他们发现这些实验行不通,但门德尔的理论最终还是获得承认,现代遗传学就此诞生。"

伊西多尔继续说下去。

"阿德让米安假设'缺失的环节'生于猪和猴子的杂交,直觉让他坚信自己的假设。考虑到自身的病情,他没有时间了。于是,他选择了最具戏剧性的方式。

"唉,伦佐里看到'五指爪'后昏了头。他曾经与我们两个一样激动,但是在他的眼里,这意味着幸运女神的眷顾。他这样一个一贯的失败者,一个替补空中杂技演员,一个什么活儿都干的助手,终于获得了翻身的机会。他打算把爪子拍卖掉。"

"他的运气不好。"

伊西多尔·卡森博格又回到阿德让米安教授的办公室。

"我们还是不知道谁是杀害阿德让米安教授的凶手。"年轻的女科学记者指出。

胖记者拿出糖果盒,咬住几块甘草糖,模样好似在花生篮里大啃特啃的大象。

"凶手是他自己。他是自杀的。"

"不可能。调查人员证实,他的腹部遭受过冰镐的攻击,并且现场没找到凶器。他是如何用冰镐在腹部砍上一道口子,又是如何丢掉凶器的呢?他必须攻击自己,然后隐藏好武器,然后再返回浴缸里等死。他的血应该流得到处都是。而且这需要他具备神一般的毅力。绝不可能。"

第三部分 恼人的远亲

结局出人意料,伊西多尔·卡森博格享受着揭开它的这一刻。

"这正是教授真正聪明的地方。凶器已经……融化了。"

"您说什么?"

"请看冷冻室。您可以看到里面有一道长长的细痕。这便是凶器。阿德让米安教授用冰制成一根长刺,就像日本人剖腹自杀那样,一下子刺进自己的腹部。"

年轻的姑娘试着在脑海中还原当时的场景。

"可是冰不够硬,不足以刺穿皮肤。"

"您错了。如果您泡个热水澡,松弛下来的皮肤很容易被刺穿。"

她想象着当时阿德让米安应该会体验到的感受,不由得皱起眉头。伊西多尔·卡森博格也被教授的狂热精神深深震撼。

"最困难的莫过于在等待死亡的过程中,手指保持指向镜子的姿势,因为镜子上面有他事先写好的'S'。"

"他为什么精心导演这出戏呢?"

"他是名副其实的侦探小说迷。他想让自己的死载入史册,与那些伟大而奇特的死亡事件比肩,在侦探小说的历史上成为标志性的事件。冰块自杀事件,埃德加·爱伦·坡与阿加莎·克里斯蒂均有涉猎。"

两位科学记者沉默良久,不停地思考着这个古怪的男人。

"如此煞费苦心的努力,如此天马行空的想象,如此细致入微的准备,仅仅是为了刺激消费者少购买些猪肉,鼓励企业让猪少受些罪。"

"深受自身起源之谜困扰的人类。"

"人类来自何方?阿德让米安以他自己的方式做出回答:只要这个问题在未来出现,那么另一个问题'人类去向何处'便会跟着变化。"伊西多尔说。

"接下来,剩下的就是去通知范·丽斯柏医生'五指爪'是件赝品了。猪在她那里生活得依旧悲惨凄苦。"卢克莱斯抱紧怀里的小阿多尼斯,叹息道。

19 生命的接力

东非某处。3763452年10个月2天13个小时以前。

"他"和她做爱了,面对着面,彼此凝望着对方的眼睛。这一刻奇幻绝伦,不可思议而又绝无仅有。

她达到高潮。

"他"也达到高潮。

事毕之后,她休息了一会儿,然后离"他"而去。她离开"他"去寻找某个部落,在那里,她可以把自己的孩子当成"正常的"孩子抚养。

现在,"他"孑然一身。"他"仍然不敢重返家里的山洞;"他"仍然不敢尝试融入某个部落;"他"甚至不敢尝试组建自己的小家庭。"他"知道自己过于与众不同。后来,孤独开始变成"他"的伙伴。至少孤独不会背叛"他"。"他"觉得,在生活中,即便成双成对,即便三五成群,孤独依然如影随形。

"他"爬上一棵大树,稳稳地站在最高的枝头上。一只蝴蝶在"他"身旁翩翩起舞。"他"伸出手指,蝴蝶收翼落在上面。蝴蝶通身呈荧光蓝色,泛着淡紫色的虹彩,蓝色上叠印着细长的黑色条纹。"他"觉得这只蝴蝶美极了,而自己却面目可憎。

蝴蝶用球形的眼睛盯着"他",跟它的脑袋比起来,它的眼睛简直算得上是"庞然大物"。"他"伸手抚摸蝴蝶,蝴蝶并没有反抗。"他"可以杀死这只蝴蝶,"他"应该这样做,"他"甚至可以把它吃掉。

蝴蝶并不害怕。它又在"他"的手上爬了几步,然后振翅飞入云端。"他"眼睁睁地看着蝴蝶飞走,然后久久地凝望云朵。那是"他"唯一的朋友。

"他"自言自语,从今往后,没人能够帮"他"。"他"已经没有出路。经过多次自我提升,"他"觉得自己对整个世界乃至整个宇宙已然无所不知,无所不晓。对此,"他"颇感自豪。"他"坚信,自己的全知全能没有人可以达到,永远也不会被人超越。

"他"久久地望着云朵,盘点着自己所掌握的知识。

像父亲那样直立行走;像母亲那样发现有毒的食物;像父亲那样用木棒吓唬猎食者;像母亲那样攻击别人的鼻子。

第三部分　恼人的远亲

　　"他"睡着了,就在"他"坠入梦乡,被一只游荡的豹子吞噬之前,"他"的脑海中闪过最后一丝念头。

　　"我度过了美好的一生。"

20 最后的理论

水塔城堡依旧矗立在市郊的荒地上,岿然不动。在塔顶,在伊西多尔·卡森博格规划的巨型水池里,海豚们自得其乐,完全不理会外面的世界。

伊西多尔·卡森博格瘫坐在躺椅上,喝了一口杏仁露,出神地望向身着圆点比基尼的卢克莱斯·奈姆赫德。

高保真音响上播放着一首舒缓的乐曲——埃里克·萨蒂的《裸体舞曲》。

海豚们嬉闹得更加欢快了。

"它们从不睡觉吗?"年轻的姑娘问道。

他走到她的身边,在微蓝的方砖上席地而坐。

"不,因为它们既属于鱼类又属于哺乳动物,它们既需要呼吸空气又不能离开水。因此,它们不能停止游动。不过,它们还是需要休息的,海豚们永远保持半个大脑轮流睡眠,问题迎刃而解。当一半大脑苏醒以后,另一半接替进入梦乡。"

"如此一来,它们便可以在做梦的同时保持清醒?"

"是的,"主人表示赞同,"它们一边在现实世界中玩耍,一边从梦境中获得欢愉。"

"要是我也能这样就好了。"卢克莱斯懒洋洋地说道。

海豚们咕咕的叫声及上下翻腾的幅度明显变大,溅出更大的浪花。

"有时候,我也能达到那种境界,不过仅仅能维持几秒钟而已,"伊西多尔·卡森博格平静地吐露心事,"我认为这样很劳神费力。"

年轻的姑娘伸了个懒腰,翻开最新一期的《当代观察家》。封面上赫然印着一个标题——《人类起源之谜的新发现》,弗兰克·高梯耶的专题,另附一篇康拉德教授的专访。

"您看过了?"

"没有,里面讲的是什么?"

年轻的姑娘翻开文章的第一页。

"这是弗兰克·高梯耶编辑的文章。他采访了康拉德教授。他又搬出那些刻板的官方语言,然后添油加醋地揉进记者们惯用的奇闻逸事,声称人们把第一只南方古猿命名为'露西'是在向披头士乐队的歌曲致意;可怜的达尔文为了让神职人员承认自己的观点吃尽了苦头,都是些常用的玩意儿,总之就是这些!除了'陈词滥调'之外,人们基本上看不到什么'新发现'……"

伊西多尔用肘部撑起身子。

"完全没有提及阿德让米安教授?"

"没有,没有提到教授,也没有提到'五指爪'。"

"或许康拉德深思熟虑后,觉得报复阿德让米安最好的办法就是永远不再提及他。用遗忘和冷漠抹杀他。"

"对于一位发现者来说,这是我们所能做的最残忍的事情——尘封他的探索之路。因为,即便弄虚作假,阿德让米安还是开辟了一条新的思考途径。我们仍然不知道为什么唯有猪的器官可以和我们的器官兼容!"

"您说得没错,我们仍然不知道为什么人类会凭空出现在地球上。在这篇文章中,他对人类的出现又做何解释呢?"

"他只是说人类起源自意外的基因组合,以及物种的自然选择。他把一个多世纪以前达尔文主义的理论原封不动地搬了出来。"

伊西多尔·卡森博格噘着嘴,满脸讥讽。

"弗兰克·高梯耶还是那么天才啊!……"

两个人扑哧一声笑了出来。

"可能吕西安·艾吕扬言之有理,记者这种职业的头等大

第三部分 恼人的远亲

事便是,不搅乱平民百姓的生活,让他们坚信所有的东西都和从前一样,坚信应该继续忠实地沿着同一个方向前进,毫无偏差。"卢克莱斯低声抱怨。

"不管怎么说,即便'五指爪'不是赝品,我们也绝不可能用如此离经叛道的事实说服任何人。"

伊西多尔轻轻地抿着饮料。

"重要的不是去说服别人,而是引发思考。我相信这才是阿德让米安教授真正的愿望,引起人们对于'我们来自何方'这个问题的零星思考就足够了。"

卢克莱斯继续阅读《当代观察家》。为了充实话题,专题中还刊发了马克西姆·沃伊哈撰写的一篇幽默文章——《痴迷系谱树的人》;吉斯兰·贝尔杰龙拜访自然历史博物馆内的进化史大长廊后撰写的文章;最后,克洛蒂尔德·普朗考还在一篇小短文中列举了几处地方,未来的考古学家们可以利用暑期在那里自愿参与发掘活动,锻炼自身能力。

"一切安好,地球照常转动,诚实的人们高枕无忧。"年轻的姑娘叹了口气,语气中不无苦涩。

海豚们在水塔城堡的水池中嬉戏取乐,它们立起身子,倒着游泳。海豚几乎要把整个身体露出水面才能完成这样的壮举。

卢克莱斯·奈姆赫德也起身去拿饮料。阿多尼斯跑过来寻求爱抚,用拱嘴蹭她,动作类似亲吻。年轻的姑娘的目光被两块画板吸引了过去。

"啊哈,"她注意到,"您把'未来'和'过去'两幅画搬上来啦。"

她仔细地观察这两幅巨大的作品,画上写满成千上万种关于未来的可能性。伊西多尔在未来之树上增添了许多树叶,又在过去之树的树干上增添了几条根茎。所有这些延伸性创作正是取材于两个人最近的调查研究。

卢克莱斯很高兴读到这些东西。电视机自动开启。

"现在,又有一些新闻……现在。"伊西多尔说道。

在一段相当活泼的开场曲之后,播音员开始播报,比利时的一位恋童癖者组建起一张绑架儿童的犯罪网络,分支覆盖全欧洲,他把这些被绑架的小孩子转卖给富有的企业家,这些家伙喜好在孩子们身上发泄变态的性欲。在约旦边境,播音员继续播报,一名游击队员开枪击中七名乘坐校车旅行的以色列中学生的头部,将他们杀害。这位游击队员被制服之后表示,他后悔没多杀几个人。周围数个邻国的居民通过欢庆游行向他的功绩致敬。

播音员继续滔滔不绝地播报新闻,语气越来越冷淡。

中国出现新的鸡瘟——禽流感。集约化的养殖方式,不惜一切代价地提高产量导致禽流感大暴发。这种病可能会传染给人类。近日，300万只家禽将被焚化，以防止疾病扩散至国境以外。

关于南非非法人体器官倒卖的最新消息。深夜，罪犯在大街上绑架流浪汉，摘取他们的眼球，重新缝合他们的眼皮，然后把他们送回贫民窟行乞。他们把新鲜的角膜倒卖给豪华诊所，用于器官移植。播音员痛心疾首地表示，志愿捐赠器官者的匮乏必然滋生此类非法交易。

伊西多尔·卡森博格站起身，突然抱住电视机，用力摔向未来之树。电视机裂成无数碎片。胖记者重新坐下，颓然倒去，在椅子上缩成一团。卢克莱斯·奈姆赫德带着阿多尼斯靠过来。年轻的姑娘伸手摘下悬在他细挺的鼻梁上摇摇欲坠的眼镜。一滴泪水顺着他左边的眼角滑落。

"请原谅，"他恢复平静，"这一切我深有感触，我全部经历过，它摧毁了我所有的防线。"

卢克莱斯将这座"大肉山"搂入怀中，"肉山"里面是一颗躁动不安的心。她心想，她朋友的脂肪还是不够厚，还不足以保护他的心脏，对抗给他生命的人类世界的种种现实。

伊西多尔·卡森博格用鼻子吸了口气，然后大声地擤了擤鼻涕。

"当您哭泣的时候，您的确像个胖胖的婴儿。"卢克莱斯·奈姆赫德调笑着安慰他。

伊西多尔·卡森博格:第一位听新闻时哭泣的英雄人物。

她递给他几块甘草糖,然后在他耳边低语几句。

"倾听,理解,然后保持沉默。"

"我无法继续沉默下去。"他的嘴里塞满糖果,强忍住眼泪,艰难地一字一句地说道。

伊西多尔重新戴上眼镜,紧紧地盯着卢克莱斯翠绿的眼眸。

"您刚才寻问我'缺失的环节'是什么……现在,我觉得可以回答您了。我觉得……事实上,所有的人,我们只不过是过渡物种……真正意义上的人类还没有出现……在目前的情况下……"

"什么情况?"

最后,伊西多尔脱口而出,声若细蚊。

"'缺失的环节'是……我们。"

致　谢

我诚挚感谢在我创作这本书期间陪在我身边的人。与他们共进午餐和晚餐的时候,聆听他们的故事,关注他们对我的故事中哪些部分感兴趣,我正是在此找到了创作的素材。

有关古生物学、动物学、生物学方面的内容,我想感谢:埃尔贝·托马斯教授、博伊·斯鲁尔尼克教授、法朗士·布雷利医生、杰拉德·安扎拉教授、奥利维耶·布斯凯,以及克里斯多夫·斯多。

有关屠宰场方面的内容,我想感谢:兽医米歇尔·迪兹哈尔、多米尼克·马尔米翁,以及哲罗姆·马尔尚。

有关医学方面的内容,我想感谢:腓烈特·萨尔德曼医生、牟利尔·威尔贝尔。

感谢莱恩·斯贝尔的建议和支持。

我还想感谢我的编辑——理查德·杜古塞。

感谢弗朗索瓦·夏法内尔·费朗的关注与耐心。

感谢雕塑家马克·布莱,是你鼓励我去森林中散步,教会我欣赏大自然。

感谢菲利普·K.迪克(如果他的灵魂看到我的书,并且懂法语的话),你的奇幻小说是我的神经细胞的兴奋之源,取之不尽,用之不竭。

感谢我父亲的父亲——伊西多尔·韦尔贝,你是我永远追随的榜样。

感谢腓烈特·勒诺尔芒、大卫·博夏尔、伊万·斯加内,以及马克思·皮儿,你们带给我四条并行的理解世界之途。

感谢巴黎的地铁,你是我发现面孔与命运的不竭的源泉。

这部书构思并撰写于1995年3月至1998年8月之间。

创作这部书期间,我聆听过如下乐曲:埃里克·萨蒂,《裸体舞曲》;罗杰·沃特斯,《快乐与死亡》;德沃夏克,《新大陆交响曲》;铁娘子乐队,《因名获允》;卓密喇嘛和让·菲利普·里基埃尔,《醒世祝福》;平克·弗洛伊德乐队,《动物》(显然包括乐曲选段《猪》);珍特·吉安特,《暮色的边缘》;马利翁,《格兰戴尔》;罗伊克·艾蒂安为《旅行之书》创作的歌曲。

最后,我想感谢所有提供纸浆制作纸张的树木。没有它们,就没有这部书。